ANTJE WINDGASSEN
Die Zeppelin-
Verschwörung

ANTJE WINDGASSEN

Die Zeppelin-Verschwörung

Kriminalroman

GMEINER SPANNUNG

Bisherige Veröffentlichungen im Gmeiner-Verlag:
Lübeck – ein Stadtporträt (2016), Die Hexe von Hamburg (2015)

Die Veröffentlichung dieses Werkes erfolgt
auf Vermittlung von BookaBook,
der Literarischen Agentur Elmar Klupsch, Stuttgart

Besuchen Sie uns im Internet:
www.gmeiner-verlag.de

© 2017 – Gmeiner-Verlag GmbH
Im Ehnried 5, 88605 Meßkirch
Telefon 0 75 75 / 20 95 - 0
info@gmeiner-verlag.de
Alle Rechte vorbehalten
1. Auflage 2017

Lektorat: Sven Lang
Herstellung: Mirjam Hecht
Umschlaggestaltung: U.O.R.G. Lutz Eberle, Stuttgart
unter Verwendung eines Fotos von: © ullstein bild
Druck: CPI books GmbH, Leck
Printed in Germany
ISBN 978-3-8392-2019-1

ERSTES KAPITEL –
WASHINGTON D. C., 1863

MISSTRAUISCH RÜHRTE ER in seiner Suppe.

Die milchige, dampfende Brühe, in der das Fleisch von drei großen Austern schwamm, schmeckte ein wenig säuerlich und schien nicht wirklich frisch zu sein.

Ein Mann am Nebentisch – etwa fünfzehn Jahre älter, stattlich, gut gekleidet, mit struppigem Vollbart – beobachtete amüsiert den jungen Leutnant in der königsblauen Uniform.

»Eigentlich ist das Essen hier im Hotel ganz gut«, bemerkte er grinsend und zog an seiner Zigarre. »Ich bin schon seit einigen Wochen Gast im The Willard's und weiß, wovon ich rede. Nur das Tagesmenü dürfen Sie niemals bestellen. Böse Zungen behaupten sogar, dass die Küche darin die Reste vom Vortag verwertet.«

Er erhob sich, kam herüber und setzte sich unaufgefordert an den Tisch.

»Wenn ich mich vorstellen darf: Mein Name ist Russell, William Howard Russell.«

Angewidert schob sein Gegenüber den Teller von sich und nannte gleichfalls seinen Namen: »Leutnant Ferdinand von Zeppelin. Ich bin heute in Washington eingetroffen, habe eine lange Reise hinter mir und, mit

Verlaub gesagt, großen Hunger. Helfen Sie mir, Mr Russell, als Kenner dieses Hauses: Welches Gericht auf der Speisekarte kann meinen knurrenden Magen unbeschadet zufriedenstellen?«

Russell grinste und winkte einen Kellner herbei.

»Nehmen Sie die Austernsuppe wieder mit, streichen Sie die übrige Bestellung des jungen Herrn und bringen Sie ihm ein vernünftiges, saftiges Steak mit Bratkartoffeln und Bohnen. Aber zügig, bitte schön. Der Mann hat Hunger und braucht dringend was Richtiges zwischen die Zähne.«

Der Kellner beeilte sich, den Anweisungen des Stammgastes Folge zu leisten.

»Verbindlichsten Dank, Sir.«

Russell winkte ab. »Wir Europäer müssen doch zusammenhalten.«

Zeppelin nickte. »Sie sind Engländer?« Eigentlich waren seine Worte mehr Feststellung als Frage, denn der britische Akzent war kaum zu überhören.

»Geboren und aufgewachsen bin ich in Irland«, lautete die Antwort. »Aber ich lebe schon seit mehr als zwanzig Jahren in London.«

»Und was führt Sie in die Vereinigten Staaten?«, wollte Zeppelin wissen.

Russell kicherte. »Vereinigt ist gut. Seitdem sich die sogenannten Südstaaten aus der Union gelöst und zu einer eigenständigen Nation zusammengeschlossen haben, sollte der Begriff noch einmal überdacht werden. Aber genau das ist der Grund meiner Reise. Als Korrespondent der Londoner *Times* berichte ich über den Amerikanischen Bürgerkrieg. Und was treibt Sie hierher? Sie sind Deutscher, nicht wahr?«

Zeppelin nickte und sah mit verzücktem Blick auf den Teller, den der Kellner gerade vor ihn auf den Tisch gestellt hatte: ein großes saftiges Stück Fleisch, knusprig gebratene braune Kartoffeln und weiße Bohnen, die in einer Tomatensoße schwammen. Als er nach Messer und Gabel griff, antwortete er: »Ich stamme aus Württemberg. Und der Anlass meiner Reise ist – wie bei Ihnen – der Sezessionskrieg.«

Sprach's und machte sich mit wahrem Heißhunger über die appetitlich duftenden Speisen her.

Russell schien Verständnis zu haben. Wortlos zog er an seiner Zigarre, beobachtete den jungen Zeppelin und stellte seine nächste Frage erst, als der Teller zur Hälfte geleert war.

»Verzeihen Sie, ich möchte nicht neugierig erscheinen, aber warum schickt man Sie, einen jungen Leutnant, als Kriegsbeobachter nach Washington? Wäre ein erfahrenerer Offizier nicht die bessere Wahl gewesen?«

Zeppelin zuckte mit den Schultern. »Um der Wahrheit die Ehre zu geben, Mr Russell, man hat mich gar nicht geschickt. Im Gegenteil, ich bin auf eigenen Wunsch hier. Da meine Familie über gute Kontakte zum württembergischen Königshaus verfügt, ist mein Antrag auf Beurlaubung auch genehmigt worden. Offiziell bin ich zwar hier, um den als erfinderisch geltenden Amerikanern ein wenig auf die Finger zu schauen und dabei neue militärische Techniken zu entdecken, die auch für unsere Armee von Nutzen sein können. Aber in erster Linie treibt mich die pure Abenteuerlust.«

Russell verbarg sein Erstaunen nicht. »Und was sagt Präsident Lincoln dazu?«

»Das werde ich heute Nachmittag erfahren«, gab Zeppelin zurück. »Ein Gruß- und Empfehlungsschreiben meines Königs hat mir zu einer Audienz beim Präsidenten verholfen. Sollte Mr Lincoln bereit sein, mir einen Passierschein als neutraler Beobachter auszustellen, kann ich bleiben. Andernfalls werde ich mir etwas einfallen lassen müssen, um die weite Reise angemessen zu rechtfertigen.«

Zeppelin schnitt sich ein weiteres Stück Fleisch ab. Bevor er es in den Mund schob, bat er jedoch: »Wären Sie vielleicht so freundlich, mich über die Hintergründe dieses seltsamen Krieges aufzuklären? Ich meine, seit die Amerikaner ihre Unabhängigkeit erstritten haben, sind sie fortwährend in irgendwelche blutigen Auseinandersetzungen verwickelt: gegen die Indianer, die Engländer, die Barbaresken in Nordafrika, gegen Mexiko und Japan. Sind ihnen die Feinde ausgegangen, dass sie nun aufeinander losgehen müssen?«

Russell schmunzelte, beantwortete die Frage seines Gegenübers aber bereitwillig: »Nun, Grund des Krieges ist der Austritt der sogenannten Südstaaten, die sich aus der Union gelöst und zu einer eigenständigen Nation zusammengeschlossen haben – den Konföderierten Staaten von Amerika. Hauptgründe für die Abspaltung waren zum einen die kulturellen Gegensätze zwischen dem kapitalistisch denkenden Norden und dem auf Traditionen wie Ehre, Mut und Höflichkeit bedachten Süden, zum anderen die Sklavenfrage. Während Sklaven im industrialisierten Norden nicht benötigt werden, ist der Süden auf die Arbeitskraft der Schwarzen angewiesen, um auch weiterhin in großem Umfang Baumwolle anbauen zu können.

Zwar ist Präsident Lincoln durchaus bereit, die Gesetzeslage zu respektieren, die die Sklavenfrage den einzelnen Bundesstaaten überlässt. Doch die im Norden geübte Kritik an der Sklaverei wurde im Süden als Bedrohung der eigenen Lebensart und Kultur betrachtet, als Eingriff in die Rechte der Staaten und Bürger.

Im April 1861 griff der Konföderierten-Staat South Carolina die auf seinem Gebiet liegende, aber unter dem Befehl der Nordstaaten stehende Festung Fort Sumter an. Und das war der Beginn des Bürgerkrieges, der nun schon ins dritte Jahr geht.«

Zeppelin hatte inzwischen seine Mahlzeit beendet und dem Journalisten interessiert gelauscht.

»Vielen Dank, Mr Russell. Mit Ihren Ausführungen haben Sie meine Wissenslücken tatsächlich weitgehend geschlossen«, sagte Zeppelin und erhob sich. »Aber nun wird es Zeit für mich. Schließlich möchte ich zu meiner Verabredung mit dem Präsidenten nicht zu spät kommen.«

»Das wäre in der Tat nicht ratsam«, nickte der Engländer schmunzelnd. »Bleibt mir also nur noch, Ihnen für die Audienz viel Glück zu wünschen.«

Die Herren reichten sich die Hände und verabschiedeten sich. Es war ungewiss, ob man einander noch einmal über den Weg laufen würde. Und da beide derzeit nicht wussten, wo sie sich am nächsten Tag aufhalten würden, war eine Verabredung für ein Wiedersehen wenig sinnvoll.

Zeppelin verließ den Speisesaal und das Hotel. Draußen bot sich ihm kein erfreulicher Anblick. Washington war eine schmutzige Stadt, die Straßen waren ungepflastert und vom Regen der letzten Tage aufgeweicht. Um trockenen Fußes von einem der niedrigen Holzhäuser zum anderen zu gelangen, hatte man Trottoirs aus grob gezimmerten Brettern gebaut.

Die einzigen ansehnlichen Gebäude der Stadt waren der weiße Kuppelbau des Kapitols und der gleichfalls weiß getünchte, im klassizistischen Stil errichtete Sitz des Präsidenten. Er lag nur wenige Gehminuten von Zeppelins Unterkunft entfernt und war selbst für den ortsunkundigen Leutnant kaum zu verfehlen.

Bisher hatte sich der fünfundzwanzigjährige Württemberger den Präsidenten der Vereinigten Staaten von Amerika als majestätischen Herrscher ohne Krone vorgestellt. Daher war er sehr überrascht, als er Lincoln zum ersten Mal gegenüberstand. Der große, hagere und offensichtlich erschöpfte Mann wirkte eher ungepflegt und zerzaust als repräsentativ und würdevoll. Auch der Empfang unterschied sich in seiner Zwanglosigkeit von allem, was der Leutnant aus Europa gewohnt war. Ohne weitere Formalitäten wurde er von Sekretär Andrew McDonnel ins Amtszimmer des Präsidenten geführt. Dieser blätterte in einer Akte, forderte seinen Gast mit einer Handbewegung auf, Platz zu nehmen, und schien sich nicht im Geringsten über den Sekretär zu wundern, der sich auf eine Ecke des Schreibtisches setzte und die Beine baumeln ließ.

Das Gespräch verlief für Zeppelin durchaus positiv. Mithilfe des königlichen Empfehlungsschreibens bekam er den gewünschten Pass ausgestellt sowie die Erlaubnis, sich der Potomac-Armee anzuschließen. Danach lud ihn Lincoln ein, an einer Versammlung im Gebäude des Kriegsministeriums teilzunehmen.

Neugierig folgte der junge Leutnant den beiden Herren durch den President's Park, auf dessen Rasen Pferde und Rinder grasten. Unterwegs wurde er von ihnen auf den im Bau befindlichen weißen Marmorturm des Washington Monuments aufmerksam gemacht und betrat schließlich an ihrer Seite ein niedriges Gebäude.

Kriegsminister Edwin M. Stanton führte von seinem überladenen Schreibtisch aus den Vorsitz über die Versammlung, an der neben dem Präsidenten und einigen Sekretären auch drei Generäle und ein Zivilist teilnahmen.

McDonnel begleitete Zeppelin zu einer etwas abseits befindlichen Stuhlreihe und setzte sich neben ihn.

»Der Grauhaarige da drüben«, der Sekretär blickte in Richtung des ältesten Generals, »ist General Henry Wager Halleck, Oberkommandierender der Unions-Armee. Rechts neben ihm sitzt General Joseph Hooker, Oberkommandeur der Potomac-Armee. Er wird heute geschlachtet.«

»Geschlachtet?« Erstaunt sah Zeppelin den Sekretär an. »Was meinen Sie damit?«

McDonnel zuckte mit den Schultern. »Entmachtet, rausgeworfen, abgesetzt. Wie immer Sie das nennen wollen, wenn man einem General das Kommando entzieht. In letzter Zeit hat sich der gute Hooker ein wenig zu oft von den Konföderierten auf der Nase herumtanzen lassen. Und darum muss er gehen. Der Mann links neben Halleck ist sein Nachfolger: General Meade. Da Sie der Potomac-Armee zugeteilt sind, werden Sie für die Dauer ihres Aufenthalts mit ihm zu tun haben.«

Zeppelin hatte kaum Zeit, sich über die offene Art zu wundern, mit der ihm, einem Außenstehenden, Militärinterna verraten wurden, da fuhr McDonnel auch schon leise fort: »Ach ja, und der Zivilist dort drüben ist Professor Thaddeus Lowe. Ich nehme an, der Name ist Ihnen bekannt?«

Zeppelin konnte nur mit dem Kopf schütteln.

Ein wenig pikiert grinste der Sekretär: »Ihr in eurem Europa scheint wirklich hinter dem Mond zu leben. Lowe ist ein berühmter Wissenschaftler in den Bereichen Meteorologie, Chemie und Luftfahrt. Der Präsident hat ihn als Chefaeronautiker der Potomac-Armee eingesetzt, weil er unter anderem einen Fesselballon entwickelt hat, der zur Feindbeobachtung und Artillerieleitung eingesetzt werden kann. Lincoln hält große Stücke auf ihn – im Gegensatz zu den Generälen, die von der wetterabhängigen Ballonfahrerei nicht überzeugt sind.«

Zeppelin war sofort fasziniert. Natürlich hatte er

bereits von Fesselballons gehört. Auch wenn die Versuche der Brüder Montgolfier mehr als hundert Jahre zurücklagen. Aber dass die Fluggeräte für militärische Zwecke eingesetzt wurden, war ihm neu.

»Wie hoch kann der Professor den Ballon steigen lassen? Und womit ist dieser gefüllt? Ist es möglich, ihn bei stärkerem Wind zu stabilisieren?«

Die Fragen prasselten nur so auf McDonnel herab.

»Das können Sie den Professor alles selbst fragen«, erwiderte der Sekretär schmunzelnd. »Nach der Sitzung werden Sie ihn und General Meade nämlich per Schiff nach Baltimore begleiten. Dort befindet sich der derzeitige Standort der Potomac-Armee.«

❧

Natürlich wäre die schnellste Verbindung zwischen Washington und Baltimore eine Fahrt mit der Eisenbahn gewesen. Da die Strecke wegen des Krieges aber eingestellt worden war, mussten die drei Herren zunächst nach Annapolis reiten, um dort die französische Dampf- und Segelkorvette Tisiphone zu besteigen.

Seine Reise in die USA hatte Leutnant von Zeppelin auf dem modernen Raddampfer Scotia zurückgelegt, einem Schiff der berühmten Cunard Line. Die Fahrt von Liverpool nach New York, während der er als Spross einer begüterten und angesehenen Adelsfamilie gewohnten Komfort genießen durfte, hatte lediglich zwei Wochen gedauert und war in nichts vergleichbar mit der Schiffsreise, die nun vor ihm lag.

General Meade und Professor Lowe konnten sich sogleich auf ihre Kabinen zurückziehen, wohingegen für Zeppelin kein Logis vorbereitet war. Ihm blieb daher nichts anderes übrig, als die Nacht mit einigen französischen Seekadetten, Fähnrichen und zwölf Flaschen Rheinwein zu verbringen. Als die Stimmung ihren Höhepunkt erreicht hatte, ließ sich der württembergische Kavallerist dazu hinreißen, etwas zu tun, was ihm nie zuvor gezeigt worden war: Er erklomm in recht alkoholisiertem Zustand das Bramsegel – das höchstgelegene Segel der Korvette –, genoss für eine Weile die luftige Höhe und stieg wieder hinab. Wie durch ein Wunder erreichte er wohlbehalten das Deck der Tisiphone, wo ihn kein geringerer als Professor Lowe in Empfang nahm.

»Sie sind ein recht waghalsiger junger Mann«, stellte der Wissenschaftler amüsiert fest. »Unter Höhenangst scheinen Sie jedenfalls nicht zu leiden.«

Zeppelin, noch immer ein wenig außer Atem und ganz gewiss nicht nüchtern, antwortete geradeheraus: »Dies war die erste Möglichkeit, die sich mir bot, ein derartiges Wagnis zu begehen. Aber nein, Angst habe ich dort oben nicht verspürt. Im Gegenteil, es war ein grandioses Gefühl, so hoch über Schiff und Meer zu stehen.«

Lowe lächelte. »Damit erfüllen Sie die wichtigste Voraussetzung für einen Ballonfahrer, Herr Leutnant. Wie wär's? Hätten Sie Lust, mir auf einer Aufklärungsfahrt mit dem Ballon zu assistieren, wenn wir unser Ziel erreicht haben?«

Begeistert sagte Zeppelin zu. Mit einem Fesselballon aufsteigen zu dürfen, war genau nach dem Geschmack des abenteuerlustigen jungen Mannes.

❧

In Baltimore trafen General Meade, Professor Lowe und Leutnant Ferdinand von Zeppelin auf die Potomac-Armee und machten sich mit ihr auf den Marsch nach Gettysburg, einer kleinen Ortschaft im Süden Pennsylvanias. Hier wollte General Meade die Konföderierten stellen und ihren Vormarsch auf dem Territorium der Union stoppen. Sollte er versagen und seine Potomac-Armee den Rebellen unterliegen, wären die Städte Washington, Baltimore und Philadelphia dem Feind schutzlos ausgeliefert. Und das musste natürlich auf jeden Fall verhindert werden.

Meade war daher fest entschlossen, den Feind über die Grenze nach Maryland zurückzuschlagen. Um dieses Ziel zu erreichen, brauchte er jede Unterstützung, der er habhaft werden konnte – wie zum Beispiel aktuelle Angaben über Stärke und Stellungen der gegnerischen Truppen. Und obwohl der General im Grunde überhaupt nichts von der Ballonfahrerei hielt, sollte der Professor eben diese Informationen beibringen.

Die Potomac-Armee schlug ihr Lager kurz vor Gettysburg am Rande einer Hügelkette auf. Auf der anderen Seite des niedrigen Höhenzugs war die von General Robert E. Lee geführte Armee der Konföderierten in Stellung gegangen. Im Morgengrauen würde die Schlacht beginnen. Das wusste man in beiden Lagern – hüben wie drüben.

Müde hatten die Männer ihre grauen Zelte errichtet und machten sich nun, bewaffnet mit Napf und Henkelbecher, hungrig auf die Suche nach etwas Essbarem. Vor den Proviantwagen standen bereits große Kessel mit Bohnensuppe und Speck auf den Feuern, es wurde Brot verteilt und Kaffee ausgeschenkt.

Auch Zeppelin holte sich seine Ration und setzte sich anschließend vor sein Zelt, um sie zu vertilgen. Er hatte seinen Napf noch nicht geleert, als der Professor vorbeikam.

»Heute Abend geht es los, Junge«, sagte er. »Um Mitternacht steigen wir mit dem Ballon auf. Halten Sie sich bereit.«

Um Mitternacht?

Zeppelin war irritiert. Brauchte man zur Feindaufklärung nicht Tageslicht? Was um alles in der Welt wollte der Professor im Dunkeln erkunden? Doch Lowe war bereits weitergegangen und bot ihm vorerst keine Möglichkeit, Fragen zu stellen.

Überzeugt davon, dass der Professor wusste, was er tat, beendete der Württemberger seine Mahlzeit und sehnte ungeduldig das Ende des Tages herbei.

Da er als neutraler Kriegsbeobachter zum einen keine besonderen Aufgaben zu erfüllen hatte, sich andererseits aus dem Lager aber nicht entfernen durfte, blieb ihm nur eines, um sich die Zeit zu vertreiben: die Augen offen zu halten und alles zu beobachten, was in seiner unmittelbaren Nähe geschah. Während um ihn herum die Soldaten und Offiziere der Potomac-Armee sich ihrer Uniformjacken und Stiefel entledigt hatten, sich einen Teufel um Kleidervorschriften scherten und nun halb nackt umhersprangen, trug er trotz des warmen Sommerwetters seine königsblaue württembergische Kavallerie-Uniform, die kein Stäubchen und kein offener Knopf verunzierten.

Unwillkürlich stellte Zeppelin fest, wie sehr sich die militärische Führung dieser Armee von dem unterschied, was er aus seiner Heimat gewohnt war. Dort lebte man nach einem streng hierarchischen, auf Befehl und Gehorsam beruhenden System, wohingegen die traditions- und konventionslosen Amerikaner weder übermäßig strenge Disziplin noch Kadavergehorsam zu kennen schienen.

Keiner der Offiziere dachte daran, seine Männer einen Tag vor der Schlacht militärischem Drill zu unterziehen oder ihnen ihre nicht vollständig angelegten Uniformen vorzuhalten. Die Soldaten hingegen erwarteten Vorgesetzte, auf die sie sich verlassen konnten. Eine hohe gesellschaftliche Stellung und lautes Sporenklirren reichten als Qualifikation für einen Offizier nicht aus, um den Männern Respekt abzuverlangen.

Zeppelin musste sich selbst eingestehen, dass er beeindruckt war. Die Erkenntnis, dass eine Armee auch ohne das ganze militärische Brimborium, auf das man in Europa so viel Wert legte, siegreich und schlagkräftig sein konnte, erstaunte ihn – und imponierte ihm zugleich.

Während die Sonne sich am Abend vor der entscheidenden Schlacht anschickte, wie ein roter Feuerball unterzugehen, wurde es im Lager der Potomac-Armee ruhiger. Viele Soldaten dösten vor ihren Zelten, andere saßen in kleinen Grüppchen zusammen und unterhielten sich leise. Zwei Zelte weiter spielten einige Männer Karten. Ein leeres Holzfässchen diente ihnen dabei als Tisch.

Zeppelin, den die Aufregung bereits gepackt hatte, konnte sich nur darüber wundern, wie entspannt die Soldaten vor der großen Schlacht wirkten. Und wenn er den einen oder anderen darauf ansprach, winkte dieser nur ab.

»General Meade schafft das schon«, lautete die einhellige Meinung. »Er wird nicht zulassen, dass dieses kriegsentscheidende Gefecht verloren geht.«

Das Vertrauen der Männer in ihren neuen General schien grenzenlos zu sein, und der Einzige, der angespannt wirkte, war offensichtlich er selbst. Allerdings bezog sich Zeppelins Aufregung nicht allein auf den morgigen Kampf – der immerhin die erste große Schlacht seines Lebens darstellte –, sondern vielmehr auch auf die bevorstehende Ballonfahrt.

Drei Stunden vor der verabredeten Startzeit machte sich der junge Leutnant auf den Weg. Der Platz, von dem aus der Ballon aufsteigen sollte, lag gut geschützt inmitten des Lagers. Der Leutnant musste nur den schmalen Pfaden folgen, die sich aus den schnurgerade ausgerichteten Zeltreihen ergaben.

Um die Rebellen nicht auf die geplante Ballonfahrt aufmerksam zu machen, hatte man mit den offensichtlichen Vorbereitungen erst nach Einbruch der Dämmerung begonnen. Als Zeppelin eintraf, entrollten die Männer gerade den noch zusammengefalteten Ballon.

Lowe überwachte die Arbeiten, prüfte das Seil, an dem der Ballon gesichert werden konnte, und den stabilen Korb, der ihn und den jungen Württemberger tragen sollte. Zwischendurch blickte er immer wieder zum Himmel empor, der jedoch unverändert klar blieb.

Zeppelin beobachtete, wie der Professor eine Handvoll Sand aufnahm und fallen ließ.

»Die Windrichtung stimmt«, meldete er General Meade. »Für meinen Geschmack bläst es aber noch ein wenig zu stark.«

»Sehen Sie«, knurrte der General, »genau das ist der Grund, warum ich von Ihrem Hokuspokus nichts halte. Es ist ein Glücksspiel, weil man viel zu sehr auf das unberechenbare Wetter angewiesen ist.«

»Sie haben doch überhaupt keine Ahnung«, giftete Lowe zurück. »Mehr als einmal habe ich General Hooker einen völlig zutreffenden Bericht liefern können und …«

»Natürlich«, höhnte Meade. »Wohin das geführt hat, sehen wir ja. Die Rebellen stehen noch immer in Pennsylvania. Und ich muss für Ihren feinen Hooker jetzt die Kohlen aus dem Feuer holen.«

»Aber dafür bin doch nicht ich verantwortlich …«

Es fehlte nicht viel und die beiden Hitzköpfe hätten sich am Vorabend der Schlacht ernsthaft in die Wolle bekommen.

Endlich war es so weit. Der große, aus dichter Seide gefertigte nachtblaue Ballon war fest vertäut und mit sechshundert Kubikmetern Wasserstoffgas gefüllt. Um ihn am Boden zu halten, hatte man an die bereits am Ballon befestigte Gondel zahlreiche Sandsäcke als Ballast gehängt.

»Wir sind bereit«, erklärte Lowe.

»Dann los«, knurrte Meade und setzte hinzu: »Viel Glück Ihnen beiden.«

Der Professor stieg als Erster in den Korb, Zeppelin, dessen Knie vor Aufregung ein wenig zitterten, folgte ihm auf dem Fuß. Die Soldaten, die die Gondel gehalten hatten, traten zurück. Der Ballon hob vom Boden ab und stieg langsam auf, ohne das geringste Geräusch zu verursachen. Dass der Professor damit begonnen hatte, Sand aus den Säcken rieseln zu lassen, um den Ballon immer weiter emporzubringen, bemerkte Zeppelin nicht einmal. Er war viel zu fasziniert von dem Erlebnis seiner ersten Ballonfahrt, beobachtete aufgeregt, wie Menschen und Zelte unter ihm immer kleiner und schließlich von der Dunkelheit verschluckt wurden. Nur die Zeltlichter und Lagerfeuer waren noch auszumachen.

Und plötzlich begriff er: Auch die gegnerischen Soldaten würden Feuer entzünden und ihre Zelte beleuchtet haben. Man musste die Lichter nur zählen, um die Truppenstärke halbwegs genau zu ermitteln. Die ganze Zeit hatte er sich gefragt, wobei er dem Professor assistieren sollte. Jetzt wusste er es.

Gemächlich stieg der Ballon höher. Stille und dunkle Nacht umfing die beiden Männer. Weit über sich konnten sie den klaren Sternenhimmel und unter sich die Lichter ihres Lagers ausmachen. Dazwischen schwebten sie.

Zeppelin meinte zu träumen. Es war so unglaublich, was er gerade erlebte, so unwirklich. Wäre es ihm nicht zu kindisch erschienen, hätte er sich am liebsten selbst gekniffen. Unwillkürlich erinnerte er sich an sein Erlebnis auf der Segelkorvette Tisiphone, als er im trunkenen Zustand das Bramsegel erklommen hatte. Es war eine großartige Erfahrung gewesen, so hoch über Schiff und Meer zu stehen, aber kein Vergleich zu dem, was er hier und jetzt empfand. Er fühlte sich wie im Rausch – und das, ohne einen Tropfen Alkohol zu sich genommen zu haben.

Inzwischen zeichnete sich deutlich das dunkle Band der Hügelkette ab. Und schließlich, nachdem sie weiter an Höhe gewonnen hatten, blitzten die ersten Lichter auf der anderen Seite des Höhenzuges auf. Da waren sie, die Rebellen. Wie die Unionisten hatten sie ihr Lager fein säuberlich und in mehreren Reihen entlang der Hügelkette aufgeschlagen.

Wenig später ging ein leichter Ruck durch die Gondel. Das Seil, mit dem sie am Boden verankert waren, hatte sich vollends abgerollt. Ihr Aufstieg war beendet. Lowe stellte den Sandabwurf ein und schaute zu Zeppelin hinüber.

»Alles in Ordnung? Geht es Ihnen gut, junger Mann?«

Der Angesprochene lächelte, obwohl er sich nicht sicher war, ob Lowe das in der Dunkelheit überhaupt wahrnehmen konnte.

»Ich glaube, es ist mir in meinem ganzen Leben noch niemals besser gegangen«, antwortete er.

»Gut«, nickte der Professor zufrieden. »Dann an die Arbeit.«

Eine gute Stunde lang zählten die beiden Männer Zeltlichter. Dann machten sie sich daran, zur Erde zurückzukehren.

Die dreitägige Schlacht von Gettysburg ging als einer der blutigsten Kämpfe in die Geschichte ein, die jemals auf dem Gebiet der Vereinigten Staaten ausgefochten wurden. Für den Amerikanischen Bürgerkrieg wurde Gettysburg zum Wendepunkt – zum Anfang vom Ende der Konföderation.

Und für Zeppelin? Eigentlich hatte er den Kämpfen lediglich als neutraler Beobachter beiwohnen sollen. Doch dann empfand er es als eines Soldaten unwürdig, an einem Krieg teilzunehmen und passiv zu bleiben.

Inmitten des Kanonendonners, des Pulverqualms und der Schreie sterbender Soldaten ließ er sich dazu hinrei-ßen und nahm an einem Kavallerieangriff auf die Flanke der gegnerischen Armee teil. Dabei wagte er sich allerdings ein bisschen zu weit vor, wurde von seinen Kameraden getrennt und lief dem Feind in die Arme. Ein Reitertrupp der Südstaatenarmee verfolgte und beschoss ihn. Er musste flüchten und verdankte es vor allem seinem schnellen Pferd, dass er die Attacke überlebte.

Wenn Zeppelin sich später dieser Tage in den Vereinigten Staaten erinnerte, wurde das grauenvolle Blutvergießen dennoch stets von einem anderen Erlebnis überstrahlt: seiner ersten Ballonfahrt.

Und obwohl es ihm zu diesem Zeitpunkt selbst noch nicht bewusst war, wurde sein ganz persönlicher Traum vom Fliegen in der Nacht vor der Schlacht von Gettysburg geboren.

ZWEITES KAPITEL –
STUTTGART, 1870

MAN SCHRIEB DAS JAHR 1870, es war Sommer und es roch gefährlich nach Krieg. Mit Sorge beobachtete das französische Kaiserreich bereits seit Jahren, wie aus dem ewig zersplitterten deutschen Flickenteppich unter preußischer Führung allmählich ein mächtiger Nachbar herangewachsen war. Noch hatten sich im sogenannten Norddeutschen Bund nicht alle deutschen Staaten zusammengeschlossen. Doch wenn es dazu kommen sollte, so fürchtete Paris, wäre die europäische Vormachtstellung Frankreichs deutlich gefährdet.

Die Situation spitzte sich weiter zu, als das spanische Parlament auf der Suche nach einem neuen König dem preußischen Prinzen Leopold von Hohenzollern-Sigmaringen die spanische Krone anbot und dieser auf das Angebot einging.

Frankreichs Kaiser Napoleon III., der sich bereits von den Deutschen umzingelt sah, protestierte energisch und drohte unmissverständlich mit Krieg, sollte Prinz Leopold von seiner Kandidatur nicht zurücktreten.

Die Zeitungen in Preußen, aber auch die der anderen deutschen Länder überschlugen sich mit diesbe-

züglichen Meldungen. Schließlich wurde der preu-
ßisch-französische Zwist in ganz Deutschland zum
Thema – auch im Haus des zweiunddreißigjährigen
Ferdinand Erbgraf von Zeppelin, der inzwischen zum
Dragonerhauptmann avanciert war und seinen Dienst
in der Adjutantur König Karls I. von Württemberg
leistete.

»Glaubst du, es wird zum Krieg kommen?« Isabella
von Zeppelin stellte die Frage, als sie die Suppe auftrug.

Ihr Gatte sah auf, faltete die Zeitung zusammen und
legte sie beiseite.

»Ich kann es mir kaum vorstellen. König Wilhelm
scheint nicht besonders erpicht darauf zu sein, sich mit
einem säbelrasselnden Napoleon einzulassen.«

»Er vielleicht nicht«, gab Isabella zurück, während
sie die Suppe mit einer silbernen Kelle auf die Teller
schöpfte, die eine filigrane Blütenkante schmückte.
»Aber Bismarck dafür umso mehr. Irgendwie ist mir
dieser preußischen Blut-und-Eisen-Kanzler zutiefst
unsympathisch.«

Zeppelin antwortete nicht, sondern beobachtete
schweigend die Frau, mit der er seit einem Jahr vermählt
war. Ach, wie sehr er sie liebte, diese ruhige, schöne
und intelligente baltische Baronesse. Jeden Tag beglück-
wünschte er sich aufs Neue zu seiner Entscheidung, ihr
einen Antrag gemacht zu haben.

»Was schaust du mich so an?« Etwas verunsichert
schaute Isabella an sich herab, konnte aber nichts Auf-
fälliges entdecken. Die weiße Schürze mit den berüsch-
ten Bändern war blütenrein.

Zeppelin lächelte sie zärtlich an. »Mir gefällt halt, was ich sehe«, erwiderte er und griff nach der Serviette.

Isabella erwiderte sein Lächeln und ließ dann ihren Blick über den Tisch gleiten. Hatte sie auch nichts vergessen? Nein, Brot und Salz standen parat, genau so, wie ihr Gatte es erwartete.

Sie liebte es, die Hausfrau zu spielen. Wenn sie daheim am Bodensee waren, übernahm eine Köchin die Zubereitung der Speisen und ein Mädchen die Bedienung bei Tisch. Nicht anders tat es der alte Graf Friedrich von Zeppelin, ihr Schwiegervater. Und wer konnte es ihm verdenken, schließlich war er schon seit fast zwanzig Jahren verwitwet und wollte sich natürlich nicht selbst in die Küche stellen.

Wenn sie und Ferdinand allerdings in Stuttgart lebten, kümmerte sie sich um alles und genoss es, ihren Gatten selbst versorgen zu können.

Eine Weile löffelten sie schweigend ihre Suppe.

»Falls es zum Krieg kommen sollte«, begann Isabella erneut mit dem leidigen Thema, »müssten dann auch die Württemberger einrücken?«

»Ich fürchte ja«, gab Zeppelin zögernd zurück. »Es gibt Bündnisse ...« Doch dann unterbrach er sich selbst. »Könnten wir bitte das Thema wechseln, Liebste? Den ganzen Tag über muss ich mich mit diesem verdammten Kriegsgeschrei herumschlagen. Da möchte ich wenigstens am Abend meine Ruhe haben.«

Lange sollte Zeppelin dem Geschrei jedoch nicht mehr entkommen können. Am 19. Juli 1870 erklärte der französische Kaiser Napoleon III. Preußen den Krieg, und bereits einen Tag später erhielt der Dragonerhauptmann einen Marschbefehl zu einem Sonderkommando nach Karlsruhe.

Isabella gab sich beim Abschied sehr gefasst. Immerhin, die Kampfhandlungen hatten noch nicht begonnen. Und was auch immer man in Karlsruhe von ihrem Ferdinand wollte, in unmittelbarer Lebensgefahr würde er sich dort nicht befinden.

»Schreib mir, sobald du Näheres weißt«, bat sie beim Abschied auf dem Stuttgarter Hauptbahnhof. »Und sende den Brief per Boten. Dann kommt er schneller an, als wenn du ihn der Post übergibst.«

Zeppelin versprach, alles zu tun, um seiner Frau lange Zeiten quälender Ungewissheit zu ersparen, umarmte sie ein letztes Mal und betrat sein Eisenbahnabteil. Gleich darauf setzte sich die schwere Lokomotive zischend und pfeifend in Bewegung. Langsam rollte der Zug aus der Bahnstation.

Mit zuversichtlichem Lächeln auf den Lippen winkte Ferdinand seiner Gemahlin einen letzten Abschiedsgruß zu. Doch Isabella konnte sein Lächeln kaum erwidern. Mit Tränen in den Augen sah sie dem Zug nach, bis er hinter einer Biegung verschwunden war.

Zeppelin erreichte die badische Stadt Karlsruhe ohne Zwischenfälle. Da er noch ein wenig Zeit hatte, kehrte er in ein Gasthaus in der Lang Gass ein, um ein frühes Mittagsmahl zu sich zu nehmen. Auch wenn er einen Offiziersrang bekleidete, hatte er als Soldat gelernt, sich bietende Gelegenheiten sofort zu nutzen. Man wusste nie, wann sich wieder eine ergab.

Gerade wollte er sich die Maultaschen schmecken lassen, als er plötzlich eine Hand spürte, die ihm herzhaft auf die Schulter klopfte.

»Die Welt ist ein Dorf, meinen Sie nicht auch, Zeppelin?«

Der Dragoner sah auf. Er wusste, dass er das Gesicht des großen, dunkelhaarigen Mannes mit dem struppigen Bart schon einmal gesehen hatte. Er konnte es in seiner Erinnerung jedoch nicht zuordnen.

»Wir sind uns in Washington begegnet«, half ihm der Fremde auf die Sprünge. »Vor – lassen Sie mich nachdenken – etwa sieben Jahren, würde ich schätzen. Ich habe Sie damals mit den kulinarischen Raffinessen der Neuen Welt bekannt gemacht.«

Unwillkürlich musste Zeppelin lachen. Jetzt war auch bei ihm der Groschen gefallen.

»Mr Russell, nicht wahr? Der berühmte Kriegsberichterstatter der Londoner *Times*. Es ist mir eine Freude, Sie wiederzutreffen, Sir.«

»Die Freude ist ganz meinerseits, alter Freund«, grinste der Journalist, der sich mit seinen Reportagen aus diversen Kriegsgebieten selbst in deutschen Landen einen Namen gemacht hatte. Und wie damals nahm er auch jetzt ohne Umstände an Zeppelins Tisch Platz.

»Was führt Sie nach Karlsruhe, Mr Russell?«

»Mein Metier, Herr Hauptmann«, sagte der Ire. »Immerhin hat Frankreich dem preußischen König Wilhelm den Krieg erklärt. Und da interessieren sich meine

Leser natürlich dafür, wie sich die anderen deutschen Staaten verhalten werden.«

»Natürlich«, lachte Zeppelin. »Aber ich hoffe, dass sie auf diese Frage von mir keine Antwort erwarten.«

»Sicher nicht«, gab Russell zu. »Selbst wenn Sie etwas wüssten, dürften Sie mir nichts sagen. Aber vielleicht können Sie mir etwas anderes erklären: Wie kam es denn nun zu dieser Kriegserklärung? Wenn ich richtig unterrichtet bin, verwahrte sich der französische Kaiser dagegen, dass einem Hohenzollern-Prinzen die spanische Krone angeboten wurde, oder?«

Zeppelin nickte und meinte: »Offensichtlich befürchtete Frankreich, von den Preußen eingekreist zu werden.«

»Was man ihnen vielleicht nicht einmal verdenken kann«, meinte Russell. »Aber wie ging's dann weiter? Soweit ich weiß, hat der Prinz die Krone zwar zunächst angenommen, dann aber auf Bitten des preußischen Königs um des lieben Friedens willen abgelehnt. Was hat den Franzosen daran nicht gepasst?«

Zeppelin zuckte mit den Schultern. »Die einfache Absage hat ihnen nicht ausgereicht. Sie wollten mehr. Der Preußenkönig sollte dem Prinzen für alle Zeiten untersagen, die spanische Königswürde eines Tages doch noch anzunehmen.«

»Und diese Forderung ging Wilhelm zu weit?«

Der Hauptmann nickte. »Genau. So weit wollte er den Franzosen dann doch nicht entgegenkommen, zumal ihm das Ansinnen auf eine etwas … nun, sagen wir aufdringliche Art und Weise präsentiert wurde.«

Russell zog die Stirn fragend in Falten. »Und das heißt?«

»Nun ja«, gab Zeppelin gedehnt zurück, »Napoleon schickte einen Botschafter nach Bad Ems, wo König Wilhelm in jenen Tagen zur Kur weilte, um ihm die weitere Forderung vorzulegen. Ärgerlicherweise war dieser merkwürdige Diplomat aber nicht einmal bereit, den gewährten Audienztermin abzuwarten, sondern überreichte dem König das Schreiben beim Spaziergang mitten auf der Bad Emser Kurpromenade. Erzürnt lehnte der König das Ersuchen ab und unterrichtete seinen Ministerpräsidenten Otto von Bismarck mit einem regierungsinternen Telegramm über den unerfreulichen Vorgang. Aber darüber müssten Sie als Journalist doch informiert sein.«

Russell nickte. »Das stimmt. Von der sogenannten Emser Depesche habe ich bereits gehört. Allerdings stammt meine Version von den Franzosen. Und nach Möglichkeit hole ich mir Informationen immer von beiden Seiten ein.«

»Das ist gewiss eine vernünftige Vorgehensweise«, gab Zeppelin zurück und blickte bedauernd auf die inzwischen nur noch lauwarmen Maultaschen. »Sie gestatten doch? Bevor sie ganz kalt werden …«

»O ja, natürlich«, erwiderte Russel. »Und wenn es Sie interessiert, könnte ich Ihnen dabei schildern, wie die Franzosen die Sache sehen.«

Zeppelin hatte den Mund voll und konnte nur nicken.

Der Journalist nahm es als Zustimmung und begann mit seinem Bericht: »Bis zur Emser Depesche sind die

Darstellungen fast identisch. Lediglich die Übergabe der Forderung auf der Promenade haben die Franzosen ausgelassen. Und dann kam, wie Sie ja auch bereits erwähnten, Bismarck ins Spiel, der, wie Sie gewiss zugeben werden, nicht annähernd so friedliebend ist wie sein König. Diesem Mann also, der sich die Vereinigung aller deutschen Kleinstaaten auf die Fahne geschrieben hat und der der festen Überzeugung ist, dass Bayern, Baden, Hessen und Württemberg nur mithilfe eines siegreichen Krieges unter preußische Führung zu bringen sind, kamen die Spannungen mit Paris sehr gelegen.

Um noch mehr Öl ins Feuer zu gießen, gab Bismarck die bewusste Depesche an die Presse weiter – allerdings in derart gekürzter Form, dass sie nun wie eine Absage an jede weitere Verhandlung mit Frankreich klang.

Am 14. Juli, dem französischen Nationalfeiertag, erschien die Meldung in den Zeitungen Frankreichs. Und die dortige Öffentlichkeit reagierte auf die angebliche Düpierung ihres Kaisers – wie vom Eisernen Kanzler vorhergesehen – mit nationaler Empörung. ›Nieder mit Bismarck‹, skandierten die Menschen auf den Straßen.«

Erstaunt sah Zeppelin auf. »Und deswegen erging die Kriegserklärung?«

»Nun ja«, fuhr Russell fort. »Napoleon befand sich in einer Zwickmühle. Eigentlich war er auf einen Krieg nicht vorbereitet. Andererseits erwarteten seine Anhänger, allen voran seine Gemahlin Eugénie, außenpolitische Erfolge und imperialen militärischen Ruhm. Und nun hatte ihn auch noch Bismarck herausgefordert. Also tat er das, was er glaubte, tun zu müssen, und erklärte Preußen den Krieg. Die Frage, die sich nun stellt: Werden es die Franzosen allein mit Preußen und dem Norddeutschen Bund zu tun bekommen, oder gibt es ein sogenanntes Schutz- und Trutzbündnis, das die süddeutschen Staaten im Falle eines Angriffs verpflichtet, Preußen zur Hilfe zu eilen?«

Zeppelin, dem es in der Zwischenzeit tatsächlich gelungen war, seine Mahlzeit zu beenden, grinste. »Die Frage haben Sie mir schon eingangs gestellt, Mr Russell. Und ich kann nur wiederholen, dass ich Ihnen eine Antwort darauf schuldig bleiben muss.«

»Das verstehe ich natürlich«, gab der Journalist nachdenklich zurück. »Wenn man allerdings überlegt, dass Bismarck nach der Kriegserklärung seinen Generälen gegenüber geäußert haben soll, er habe nicht geglaubt, dass die Franzosen so schnell anbeißen würden, drängt sich einem schon die Vermutung auf, dass sich die Geschichte ganz nach seinen Wünschen entwickelt hat. Und das würde immerhin für ein Bündnis ...« Er unterbrach sich. »Verzeihen Sie, Herr Hauptmann. Ich respektiere natürlich Ihre Weigerung, über diese Angelegenheit zu sprechen, und freue mich im Übrigen über unser Wiedersehen. Was führt Sie denn nach Karlsruhe?«

Zeppelin schüttelte amüsiert den Kopf. »Auch diese Frage kann und darf ich Ihnen nicht beantworten, Mr Russell.«

Der Kriegsberichterstatter stimmte in das Lachen ein. »Ich fürchte, ich muss abermals um Entschuldigung bitten. Ich bin nun einmal mit Leib und Seele Reporter und versuche daher stets und ständig, an Informationen zu kommen.«

Nach diesem Geständnis wandten sich die beiden Herren endgültig unverfänglicheren Themen zu.

Oberstleutnant Freiherr Wilhelm Dietrich von Gemmingen, Kommandeur des 3. Badischen Dragoner-Regiments Prinz Karl, erwartete Hauptmann von Zeppelin bereits, als dieser pünktlich zur festgesetzten Zeit die Kavalleriekaserne am Durlacher Tor betrat. »Sie sind uns empfohlen worden, Hauptmann von Zeppelin, als ein Mann, der sich im Elsass auskennt.«

Der Württemberger nickte. »Ein wenig, Herr Oberstleutnant.«

»Das ist gut«, stellte der Kommandeur zufrieden fest. »Denn ich habe einen besonderen Auftrag für Sie. Nach der Kriegserklärung Frankreichs werden wir aufgrund eines Schutzbündnisses an der Seite Preußens und des Norddeutschen Bundes mit ins Feld ziehen müssen. Sie sind darüber unterrichtet?«

»Jawohl, Herr Oberstleutnant.«

»Das mag uns gefallen oder nicht, aber wir haben keine Wahl. Unabhängig davon würden die Kämpfe ohnehin auf unserem Territorium stattfinden. Also kann es nur in unserem Interesse sein, den Feind so schnell wie möglich ins eigene Land zurückzuschlagen. Um dabei so effektiv wie möglich vorgehen zu können, wäre es hilfreich zu wissen, wie er aufgestellt ist. Das Armeekorps Marschall Mac-Mahons vermuten wir im Elsass. Darum sollen Sie auskundschaften, wo es genau steht, wie stark es ist und ob es bereits zu einer Offensive gegen deutsche Stellungen rüstet. Haben Sie dazu Fragen?«

»Nein, keine weiteren Fragen, Herr Oberstleutnant.«

»Gut«, erklärte von Gemmingen. »Natürlich wird man Ihnen eine Begleitmannschaft zur Seite stellen.«

»Darf ich diesbezüglich Wünsche äußern?«, wollte Zeppelin wissen.

»Gewiss«, gab der Kommandeur zurück. »Schießen Sie los.«

»Dann hätte ich gern lediglich einen Offizier und drei Dragoner auf möglichst guten Pferden«, bat der Württemberger. »Mit einer kleinen Gruppe kann ich mich wesentlich unauffälliger bewegen.«

»Wir werden es bedenken«, erklärte von Gemmingen. »Abmarsch der Patrouille erfolgt morgen früh, um acht Uhr. Treffpunkt ist die Ortschaft Hagenbach. Von dort aus sollten Sie in Lauterberg die Grenze überqueren. Danach sind Sie auf sich allein gestellt. So weit alles verstanden?«

»Jawohl, Herr Oberstleutnant.«

»Wunderbar, Hauptmann von Zeppelin«, sagte der Kommandeur. »Sie können jetzt wegtreten. Ich wünsche uns und Ihnen viel Glück bei dem Erkundungsritt.«

Den Rest des Tages verbrachte Zeppelin damit, sich ein erstklassiges Pferd im Marstall auszuwählen und seiner Frau zu schreiben. Selbstverständlich durfte er Isabella nichts von dem Erkundungsritt berichten, aber er konnte sie zumindest darüber informieren, dass er für mehrere Tage nicht erreichbar war. Dafür musste sie Verständnis haben. Schließlich war sie die Frau eines Soldaten.

Der 24. Juli 1870 war ein strahlend schöner Sonntag, der jedoch mit einer Ernüchterung für Zeppelin begann. Als er frühmorgens in Hagenbach eintraf, fand er statt der erbetenen vier Männer vierzehn vor: sieben Offiziere und die gleiche Anzahl Dragoner. Laut Befehl musste er sie alle mitnehmen.

Der Abmarsch der Patrouille erfolgte pünktlich um acht Uhr. Über einsame Waldwege des Hagener Forstes näherte man sich vorsichtig der elsässischen Grenzstadt Lauterberg. Dort nutzte die Kavalkade das Überraschungsmoment und sprengte mit gezogenem Säbel und unter lautem Hurra-Geschrei durch das Nordtor der Stadt.

Erschrocken brachten sich die Zöllner in Sicherheit. Die Menschen, die gerade aus der Kirche kamen, schauten den Kavalleristen verdutzt hinterher. Noch bevor die französischen Bewachungstruppen überhaupt begriffen, was vor sich ging, und reagieren konnten, waren die Reiter bereits wieder verschwunden und befanden sich nunmehr auf feindlichem Boden.

Zuerst beeilten sich Zeppelin und seine Männer, ihren Auftrag auszuführen, und beobachteten, immer wieder Deckung in den Wäldern suchend, die Aufstellung der französischen Heeresabteilungen. Wenn es sich allerdings gerade ergab, taten sie ein Übriges: zerstörten Telegrafenleitungen und Eisenbahnschienen und forderten einen Landbriefträger mit vorgehaltener Pistole auf, die Post herauszurücken. Auch durch die Einberufungsbefehle, die sie sich auf diese Weise aneigneten, gewannen sie Kenntnisse über einzelne Truppenteile und Standorte.

Am nächsten Morgen beschloss Zeppelin, seinen Auftrag zu erweitern. Obwohl dafür kein Befehl vorlag und die ihm unterstellten Offiziere dagegen protestierten, wollte er den Aufmarsch Marschall Mac-Mahons bis zur Bahnlinie Hagenau–Niederbronn aufklären. Daher beauftragte er Unterleutnant Joseph von Voß, in Begleitung von zwei Dragonern, nach Karlsruhe zurückzukehren, um seine Vorgesetzten über die neuen Pläne zu informieren und einen Bericht der bisher gewonnenen Erkenntnisse abzuliefern.

Dann setzte er seinen Erkundungsritt mit den ihm verbliebenen Männern fort. Über Memmelshoffen und Preuschdorf ging es in Richtung Wörth. Kurz vor der Stadt, auf einer Anhöhe bei Dieffenbach, legte die Patrouille eine Rast ein – und blieb nicht unbemerkt.

Ein Bauer entdeckte sie dort, erschrak und eilte in die Stadt: »Die Deutschen kommen! Die Deutschen kommen!«

Der diensthabende Gendarm reagierte sofort und ritt, wie von wilden Furien gehetzt, in das etwa zehn Kilometer entfernte Niederbronn, um das dort stationierte 12. Régiment de Chasseurs à Cheval zu alarmieren. Die leichte Kavallerie rückte sofort nach Wörth aus und bekam dort die Meldung, dass die Deutschen bereits abgezogen wären und die Landstraße in Richtung Gundershoffen genommen hätten.

Wegen der großen Hitze, aber auch weil ihr Proviant aufgebraucht war, mussten Zeppelin und seine Männer eine weitere Rast einlegen, bevor sie ihr eigentliches Ziel, das an der Bahnlinie gelegene Gundershoffen, erreichen konnten.

Sie kehrten im Landgasthof Lienhard im Dorf Schirlenhof ein, wo man sie recht freundlich aufnahm. Nur einer der anwesenden Bauern leistete Widerstand und bedrohte Zeppelin und sein Gefolge mit einer Sichel. Als die Männer der Patrouille jedoch ihre Säbel blankzogen, verschwand er eilig in einer der nahen Katen.

Im Gasthaus tischte ihnen der Wirt Bratkartoffeln mit Eiern auf und wies seinen Knecht an, die Pferde zu versorgen. Nach dem reichlichen Essen wurden die Männer schläfrig. Und während einer von ihnen, Dragoner Augustin Kraus, vor dem Gasthaus Posten bezog und Zeppelin noch einmal die Landkarten studierte, dösten die übrigen in der Gaststube müde vor sich hin.

Plötzlich wurde die friedliche Stille von zwei peitschenden Schüssen unterbrochen. Die Männer fuhren auf. Wie sich herausstellte war es Kraus, der die Schüsse auf das herannahende Escadron Chasseurs à Chevals abgegeben hatte. Die Franzosen hatten die Deutschen eingeholt. Zeppelin und seine Männer saßen in der Falle.

Nach etwa 30 Minuten war der Kampf entschieden, und die sich in Überzahl befindenden Franzosen hatten den Sieg davongetragen. Ein Mann der Patrouille, der schottischstämmige Unterleutnant William Winsloe, war gefallen. Zehn seiner Kameraden gerieten in französische Gefangenschaft, darunter die beiden schwerverletzten Unterleutnants Herbert von Hasseln und Lothar von Gennsfeld.

Als Zeppelin keine Möglichkeit mehr sah, das Gefecht für sich zu entscheiden, floh er durch die Hintertür des Wirtshauses. Im Garten stand eine Frau, die ein eingefangenes Chasseurs-Pferd am Zügel hielt. Zeppelin saß auf und ritt im gestreckten Galopp davon. Eine Karabinersalve knatterte hinter ihm her, doch er erreichte den schützenden Wald von Langensulzbach unverletzt.

Nach zehnstündigem Ritt durch unbekannte französische Stellungen gelangte er heil über die Grenze. Wenig später konnte er seinen Vorgesetzten einen detaillierten Bericht vorlegen, der äußerst nützliche Informationen für die bald darauf erfolgende Offensive der deutschen Armee enthielt.

Und während Zeppelins in Schirlenhof zurückgelassene Kameraden als Kriegsgefangene in die französische Stadt Orléans transportiert wurden, überschüttete man den Hauptmann, als Führer des Patrouillenritts, mit Lob und Ehren. Sein Name, seine Heldentaten waren in aller Munde, und allseits wurde er nur noch der *ruhmreiche Reiter* genannt.

Dragonerhauptmann Graf Ferdinand von Zeppelin nahm auch weiterhin am Deutsch-Französischen Krieg teil und stand mit seiner Einheit schließlich vor Paris.

Als die Stadt vollständig von deutschen Armeen eingekreist und von ihrem Hinterland abgeschnitten war,
begann die Belagerung.

Um den in der Provinz stationierten Armeeteilen
dennoch taktische Befehle erteilen zu können, nutzten
die Franzosen Heißluftballons, die fast täglich aus der
Stadt aufstiegen, ohne dass die Belagerer etwas dagegen
unternehmen konnten.

Mit großem Interesse beobachtete Zeppelin die Ballons, die eine wirksame Durchlöcherung der Belagerung darstellten und mit deren Hilfe es einem führenden
französischen Politiker sogar gelungen war, die Stadt
zu verlassen. Die Schwächen dieses modernen Kriegs-
geräts, die seinerzeit bereits General Meade bei Gettysburg bemängelt hatte, wurden Zeppelin dieses Mal
deutlicher bewusst: Die Ballons waren von der jeweiligen Windrichtung abhängig. Somit bestand stets die
Gefahr, dass sie abgetrieben wurden und ihr Ziel nicht
erreichten.

Während die Deutschen darauf warteten, dass Paris
endlich kapitulierte, begann Dragonerhauptmann Zeppelin über eine mögliche Lenkbarkeit von Freiballons
nachzudenken. Erste Pläne begannen in seinem Kopf zu
reifen, wie er dieses kühne Vorhaben in die Tat umsetzen könnte.

Zwar war der Krieg noch nicht beendet, doch sein
erfolgreicher Verlauf brachte die süddeutschen Staaten Baden, Bayern, Württemberg und Hessen-Darm-
stadt dazu, sich dem Norddeutschen Bund und damit

Preußen anzuschließen. Am 18. Januar 1871 wurde das Deutsche Kaiserreich ausgerufen und Wilhelm I. im Spiegelsaal von Schloss Versailles zum ersten deutschen Kaiser proklamiert.

DRITTES KAPITEL –
SAARBURG, 1891

»Aber Pferde können nicht schiessen«, begehrte Oberst Ferdinand von Zeppelin auf. »Eine Dienstvorschrift, die besagt, dass der Karabiner beim Pferd und nicht beim Mann zu verbleiben hat, ist schlichtweg unsinnig. Hätten wir seinerzeit im Weiler Schirlenhof die Gewehre bei uns getragen, wäre das Gefecht mit Sicherheit anders ausgegangen und …«

Ungeduldig winkte General von Kleist ab. »Wissen Sie, was einer Ihrer gravierendsten Fehler ist, Zeppelin? Dass Sie noch immer versuchen, sich im Ruhm längst vergangener Tage zu sonnen. Gewiss, Ihr Erkundungsritt mag damals wichtige Informationen eingebracht haben, und er hat Ihnen zweifellos zu einer glänzenden Karriere verholfen. Aber er liegt zwanzig Jahre zurück. Es ist nahezu absurd, damit heutige Übertretungen von Vorschriften rechtfertigen zu wollen. Abgesehen davon ist dieser Vorfall nicht der einzige Grund für die negative Beurteilung, die ich Ihnen für Ihre Leistung im Herbstmanöver ausstellen musste. Ihr eigenmächtiges Handeln in Sachen Trompetensignal werfe ich Ihnen gleichfalls vor.« Die entrüstete Stimme des Generals wurde unwillkürlich lauter. »Wie um alles in der Welt kommen Sie dazu, es einfach abzuschaffen Mann?«

Zeppelin bemühte sich, ruhig und sachlich zu bleiben. Immerhin hatte er den General um dieses aufklärende Gespräch gebeten, und ihm erschien es wenig hilfreich, wenn er nun seinerseits ebenfalls lospolterte. Aber bei Gott, es fiel ihm schwer, die überhebliche Ignoranz des Preußen einfach hinzunehmen.

»In der modernen Kriegführung hat die Kavallerie doch längst ihre Bedeutung als Kampftruppe verloren«, führte er geduldig aus. »Ihre Zukunft liegt in der strategischen Aufklärung. Da die weit hörbaren Trompetensignale den Feind jedoch unnötig warnen würden, habe ich in meiner Brigade Sichtsignale eingeführt, die mit dem Säbel oder der Hand gegeben werden können. Sie erfüllen den gleichen Zweck, sind aber wesentlich unauffälliger.«

»Was im deutschen Reichsheer eingeführt wird und was nicht«, schnauzte der General aufgebracht, »steht bestimmt nicht in Ihrer Entscheidung, Zeppelin. Selbst wenn Sie glauben, so viel schlauer zu sein als der Rest der Truppe, haben Sie sich gefälligst an die Vorschriften zu halten. Da Sie dazu offensichtlich nicht in der Lage sind, bleibt es bei der negativen Beurteilung. Und lassen Sie sich eines gesagt sein: Die anstehende Beförderung können Sie gleichfalls vergessen. Solange ich hier etwas zu sagen habe, werden Sie weder das Generals-Eichenlaub noch eine Division zugeteilt bekommen. Ich hoffe, wir haben uns verstanden. Und nun können Sie wegtreten, Herr Oberst. Das Gespräch ist beendet.«

Zeppelin zögerte kurz, sah allerdings ein, dass jedes weitere Wort die Situation nur noch mehr aufgeheizt hätte. Also salutierte er gehorsam, machte eine vorschriftsmäßige Rechtsdrehung und entfernte sich. In ihm brodelte es jedoch. Natürlich, für Offiziere, die selbstständig dachten, war kein Platz in einer Armee, die unter preußischem Befehl stand. Dort wurde einzig Kadavergehorsam gefordert. Das hatte er mit der negativen Beurteilung nun sogar schriftlich.

Und plötzlich wurde ihm bewusst, dass sich an diesem Zustand nichts ändern würde: Auch in Zukunft würden all seine Reformversuche ins Leere laufen. Und das nicht, weil seine Ideen schlecht oder überflüssig waren, sondern weil sie von ihm kamen. Wie es aussah, hatte er mit der »persönlichen Denkschrift«, die er vor ein paar Monaten an das preußische Außenministerium gesandt und in der er das preußische Oberkommando über württembergische Truppenteile kritisiert hatte, größeren Unwillen hervorgerufen, als ihm bisher bewusst gewesen war. Wenn er die Situation richtig einschätzte und die negative Beurteilung nur die erste Reaktion auf seine Kritik war, stand zumindest eines fest: Er würde in seiner militärischen Karriere kein Bein mehr vor das andere bekommen. Man würde ihn auf seinem Posten als Kommandeur der preußischen 30. Kavallerie-Brigade in Saarburg einfach versauern lassen.

Unschlüssig ging der Oberst, der fünf Jahre zuvor seinen Vater hatte beerdigen müssen und nun selbst den Grafentitel trug, zu seinem Quartier zurück. Da er mit seinen Gedanken aber allein sein wollte und weder seiner Frau noch seiner zwölfjährigen Tochter Helene begegnen mochte, setzte er sich vor dem Gebäude auf eine Bank. Dabei ließ er das ungemütliche Oktoberwetter ebenso außer Acht wie den herrlichen Blick auf die malerische Saarburg, die über den Dächern der kleinen Stadt thronte und in vergangenen Zeiten so vielen Eroberungsversuchen widerstanden hatte.

Stattdessen fragte er sich, ob er falsch gehandelt hatte. War es etwa nicht seine Pflicht als Offizier, auf bestehende Missstände hinzuweisen? Doch so sehr er auch in sich hineinhörte, die einzige Antwort, die er sich auf diese Frage selbst geben konnte, war, dass der Fehler nicht bei ihm lag. Es waren die Preußen, die irrten, die zu arrogant waren, ihn zu verstehen, und die ihn ungerecht behandelten.

Zeppelin war mit ganzem Herzen Soldat und hing mit Leib und Seele an seinem Beruf. Von der Notwendigkeit, dass jedes Land seine Armee haben müsse, war er ebenso überzeugt wie von der Existenz Gottes. Doch bisher hatte er in seinem Leben niemals halbe Sachen gemacht, und er gedachte auch jetzt nicht, damit anzufangen.

Sollte sich diese schreiende Ungerechtigkeit fortsetzen und er, weil er ein unbequemer Untergebener mit eigener Meinung war, aufs Abstellgleis geschoben werden, würde er, um auch in Zukunft noch in den Spiegel schauen zu können, die erforderlichen Konsequenzen zu ziehen wissen.

∽ッ⌒

Oberst Ferdinand Graf von Zeppelin war zweiundfünfzig Jahre alt und im Vollbesitz seiner Kräfte, als er gezwungen wurde, die schwerste Entscheidung seines Lebens zu treffen. Nachdem ihm nicht nur General von Kleist, sondern auch die preußische Armeeführung unmissverständlich klargemacht hatte, dass er jetzt und in Zukunft von weiteren Beförderungen ausgenommen war, nahm der Kavallerist seinen Abschied und hängte Uniform und Sattel an den Nagel.

Kurz darauf löste er seinen Haushalt in Saarburg auf und zog sich mit Gemahlin Isabella und Tochter Helene, die nur Hella genannt wurde, auf Schloss Girsberg zurück – den Familiensitz der Zeppelins bei Emmishofen am Bodensee, gleich hinter der Schweizer Grenze.

Er sehnte sich nach Ruhe und Abgeschiedenheit und hoffte, beides an dem Ort zu finden, an dem er einst glückliche Jahre seiner Kindheit verlebt hatte. Doch als sie auf Girsberg Einzug hielten, fühlte er sich fremd und deplatziert. Nicht ein Hauch der Geborgenheit, die er als Jugendlicher hier genossen hatte, wollte sich wieder einstellen.

Zeppelin war noch immer wie betäubt von der Enttäuschung über die bittere Ungerechtigkeit, fühlte sich gekränkt, zurückgesetzt und in seiner Ehre persönlich beleidigt. Dass sein Leben, so wie er es bisher gekannt hatte, unwiederbringlich verloren sein sollte, konnte er nach wie vor nicht fassen.

Besorgt beobachtete Gräfin Isabella ihren Gatten, der Tag um Tag in seinem Arbeitszimmer saß und grübelnd die Wände anstarrte. Sie wusste selbst nicht, wie sie mit ihm und der neuen Situation umgehen sollte. Auch sie war noch viel zu überrascht von seiner Entscheidung, die sie völlig unvorbereitet getroffen hatte.

Instinktiv hielt sie sich jedoch zurück. Es war wohl zu früh, Ferdinand ein Gespräch aufzudrängen, zu dem er keinerlei Breitschaft zeigte. Alles, was sie im Augenblick für ihn tun konnte, war, ihn herzlich zu umsorgen und ihm zu zeigen, dass sie und Hella für ihn da waren und an seiner Seite standen.

Tatsächlich veränderte sich das Verhalten des Grafen nach ein paar Tagen. Nun hielt es ihn nicht mehr in seinem Arbeitszimmer, sondern eine nervöse Rastlosigkeit trieb ihn vor die Tür. Als Kavallerist war er es gewohnt, draußen zu sein, mit Pferden umzugehen, im Sattel zu sitzen. Er unternahm Ausritte, blieb aber zumeist auf dem weitläufigen Gelände von Schloss Girsberg.

Nach einigen Wochen – der November neigte sich bereits dem Ende zu – begann er wieder, von seiner Umgebung Notiz zu nehmen. Das Erste, was ihm auf einem seiner Ausritte auffiel, waren die wohlbestellten Felder Girsbergs. Ganz offensichtlich leistete der Pächter, der das Land bewirtschaftete, gute Arbeit.

Zeppelin ritt zurück zum Schloss und versorgte sein Pferd. Anschließend wollte er von den Stallungen aus zum Herrenhaus hinübergehen, als sein Blick auf den gotischen Torbogen fiel – das Überbleibsel einer alten Klosteranlage, der, solange er denken konnte, als Eingang zum Schlosspark diente. Seit seiner Rückkehr nach Girsberg hatte er den Park noch nicht betreten, doch nun schien er ihn wie magisch anzuziehen.

Gleich hinter dem Torbogen stand ein alter Gink-gobaum, zu dessen Füßen das abgeworfene Laub lag und einem leuchtend goldenen Teppich glich. Zeppelin bückte sich und hob eines der eigentümlich geformten Blätter auf. Schon als Kind hatte er sich gefragt, ob es wohl ein Blatt war, das sich teilte, oder zwei, die sich vereinten.

Nun, auch dieses Rätsel würde sich, wie so viele in seinem Leben, nicht lösen lassen.

Müde und mutlos lehnte er sich gegen den mächti-gen dunkelgrauen Stamm des alten Baums, spürte die raue, tief gefurchte Rinde an seiner Wange und emp-fand, nachdem er eine Weile in dieser Stellung verharrt hatte, das erste Mal seit seiner Rückkehr nach Girsberg das tröstliche Gefühl, heimgekommen zu sein.

Langsam setzte Zeppelin seinen Weg fort und ging tiefer in den Park hinein. Zugewucherte Gehwege und verwilderte Rasenflächen empfingen ihn. Allenthalben versperrten heruntergefallene Äste den freien Durch-gang, und die Bächlein, Tuffsteingrotten und Teiche, die vor vielen Jahren mit dem Park erschaffen worden waren, konnte man im dichten Unterholz kaum mehr ausmachen.

Viel zu lange hatte er sich um all das nicht gekümmert. Und als er nun eigenhändig begann, Gestrüpp zu ent-fernen und Bäume zu schneiden, schien es, als würde ihm diese Tätigkeit auf heimischem Grund ein wenig von seiner Ruhe und Gelassenheit zurückgeben, seine geschundene Seele etwas aufrichten.

Eines Tages im Dezember kam ein Bote durch das schmiedeeiserne Tor am Hofeingang geritten. Zeppelin entfernte gerade das Buschwerk aus dem kleinen Küchengarten am ehemaligen Gärtnerhaus, in dem er als Kind selbst Gemüse gezogen hatte. An der blauen, rot abgesetzten Uniform und dem schwarzen Tschako erkannte er sofort, dass der Besucher der Adjutantur des württembergischen Königs angehörte.

Der junge Offizier bemerkte ihn zwar, schien ihn jedoch für den Gärtner zu halten und ritt, ohne ihn weiter zu beachten, zum Schloss hinüber. Unterdessen setzte Zeppelin seine Arbeit fort.

Nur mühsam vermochte der Graf die in ihm aufsteigende Neugier zu bezähmen, doch er zwang sich, weiterzuarbeiten. Gewiss waren es keine guten Nachrichten, die der junge Offizier brachte. Vermutlich würde es sich um seinen Ehrenrang als General à la suite des württembergischen Königs handeln. Wollte man ihm am Ende dieses Diplom, das ohnehin keine militärische Funktion besaß, aberkennen?

Verbittert schüttelte der Graf den Kopf. Warum? Seit Generationen hatten die Zeppelins dem württembergischen Königshaus gedient, ja, sein Großvater hatte sogar die Position eines Staats- und Kabinettsministers unter König Wilhelm I. innegehabt. Warum also sollte ihm der jetzige König Karl, zu dem er seit Jahren ein gutes Verhältnis pflegte, diese Schande antun? Die Preußen konnten damit nichts zu tun haben, weil das Recht des Königs, Titel ehrenhalber zu verleihen, nicht durch die mit Berlin abgeschlossenen Militärkonventionen beschnitten wurde.

Wütend hieb Zeppelin auf eine dicke Brennnesselwurzel ein, die sich nicht entfernen lassen wollte, und ignorierte wenig später das Abrücken des württembergischen Offiziers.

Sollten sie ihn doch alle in Ruhe lassen.

Als der kleine Garten von allem Unkraut befreit war, ging Zeppelin in den Hof und nahm sich den mit dem eisernen Schwan verzierten Brunnen vor, der dringend einer Reinigung bedurfte. Unwillkürlich erinnerte er sich daran, wie es war, damals, als sein Schwager Baron Heinrich von Wolff dieses Schmuckstück nach Girsberg brachte. Isabella, die zu Beginn ihrer Ehe unter schrecklichem Heimweh nach ihrem geliebten Elternhaus Schloss Schwanenburg in Livland litt, hatte sich sehr über das Geschenk gefreut. Ein Grund mehr, Brunnen und Skulptur wieder in altem Glanz erstrahlen zu lassen, und ein guter Vorwand, sich auch weiterhin davor zu drücken, die Nachricht zu lesen, die ihm der württembergische Offizier gebracht hatte.

Nachdenklich blickte er zum Schloss hinüber. Das siebenachsige, breit angelegte Herrenhaus stand vornehm ruhig hinter einem geräumigen Hof, rechts und links von Kutscher-, Gärtner-, Pächterhaus, Stall und Scheune flankiert. Es war recht groß, aber schlicht, und die klassizistische Vorderfront des Herrenhauses wurde nur von einer prächtigen, zweigeteilten Freitreppe und einem kleinen Türmchen geschmückt. Die Glocke, die im Turm hing, war über hundert Jahre alt und mit einer Inschrift versehen, die zwar von hier aus nicht zu lesen, dem Grafen aber sehr wohl bekannt war:

Durch feier und hitz bin ich geflossen,
zur Ehre Gottes in Constanz gegossen 1762.

Unwillkürlich richtete Zeppelin sich auf und straffte die Schultern. Dann ging er mit festen Schritten über den Hof zum Schloss hinüber.

Die Gräfin erwartete ihren Gatten bereits. Auch jetzt stellte sie keine Fragen, verlangte weder zu wissen, warum er nicht selbst mit dem württembergischen Offizier gesprochen, noch warum er so lange gezögert hatte, die überbrachte Nachricht in Empfang zu nehmen. Stattdessen überreichte sie ihm die lederne Kuriermappe mit dem Württemberger Wappen.

»Es wird dich freuen, was sie enthält«, sagte sie mit ihrem freundlichen Lächeln und ließ ihn allein.

Zeppelin stieg die Treppe zu seinem Arbeitskabinett empor, setzte sich an den Schreibtisch und öffnete die Mappe. Seine Hände zitterten ein wenig, als er die Dokumente hervorzog.

Nachdem er sie studiert hatte, musste er sich über die Augen wischen, die feucht geworden waren – aus Erleichterung und Dankbarkeit.

König Karl I. von Württemberg hatte ihm nicht wie befürchtet das Diplom als General à la suite aberkannt, sondern es im Gegenteil bestätigt und ihn außerdem, »in Anerkennung seiner großen Verdienste«, zum Generalleutnant befördert.

Das preußische Eichenlaub hatte er nicht bekommen. Das hatte General von Kleist verhindert. Dafür aber das württembergische – und ein Koppelschloss mit dem Sinnspruch »Furchtlos und treu«.

Diese Auszeichnung legte sich wie eine dicke Schicht Balsam auf Zeppelins gekränktes Ehrgefühl.

Ob König Karl wusste, fragte er sich unwillkürlich, wie viel ihm diese Geste bedeutete?

Aber natürlich wusste er es, gab er sich selbst die Antwort. Und es war seine Art, ihm zu zeigen, dass er seine Entscheidung verstand und achtete.

Zeppelin machte sich auf die Suche nach seiner Frau. Jetzt war er bereit zu reden. Er fand Isabella im kleinen Salon, vor dem leise summenden Kachelofen, über eine Handarbeit gebeugt.

Als er den Raum betrat, sah sie auf und benutzte dann, liebevoll lächelnd, als Erste den neuen Titel, den er als Generalleutnant berechtigt war zu führen: »Guten Abend, Exzellenz.«

Zeppelin erwiderte ihr Lächeln. »Du hattest recht«, sagte er. »Die Nachricht König Karls hat mich sehr gefreut.«

Er setzte sich zu ihr und fuhr nachdenklich fort: »Wenn sie auch kaum etwas geändert hat. Nach wie vor frage ich mich, ob es richtig war, den Dienst zu quittieren, oder ob ich meine Entscheidung überhastet getroffen habe.«

Isabella antwortete mit einer Gegenfrage und beseitigte jeglichen Zweifel: »Hattest du eine andere Wahl? Ich meine, gab es eine Alternative oder einen Kompromiss, den du bereit gewesen wärst einzugehen?«

Verblüfft sah er sie an. Unter diesem Aspekt hatte er

die Angelegenheit noch nicht betrachtet. Sein verletzter Stolz hatte seinen Blickwinkel offensichtlich erheblich reduziert. Doch nun, da Isabella die Frage aufwarf, fand er schnell eine Antwort darauf: Nein, er wäre nicht bereit gewesen, einen Weg einzuschlagen, der ihm verboten hätte, seinen eigenen Kopf zu benutzen, und der ihn gezwungen hätte, sich vollkommen zu verbiegen.

»Du hast abermals recht«, entgegnete er. »Es ist mir sehr schwer gefallen, meinen Abschied zu nehmen. Doch ganz gewiss wäre es mich noch schwerer angekommen, ihn nicht zu nehmen.«

Er lehnte sich im Sessel zurück, fühlte sich ein wenig erleichtert. Allerdings konnte ihm auch die Erkenntnis, richtig gehandelt zu haben, die Angst vor der Zukunft nicht nehmen.

»Die Armee war bisher mein einziger Lebensinhalt«, nahm er das Gespräch schließlich leise wieder auf. »Ihr habe ich mein ganzes Sein gewidmet. Und nun stehe ich als Zweiundfünfzigjähriger mit leeren Händen und ohne Aufgabe da. Dabei fühle ich mich noch viel zu jung, um schon zum alten Eisen geworfen zu werden. Verstehst du, Bella? Es ist, als würde ich den Boden unter meinen Füßen verlieren.« Verzweifelt senkte er den Kopf. »Ich habe schreckliche Angst«, gab er fast flüsternd zu, »schreckliche Angst vor der Leere, die vor mir liegt.«

Isabella erhob sich, wandte sich um und trat ans Fenster. Es war bereits dunkel draußen, und sie konnte kaum etwas sehen. Aber sie wollte verhindern, dass Ferdinand in ihrem Gesicht las, wie sehr sie seine Worte getroffen hatten. Die Armee war sein einziger Lebensinhalt? Zählten sie und Hella denn überhaupt nicht? Nur mit Mühe gelang es ihr, die Frage nicht laut zu stellen.

Und auch die Bemerkung, dass er sich immerhin keine finanziellen Sorgen machen müsse, untersagte sie sich. Schließlich wusste er selbst am besten, wie vermögend die Zeppelins von Haus aus waren. Und auch sie hatte mit ihrer stattlichen Mitgift nicht unmaßgeblich dazu beigetragen, dass dieser Wohlstand vermehrt worden war. Pekuniäre Probleme existierten also nicht, und Ferdinand könnte daher, wenn es ihm gefiel, bis an sein Lebensende als Privatier leben, ohne dass es der Familie an irgendetwas fehlen würde.

Doch sie war eine Frau und dachte und fühlte wie eine Frau. Sie hätte ein ruhiges gemeinsames Leben mit Mann und Kind durchaus genießen können. Ferdinand hingegen war ein Mann, beladen mit den Vorstellungen und Ehrbegriffen seiner Zeit. Er wollte nicht nur, er musste etwas leisten, um sich als nützliches Mitglied der Gesellschaft fühlen zu können.

Entschlossen schluckte Isabella die bitteren Worte herunter, die ihr auf der Zunge lagen, und fragte stattdessen: »Wer hindert dich daran, dir eine neue Aufgabe zu suchen?«

»Du meinst, noch einmal irgendetwas ganz von vorn beginnen?«, vergewisserte er sich, ob er sie richtig verstanden hatte. »Nein, Bella. Dazu bin ich nun wieder nicht jung genug. Und vor allem, was sollte das sein?«

Sie wandte sich zu ihm um und hatte ihr Lächeln wiedergefunden. »Das, mein Lieber, wirst du selbst herausfinden müssen. Aber dein Alter sollte dabei nun wirklich keine Rolle spielen. Erinnere dich, Bismarck zählte fünfundfünfzig Jahre, als er mit der deutschen Reichsgründung Neuland betrat. Georg Friedrich Händel war siebenundfünfzig, als er sich von der Oper abwandte und den *Messias* komponierte, und Fontane knapp sechzig, als er seinen ersten Roman veröffentlichte. So alt war auch Alexander von Humboldt, als er zu seiner Russland-Expedition aufbrach. Es gibt viele Männer, die auch in fortgeschrittenem Alter Bedeutendes geleistet haben. Warum sollte ausgerechnet dir kein Neubeginn gelingen?«

Sie lächelte ihn herausfordernd an.

»Bisher hast du dich ausschließlich mit militärischen Angelegenheiten befasst. Aber wer weiß, vielleicht hast ja auch du ein noch unentdecktes literarisches, musikalisches oder wissenschaftliches Talent, das dich vor neue Aufgaben stellt.« Ihre Stimme wurde eindringlicher: »Jetzt hast du die Zeit, es herauszufinden. Nutze die Chance. Sie wird nicht vielen Menschen geboten.«

In dem rund achthundert Kilometer von Emmishofen entfernten Berlin rieben sich drei alte Bekannte Zeppelins unterdessen zufrieden die Hände.

»Von Kleist hat es bestätigt. Ich habe den Brief heute erhalten. Unser spezieller Freund hat seinen Abschied vom aktiven Militärdienst genommen. Ich glaube, Kameraden, dass wir auf diese gute Nachricht mit einem besonders exzellenten Tropfen anstoßen sollten.«

Der Gastgeber des Herrentrios hielt in der Hand seines gesunden Armes eine Flasche alten Cognacs, der seinen Besuchern ein fast ehrfurchtsvolles Lächeln entlockte. Fürwahr, dieses edle Gesöff war der sensationellen Neuigkeit durchaus angemessen.

Ohne sich lange bitten zu lassen, nahm einer der Besucher die Flasche entgegen. Immerhin wusste er, dass der Hausherr Mühe gehabt hätte, sie zu öffnen. Also machte er sich selbst ans Werk und übernahm es auch gleich, den guten Tropfen in die bereitstehenden bauchigen Gläser zu füllen und diese herumzureichen.

Triumphierend hielt der Spender den Trinkspruch: »Auf den ach so konservativen General von Kleist, dem alle Neuerungen schon deswegen suspekt erscheinen, weil sie neu sind.«

Die Männer grinsten sich an und nahmen genießerisch den ersten Schluck. Dann erhob jener, der die Flasche geöffnet hatte, ebenfalls sein Glas: »Und auf den Kaiser, unseren guten Wilhelm zwo. Der so rein gar keine Kritik gelten lassen kann und der über die Denkschrift Zeppelins, die wir ihm erfolgreich in die Hände spielten, so erbost war, dass er nicht zögerte, Kleist sofort zu instruieren.«

»Ach was«, ließ sich nun der Dritte im Bunde vernehmen. »Trinken wir doch gleich auf Ferdinand Graf von Zeppelin. Möge er uns noch viele Knüppel liefern, die wir ihm erfolgreich zwischen die Beine werfen können.«

Begeistert klopften sich die Männer auf die Schenkel und waren sich einig: Rache ist ein Gericht, das am besten kalt serviert wird.

VIERTES KAPITEL –
EMMISHOFEN, 1892

DER GESCHICHTE DER LUFTFAHRT ging der Traum vom Fliegen voraus. Schon in grauer Vorzeit wünschten sich die Menschen, es Vögeln und Insekten gleichtun zu können und sich in die Lüfte zu erheben. Es sollten jedoch mehrere Tausend Jahre vergehen, bis es ihnen tatsächlich gelang.

Nach etlichen Fehlschlägen ungezählter Flugpioniere hob als erster menschlicher Luftfahrer der Physiker Jean-François Pilâtre de Rozier im Oktober 1783 mit einer Montgolfière, einem Heißluftballon der Brüder Montgolfier, vom Boden ab und erreichte eine Höhe von etwa sechsundzwanzig Metern. Obwohl der Ballon mit Seilen am Boden verankert blieb, galt sein Flugversuch als erste bemannte und historisch belegte Luftfahrt der Menschheit.

Von nun an ging es mit größeren Schritten vorwärts, und bereits 1836 führte der Engländer Charles Green erfolgreich eine Ballonfahrt über siebenhundertzweiundzwanzig Kilometer von London ins hessische Weilburg durch. Allerdings waren die Ballons jener Tage kaum zu steuern und nur höhen- und tiefenlenkbar.

Erst 1884 gelang es den Franzosen Charles Renard

und Arthur Krebs mit einem bedingt lenkbaren, elektrisch angetriebenen Fesselballon, einen Kreis zu fahren und zum Startpunkt zurückzukehren. Das »Kunststück« ließ sich jedoch nicht verlässlich wiederholen.

Weltweit – so auch in Berlin – hatten sich in jener Zeit Vereine gegründet, deren erklärtes Ziel es war, »die Luftschifffahrt in jeder Weise zu fördern sowie darauf hinzuarbeiten, dass die Lösung des Problems zur Herstellung lenkbarer Luftschiffe mit allen Kräften unterstützt wird.«

Nach dem Vorbild des erfolgreichen Einsatzes von Ballons im Deutsch-Französischen Krieg wurden nun in vielen Armeen Ballontruppen aufgestellt. In Deutschland geschah das 1884 mit der Einrichtung einer Luftschifferabteilung. Allerdings erfolgte die Installierung wohl eher aus Prestigegründen, da deutsche Militärs über Sinn und Zweck der Abteilung uneins waren. Im Allgemeinen hielten sie die Luftschifferei für Unfug und die Lenkbarkeit von Fluggeräten für schlichtweg unmöglich.

Demzufolge besaß die Luftschifferabteilung nicht einmal einen eigenen Ballon. Benötigte man einen für Übungszwecke – schließlich mussten die Soldaten ja hin und wieder beschäftigt werden –, mietete man sich einen bei der bekannten Luftakrobatin Käthe Paulus. Jeden Sonntag stieg Käthchen – publikumswirksam in Matrosenanzug, Pluderhose und Schnürstiefeln – mit ihrem Ballon über der Berliner Hasenheide auf und sprang mit einem selbst genähten Fallschirm zu Boden. Da sie ihren Ballon an Wochentagen nicht selbst benötigte, vermietete sie ihn gern an die Armee und sicherte sich somit einen einträglichen Nebenverdienst.

Das war der Stand der Dinge, als Graf Zeppelin auf der Suche nach einer neuen Aufgabe seine alten Tagebücher hervorholte. Über lenkbare Alternativen zum Heißluftballon dachte er seit vielen Jahren immer wieder nach, wie es seine Zeit gerade zuließ. Diese Gedanken und Überlegungen hatte er in diesen Tagebüchern vermerkt.

Seine erste Eintragung hierzu fand sich am 24. März 1874:

»*Das Fahrzeug würde auf die Dimensionen eines großen Schiffes auszurechnen sein. Die Gasräume so berechnet, dass das Fahrzeug bis auf ein geringes Übergewicht getragen wird. Die Erhebung wird dann erreicht durch das Angehen der Maschine, welches das Fahrzeug gewissermaßen auf die nach Aufwärts gestellten Flügeln treibt ...*«

Darunter stand, in Klammern gesetzt: *Denkschrift Generalpostdirektors Heinrich von Stephan über* Weltpost und Luftschifffahrt.

Zeppelin erinnerte sich noch gut. Die Denkschrift des deutschen Generalpostdirektors hatte als Ergebnis formuliert, dass der Luftverkehr, rein theoretisch gesehen, die idealste Möglichkeit für die internationale Postbeförderung darstellte, so es denn irgendwann gelingen würde, lenkbare Fluggeräte zu konstruieren.

Nachdenklich legte der Graf das Tagebuch beiseite.

War nicht genau das die Lösung oder vielmehr die Erlösung für ihn? Würde es ihm gelingen, etwas so Großes zu schaffen wie ein lenkbares Luftschiff, etwas, das derzeit niemand für möglich und machbar hielt, dann könnte er damit allen beweisen, was er zu leisten imstande war und dass man zu Unrecht auf ihn, seinen Geist und seine Kraft verzichtet hatte.

Gewiss, da wollte er sich auch nichts vormachen, würde man ihn anfangs für verrückt halten, für einen Abenteurer und durchgeknallten Kollegen von Käthchen Paulus. Man würde ihn mit Hohn und Spott überschütten, allein deshalb, weil er das Unmögliche möglich zu machen suchte. Aber was hatte er zu verlieren? Sein Name war bereits in den Dreck gezogen. Er konnte nur gewinnen, und genau daran wollte er alles setzen.

»Man muss nur wollen und daran glauben, dann wird es gelingen«, ermutigte er sich selbst mit fester Stimme und prägte damit seine eigene Maxime.

❧

Die Entscheidung war gefallen, und Zeppelin ging mit Feuereifer ans Werk.

Er durchstöberte seine alten Tagebücher und fasste seine eigenen Gedanken, Überlegungen und Berechnungen der letzten zwanzig Jahre zusammen, besorgte sich sämtliche Aufzeichnungen über den derzeitigen Stand der Luftschifffahrttechnik und begleitete den Schweizer Ballonkapitän Eduard Spelterini auf einer Fahrt.

Spelterini war auf seinem Gebiet eine Koryphäe. Er hatte sich von der Académie d'Aérostation de France zum Luftschiffer ausbilden lassen und sich mit einem eigenen Ballon selbstständig gemacht. Die Urania war eine prachtvolle Vertreterin ihrer Art, aus leuchtend gelber leinölgetränkter Seide und mit einem Fassungsvermögen von tausendfünfhundert Kubikmetern Wasserstoff.

Um von seiner Leidenschaft leben zu können, hatte allerdings auch der Schweizer anfangs Kompromisse eingehen müssen und zunächst mit der spanisch-amerikanischen Trapezkünstlerin Leona Dare zusammengearbeitet. Die junge Dame, leicht bekleidet am Korb seines Ballons hängend und akrobatische Kunststücke vollführend, war eine Sensation gewesen und hatte ihm viel Aufmerksamkeit eingebracht. Inzwischen verdiente Spelterini sein Geld mit zahlenden Fahrgästen und seinen aus dem Ballonkorb fotografierten Luftaufnahmen, mit denen er sich einen Namen gemacht hatte.

Als Zeppelin von seinem Ausflug mit Spelterini zurückkehrte und Isabella von seinen Erlebnissen berichtete, runzelte sie unwillig die Stirn. Natürlich war sie froh, dass ihr Mann wieder bester Stimmung war und, seit er eine neue Aufgabe hatte, vor Unternehmungslust nur so sprühte. Dennoch äußerte sie Bedenken:

»Ich hoffe, du spielst nicht mit dem Gedanken, dein Projekt gleichfalls mit halb nackten Akrobatinnen finanzieren zu wollen.«

Zeppelin lachte vergnügt. »Das wäre immerhin eine

Überlegung wert, Liebste. Wärst du denn bereit, dich als offenherzige Schöne zur Verfügung zu stellen? Vielleicht können wir dich ja sogar bei Leona Dare in die Lehre geben.«

Im Blick seiner Gemahlin spiegelte sich das nackte Entsetzen wider, das Zeppelin sofort die Lachtränen in die Augen trieb.

»Verzeih, Bella, aber wenn du mir solche Fragen stellst … Nein, natürlich habe ich das nicht vor. Schließlich möchte ich irgendwann einmal ernst genommen werden, und das gelingt mir bestimmt nicht mit zweifelhaften Zirkusvorführungen.«

Seine Frau war sofort beruhigt. »Du willst also versuchen, deine Ideen allein zu realisieren?«

Nachdenklich schüttelte der Graf den Kopf. »Ich glaube nicht, dass mir das gelingen wird. Ich bin technisch nicht versiert genug und werde Ingenieure benötigen – zur sachgemäßen Konstruktion und zur Überprüfung meiner eigenen Pläne und Berechnungen. Alles andere wäre, gelinde gesagt, fahrlässig.«

Die Gräfin konnte ihrem Mann nur zustimmen, und so machte Zeppelin sich daran, nach einem einschlägigen Fachmann Ausschau zu halten.

Der Erste, den er fand, schien zwar durchaus fähig und kompetent zu sein, lief ihm aber bereits nach wenigen Tagen wieder davon.

»Mit diesem Irrsinn macht man sich doch nur lächerlich«, hatte er kopfschüttelnd erklärt und ward nie wieder gesehen.

Tatsächlich hatte das Luftschiff, das Zeppelin plante, gigantische, ja geradezu fantastische Ausmaße. Der Ballon, der ein Volumen von zwanzigtausend Kubikmetern fassen würde, sollte von einem starren Gerippe aus Ringen und Längsträgern gehalten und in eine möglichst aerodynamische Form gebracht werden. Natürlich musste das Gerippe aus einem sehr leichten Material bestehen. Aber auch das hatte Zeppelin bereits gefunden: Aluminium, ein Werkstoff, den man gerade erst herzustellen begann.

Zeppelins Luftschiff sollte bis zu zwanzig Passagieren Platz bieten und auf vielseitige Weise einsetzbar sein: Für den Personen- und Gütertransport, für zahlreiche militärische Zwecke und den Postverkehr, aber auch für die Weiterentwicklung der Wetterkunde und die Erforschung schwer zugänglicher Gebiete wie Arktis und Antarktis.

Um diese ehrgeizigen Pläne umsetzen zu können, benötigte er dringend einen geeigneten Mitstreiter – und fand ihn schließlich in Augsburg. Dort war er mit einem gewissen August Riedinger zusammengetroffen, dem Sohn eines erfolgreichen Unternehmers, der mit zwei Konstrukteuren eine Versuchswerkstatt für Aviatik begründet und dort einen sogenannten Drachenballon entwickelt hatte – einen länglichen, mit einem zusätzlichen Luftsack versehenen Ballon, der im Gegensatz zu den runden Fesselballons vom Wind nicht so leicht zu Boden gedrückt werden konnte.

Bei seinem Besuch in Augsburg kam Zeppelin mit einem Diplom-Ingenieur ins Gespräch, der wegen seines Fachwissens großen Eindruck auf ihn machte: Theodor Kober. Tatsächlich gelang es dem Grafen, Kober für seine Pläne zu gewinnen. Mit ihm stellte er sich einen Mann an die Seite, der seine Visionen nicht nur verstand, sondern auch teilte.

Eine unendlich fruchtbare, aber auch schwierige Zeit der Zusammenarbeit begann. Es gab so gut wie nichts, worauf die beiden Männer hätten aufbauen oder zurückgreifen können. Egal, ob es um die Statik des Luftschiffes, die Festigkeit der Konstruktion oder den zu bewältigenden Luftwiderstand ging, jede Formel musste erst gefunden und neu erschaffen werden.

Zeppelin und Kober stellten bei ihrer Arbeit unter anderem fest, dass die bisherigen Berechnungen für lenkbare Luftschiffe alle falsch waren. So hatte der berühmte deutsche Naturwissenschaftler Hermann von Helmholtz, den man auch den »Reichskanzler der Physik« nannte, bei den Berechnungen des Luftwiderstandes Gleichungen aus dem Gebiet des Wasserwiderstandes bei Schiffen zugrunde gelegt. Und da von Helmholtz auf seinem Gebiet eine wirkliche Autorität war, hatte man diese Form der Berechnung bisher übernommen, ohne sie zu hinterfragen. Nun wurden Zeppelin und Kober nach vielen fehlgeschlagenen Versuchen und Enttäuschungen jedoch eines Besseren belehrt.

Auf einem anderen Gebiet kamen die beiden Männer schneller voran. Die Konstruktion eines Luftschiffes ließ sich nach Zeppelins Vorstellungen nur mit einem sehr kraftvollen und dabei leichten Motor realisieren. An dieser Stelle hatte der Graf das Glück, dass eine Erfindung, die seine wunderbar ergänzen konnte, gerade gemacht worden war. Die neuen Automobilmotoren boten sich als Antrieb geradezu an. Doch wie brachte man einen Motor dazu – egal, wie leicht und kräftig er auch sein mochte –, ein Luftschiff in Bewegung zu setzen?

Bei Seeschiffen übernahm die Schiffsschraube die Funktion. Mit Luftschrauben hatte man hingegen bisher keine hinlänglichen Erfahrungen gemacht. Und so erwies sich die Erprobung dieser Propeller während der Vorarbeiten als sehr aufwendig.

Die Menschen am Bodensee staunten in diesen Frühlingstagen des Jahres 1893 nicht schlecht: Zeppelin hatte einen Motor auf ein Boot montieren lassen, der eine Schiffsschraube antreiben sollte. Diese befand sich jedoch nicht im Wasser, sondern drehte sich auf einem am Heck des Bootes montierten Gestell wie rasend in der Luft.

Zur Überraschung der Anwesenden wurde das Wasserfahrzeug damit tatsächlich vorwärtsgetrieben und fuhr seine Bahnen auf dem See. Begeistert applaudierten die Menschen. Bei fast allen wich die Skepsis, sodass viele es nicht mehr für ausgeschlossen hielten, dass der Graf das Unmögliche doch noch möglich machen könnte.

Allerdings ließ die Zugkraft des Luftpropellers noch sehr zu wünschen übrig, und so tüftelten Zeppelin und Kober in mühevollen Einzelversuchen weiter, um die effektivste Schraubenform zu entwickeln.

Nachdem das Antriebsproblem gelöst, das Luftschiff also nicht mehr von der Luftströmung abhängig war, sondern eigenständig fahren konnte – dank der kräftigen Maschine bei Bedarf auch gegen den Wind –, ließ sich das eigentliche Problem der Lenkbarkeit des Luftschiffes mittels Höhen- und Seitenrudern recht schnell lösen.

Eineinhalb Jahre benötigten Zeppelin und Kober, bis alle Schwierigkeiten behoben, alle Berechnungen erstellt und die Konstruktionspläne entwickelt waren. Theoretisch konnte nun mit dem Bau eines Prototyps begonnen werden, aber eben nur theoretisch.

Sie saßen eines Tages zu dritt zusammen – Zeppelin, Isabella und Kober –, als die Frage der Finanzierung zum ersten Mal offen auf den Tisch kam. Es war die Gräfin, die sie stellte:

»Und was wird es nun kosten, das erste Zeppelin-Luftschiff zu bauen?«

»Nun ja«, antwortete ihr Gatte zögernd. »Meinen Berechnungen zufolge müssten wir normalerweise bei etwa dreihunderttausend Mark liegen. Was meinst du, Kober?«

Der Ingenieur nickte und nahm die Einschätzung seines Brötchengebers, der inzwischen auch ein Freund geworden war, sofort auf: »Ja, ich denke auch, normalerweise sollten dreihunderttausend wohl ausreichen.«

Doch Isabella ließ sich nicht hinters Licht führen. »Und was bedeutet in diesem Zusammenhang *normalerweise*?«

Da er seiner Frau nichts vormachen wollte, sah Zeppelin sich nun gezwungen, alle Fakten offenzulegen: »Es heißt, die Kosten für den Bau des von uns konstruierten Luftschiffes werden sich auf etwa dreihunderttausend Mark belaufen. Dennoch wird die Herstellung eines Prototyps mindestens doppelt so teuer werden, weil wir erst die Vorbedingungen für den Bau schaffen müssen. Bisher haben wir keine Halle, in der das Schiff montiert werden kann, wir haben keine Werkzeuge, um die einzelnen Teile herzustellen, und auch keine Anlage für die spätere Gasbefüllung. Außer unseren Konstruktionsplänen haben wir im Grunde nichts.«

Nun war Isabella eine intelligente Frau, die sich zu dem Thema bereits ihre eigenen Gedanken gemacht hatte. Dennoch zeigte sie sich von der Höhe der genannten Summe überrascht.

»Es sind also sechshunderttausend Reichsmark vonnöten?«, vergewisserte sie sich.

Kober, entschlossen, sich aus dieser Diskussion rauszuhalten, schaute angelegentlich aus dem Fenster, während Zeppelin nun komplett Farbe bekennen musste.

»So ganz genau kann dir diese Frage im Augenblick niemand beantworten«, erklärte er wahrheitsgemäß. »Wir haben keine Erfahrungswerte für den Bau einer Fabrikationsstätte für Luftschiffe. Ja, möglicherweise sind sechshunderttausend Mark realistisch. Vielleicht wird das Ganze auch ein wenig teurer. Aber gewiss wird es nicht mehr als eine Million kosten.«

Entsetzt sah Isabella die Männer an. »Eine Million Mark für den Bau eines einzigen Luftschiffes? Wer um alles in der Welt soll das bezahlen?«

Zeppelins Optimismus war jedoch nicht kleinzukriegen. »Bisher haben wir unser Projekt geheim gehalten. Schließlich mussten wir selbst erst feststellen, was möglich ist und was nicht. Aber nun haben wir die Konstruktionspläne für ein tatsächlich lenkbares Luftschiff vorliegen, etwas, wonach sich die Welt seit Langem sehnt, das sie dringend benötigt und dessen Erschaffung man bisher für unmöglich gehalten hat. Du wirst sehen, sobald sich diese Tatsache herumspricht, wird man uns mit Aufträgen geradezu überschütten.«

Bereits am folgenden Tag begann Zeppelin, Briefe zu schreiben: an das Kriegsministerium in Berlin, an den Generalstab, an sämtliche infrage kommenden Behörden wie die Reichskanzlei, das Reichspostamt sowie die Abteilungen I und II des Auswärtigen Amtes, denen unter anderem sämtliche Angelegenheiten des Handels, des Verkehrs und der deutschen Kolonialpolitik unterstellt waren.

Zeppelin musste lange warten, bis die ersten Antworten eintrafen. Man hatte es nicht eilig, dem ehemaligen und in Ungnade gefallenen Kavallerieoffizier abzusagen, der nun offensichtlich vollkommen verrückt geworden war.

Ein lenkbares Luftschiff? Was für eine absurde Idee. Schließlich wusste man doch zur Genüge, dass es so etwas überhaupt nicht geben konnte.

Einzig die Reichskanzlei meldete Interesse an, wenn auch nur geringes. Die Behörde des Reichskanzlers – nach der Entlassung Bismarcks im März 1890 war dies nun Graf Leo von Caprivi – erbat im Oktober 1893 weitere Einzelheiten.

Eine Antwort erübrigte sich im Grunde genommen, da Caprivi noch im gleichen Monat von Kaiser Wilhelm II. entlassen wurde. Zeppelin gab sie trotzdem, doch der neue Reichskanzler, Fürst Chlodwig zu Hohenlohe-Schillingsfürst, erachtete die Fortführung der Korrespondenz als nicht notwendig.

Immerhin führte der Ratschlag eines alten Freundes – des letzten, den Zeppelin in der Reichsregierung noch besaß und der ihn bereits seinerzeit auf den ruhmreichen Patrouillenritt durch das Elsass begleitet hatte – zum nächstmöglichen Schritt.

»Du bist Generalleutnant der württembergischen Armee«, schrieb Oberst Joseph von Voß, seines Zeichens 2. Geheim-Sekretär der kaiserlichen General-Adjutantur, »und als solcher berechtigt, wie jeder andere General des Deutschen Reiches, zum Neujahrsempfang des Kaisers zu erscheinen. Mach von diesem Recht Gebrauch und versuche bei dieser Gelegenheit, Seiner Majestät Dein Projekt persönlich vorzustellen.

Es ist allgemein bekannt, dass der Kaiser in moderne Technik geradezu vernarrt ist, zumal, wenn man sie auch militärisch einsetzen kann. Und ein lenkbares Luftschiff wäre zweifellos eine Sensation, mit der unser eitler Wilhelm auch die europäischen Nachbarn nachhaltig beeindrucken könnte. Ich kann mir kaum vorstellen, dass er sich eine derartige Möglichkeit entgehen lässt.

Ich vermag nicht zu beurteilen, ob des Kaisers Neigung zur Technik oder zur Selbstdarstellung überwiegt. Beides könnte jedoch die Triebfeder für sein mögliches Interesse an Deinem Projekt werden. Das solltest Du zumindest zu nutzen versuchen ...«

Nachdem auch Isabella und Kober ihm zugeraten hatten, setzte sich Zeppelin nach den Weihnachtsfeiertagen in den Zug und fuhr nach Berlin, im Gepäck seine noch nagelneue und ungetragene Generalleutnantsuniform.

Am 1. Januar 1894 gab es für die Berliner Bevölkerung in der Nähe des Stadtschlosses viel zu bestaunen. Namentlich die Anfahrt der Karossen, die die Neujahrsgratulanten ins Schloss brachten, erregte wie üblich die Neugierde der Menge. Dieses bunt belebte Bild empfing auch Graf Ferdinand von Zeppelin, als er aus der Kutsche stieg und auf Schlossportal VI zuschritt. Niemand hielt ihn auf. Die Galauniform, die Rangabzeichen und die blitzenden Orden waren seine Berechtigungsnachweise, das Schloss betreten zu dürfen.

Über die sogenannte Gigantentreppe mit ihren eindrucksvollen Säulen und Pilastern erreichte er die prächtigen Paradekammern im zweiten Obergeschoss. Ihr Zentrum bildete der hohe, ganz in Silber, Weiß und

Gold gehaltene Rittersaal, in dem der Neujahrsempfang stattfinden sollte.

Die Gratulationscour hatte bereits begonnen. Eine lange Schlange wand sich durch den Raum, an deren Kopf der Kaiser neben seinem Thronsessel stand, den linken gelähmten Arm auf dem Rücken haltend. Offizier um Offizier defilierte an ihm vorbei, Glückwünsche wurden ausgesprochen, Hände geschüttelt.

Zeppelin beobachtete den fünfunddreißigjährigen hochgewachsenen und schneidigen Kaiser mit den blonden Haaren, den blitzenden blauen Augen und dem leutseligen Lächeln auf den Lippen. Er schien bester Stimmung zu sein, und das war sicher nicht die schlechteste Voraussetzung für sein Anliegen.

Dennoch drehte der Graf die Ledermappe mit den Konstruktionsplänen unschlüssig in seinen Händen. Während seine Augen über die prächtige Ausstattung des Raumes glitten – über die allegorischen Figuren, die Jahres- und Tageszeiten darstellten, über das pompöse Deckengemälde, das dem Saal seinen Namen gegeben hatte und Kurfürst Friedrich III. im Kreis seiner Ritter und am Vorabend seiner Krönung zum ersten Preußenkönig darstellte, und über kostbare Kristalllüster, die von dieser Decke herabhingen –, überlegte er fieberhaft, wie er weiter vorgehen sollte.

Ursprünglich wollte er einfach warten, bis er an der Reihe war, und dem Kaiser seine Pläne vorlegen. Doch nun beschlich ihn die Sorge, Seine Majestät würde nicht mehr lange bleiben. Bereits mehrfach hatte ihn sein Flügeladjutant auf die Uhrzeit aufmerksam gemacht, was zumindest darauf hindeutete, dass der Monarch einen weiteren Termin wahrzunehmen hatte.

Wollte Zeppelin aber nicht ein weiteres Jahr auf den nächsten Neujahrsempfang warten, würde er jetzt handeln müssen. Er atmete tief durch, trat unaufgefordert aus der Reihe der wartenden Generäle heraus und auf den Kaiser zu. In kurzen Worten schilderte er hastig sein Projekt und fuhr dann, als man ihn nicht unterbrach, eindringlich fort:»Ich bin mir durchaus bewusst, Majestät, dass die landläufige Meinung davon ausgeht, ein Luftschiff sei nicht lenkbar. Aber hierin«, er klopfte mit der flachen Hand auf seine Ledermappe, »befindet sich der gegenteilige Beweis, dass es doch möglich ist. Und alles, worum ich Sie bitte, ist die Einsetzung einer Kommission, um meine Berechnungen überprüfen zu lassen.«

Der Kaiser schien ein wenig überrumpelt, aber nicht uninteressiert. Nachdenklich strich er sich über seinen sorgsam gezwirbelten Schnauzer.

»Eine Kommission soll ich einsetzen? So, so. Und wer sollte, Ihrer Meinung nach, den Vorsitz dieser Kommission führen?«

Obwohl Zeppelin auf die Frage absolut nicht vorbereitet war, kam die Antwort wie aus der Pistole geschossen:»Der Geheimrat von Helmholtz, Majestät.«

»Warum gerade jener?«, wollte der Kaiser erstaunt wissen.

Und wieder antwortete Zeppelin ohne zu zögern: »Weil wir sehr unterschiedliche wissenschaftliche Ansichten haben. Keiner wird kritischer prüfen als er. Und wenn er zu dem Schluss kommt, dass meine Berechnungen zutreffen, wird das vielleicht auch Eure Majestät überzeugen.«

Der Kaiser schmunzelte. Die Antwort schien ihm zu gefallen. Und daher erklärte er sich zur Einsetzung einer Kommission bereit, die unter dem Vorsitz von Hermann von Helmholtz bald darauf zusammentreten sollte.

Der Graf dankte dem Monarchen. Da er nicht einen Augenblick an der Richtigkeit seiner Konstruktionspläne zweifelte, war er mit dem Verlauf seiner Mission überaus zufrieden und verließ mit einem zufriedenen Lächeln auf dem Gesicht das Schloss.

Es war ein klarer Wintertag. Zwar hatte die Sonne noch keine Kraft, doch den Himmel über Berlin, und damit die ganze Stadt, konnte sie freundlich erstrahlen lassen. Grund genug für den Grafen, den Weg zu seinem Hotel zu Fuß zurückzulegen.

Dabei kam er an einem Hutgeschäft vorbei, in dessen kleinem Schaufenster eine Schirmmütze ausgestellt war, die ihm sofort ins Auge stach. Sie ähnelte der Mütze, die der jüngere Bruder seiner Majestät, Prinz Heinrich, stets zu tragen pflegte. Sie war jedoch nicht dunkelblau, sondern weiß wie eine Kapitänsmütze. Nur die Zierkordel am Mützensteg fehlte und wurde durch einen Sturmriemen aus schwarzem Leder ersetzt.

Hätte das Geschäft am Neujahrstag nicht geschlossen gehabt, wäre Zeppelin sofort hineingestürmt, um diese Mütze zu kaufen, die ihm für einen zukünftigen Luftschiffkapitän so passend erschien.

Bevor er am nächsten Tag zum Bahnhof fuhr, nahm

er sich jedoch die Zeit, das Versäumte nachzuholen. Mit der weißen Mütze auf dem Kopf fuhr er zurück an den Bodensee.

~∞~

Kaiser Wilhelm war tatsächlich sehr interessiert. Auch wenn er mit den Konstruktionsplänen, die Graf Zeppelin ihm überlassen hatte, nicht viel anfangen konnte, so erkannte er doch, dass sie wissenschaftlich und keinesfalls dilettantisch ausgeführt waren. Natürlich würde man das Ergebnis der Prüfungskommission abwarten müssen, aber allein die Vorstellung, dass die Möglichkeit, ein lenkbares Luftschiff zu bauen, gegen alle Expertenmeinungen bestand und die Deutschen eventuell die Ersten sein würden, die über ein derartiges Fluggerät verfügten, gefiel Seiner Majestät ungemein.

Da er technisch sehr interessiert war, hatte Kaiser Wilhelm die Entwicklung verfolgt und wusste, dass Zeppelin nicht der Einzige war, der sich mit der Lenkbarkeit von Luftschiffen auseinandersetzte. Auch andere Männer, wie zum Beispiel der bayerische Konstrukteur August von Parseval, bemühten sich um Lösungen. Bisher allerdings vergeblich, wie es hieß. Und das würde bedeuten, dass dieser Bodenseegraf die Nase vorn hatte, falls seine Erfindung tatsächlich funktionierte.

Der Kaiser war gespannt und zögerte deshalb auch nicht lange, die Kommission ins Leben zu rufen. Eingehend beriet er sich mit den Staatssekretären eben jener Ämter, denen Zeppelin wenige Monate zuvor seine

Pläne vorgestellt hatte und die darauf nicht reagiert hatten, über die Besetzung der Kommission.

Berufen wurden schließlich neben Hermann von Helmholtz, der als Vorsitzender bereits feststand, ein Meteorologe, zwei Professoren der Technischen Hochschule zu Berlin, der Kommandeur der Luftschifferabteilung, ein Vertreter des Kriegsministeriums und ein gewisser Oberleutnant Hans Groth, der sich bereits als Ballonschiffer einen Namen gemacht hatte.

Die betroffenen Herren hatten gegen ihre Berufung absolut nichts einzuwenden, zumal diese wie üblich eine hübsche kleine Zulage einbrachte. Den zu überprüfenden Konstruktionsplänen standen jedoch sechs der sieben Sachverständigen zunächst überaus skeptisch gegenüber. Allen voran der Kommissionsvorsitzende von Helmholtz. Da Zeppelin dessen Theorie in Sachen Luft- und Wasserwiderstandsberechnung widerlegt hatte, sah er seine Kompetenz infrage gestellt und fühlte sich persönlich angegriffen.

Einzig der Meteorologe Richard Aßmann, selbst Mitglied des Deutschen Vereins zur Förderung der Luftschifffahrt und als solcher durchaus interessiert daran, den Zeppelin'schen Plänen eine Chance zu geben, stand der Überprüfung unvoreingenommen gegenüber.

Bald darauf war die Einsetzung der Kommission für die Öffentlichkeit kein Geheimnis mehr. Die Presse berichtete bereits darüber und veröffentlichte in diesem Zusammenhang auch die Namen der berufenen Experten.

Das Feuer knisterte, warf seinen rotgelben flackernden Schein auf die mit eleganten Streifentapeten dekorierten Wände. Das Holz knackte, Hunderte kleine Funken stiegen den Kamin empor in den kalten Abendhimmel. Eine riesige schwarze Dogge hob träge den Kopf, um ihn gleich wieder auf das Fell sinken zu lassen, auf dem sie lag und welches ihren Platz kennzeichnete.

Wohlige Wärme durchflutete den Raum, der nur vom Feuer und einigen Kerzen erleuchtet wurde. Die Luft war erfüllt von schwerem Zigarrenrauch und dem feinen Aroma eines alten Brandys.

Einer der drei Männer erhob sich aus seinem Ledersessel und ging zum Kamin. Mit sachkundigen Händen entzündete er einen Fidibus und setzte seine erloschene Zigarre neu in Brand, paffte zwei Züge, schaute prüfend auf die Glut, nickte anerkennend und kehrte zu seinem Ledersessel zurück.

»Die Lage ist ernst, aber nicht hoffnungslos«, ließ er sich schmunzelnd vernehmen und zog eine Liste aus der Tasche, die er selbst zusammengestellt hatte.

»Dies sind die Namen der Kommissionsmitglieder. Ihr werdet sehen, dass ich neben den Namen die jeweilige Einstellung zu den Plänen Zeppelins vermerkt habe. Nur einer der Experten geht mit einer neutralen Meinung in die Überprüfung. Man kann also mit ziemlicher Sicherheit annehmen, dass das Ergebnis der Kommission zu unseren Gunsten ausfallen wird. Ich glaube nicht, dass wir überhaupt irgendetwas unternehmen müssen.«

Er reichte seine Liste zur Ansicht herum.

»Vorsicht ist aber bekanntlich die Mutter der Porzellankiste«, stellte einer seiner Kameraden fest. »Daher würde ich es für sicherer halten, zumindest ein wenig Einfluss zu nehmen.«

Die beiden anderen grinsten.

»Wie ich dich kenne, hast du auch schon eine genaue Vorstellung, was getan werden sollte.«

»Natürlich«, sagte sein Kamerad. »Und mein Vorschlag ist ohne Probleme zu realisieren. Wozu bin ich schließlich Mitherausgeber des *Berliner Couriers*? Mithilfe des Blattes könnten wir ein wenig Stimmung gegen Zeppelin machen – in der Öffentlichkeit und damit natürlich auch bei den Mitgliedern der Kommission.«

Den Anwesenden gefiel die Idee.

»Sein unehrenhafter Abschied aus der Armee müsste erwähnt werden«, überlegten sie. »Und die Tatsache, dass der Herr Graf nur ein blutiger Laie und kein Wissenschaftler ist, der dem Kaiser und der Kommission mit seinen unausgegorenen, hochstaplerischen Ideen lediglich die Zeit stiehlt.«

»Dieser Hinweis wird besonders von Helmholtz ansprechen. Immerhin scheint Zeppelin mit seinen Plänen ja die Theorien des Professors ad absurdum zu führen.«

Zufrieden prosteten die Verschwörer einander zu. Dann lachte einer von ihnen hämisch auf.

»Gerade fällt mir eine passende Überschrift für den Artikel ein: Der Narr vom Bodensee – erst beleidigt er die preußische Armeeführung, dann die preußische Wissenschaft.«

In Emmishofen wappnete man sich inzwischen mit Geduld. Dass es durchaus einige Monate dauern würde, bis die Kommission in Berlin ein Ergebnis vorlegte, war allen bewusst. Dennoch fiel das Warten schwer. Zu viel stand auf dem Spiel.

Vor allem Isabella litt unter der ungewissen Situation, auch wenn sie sich stets bemühte, es zu überspielen. Was würde geschehen, wenn das Urteil der Kommission negativ ausfiel? Sie kannte ihren Gatten gut genug, um zu wissen, dass er sein Projekt dennoch nicht aufgeben würde. Auf Biegen und Brechen würde er versuchen, das Geld für den Bau des Prototyps aufzubringen, und dabei tief in die eigene Tasche greifen.

So sehr sie sich auch dagegen zu wehren versuchte, bereitete ihr die verbissene Entschlossenheit Ferdinands mehr und mehr Sorge. Wie weit war er bereit zu gehen? Welche Risiken würde er in Kauf nehmen? Bestand am Ende sogar die Gefahr, dass er mit seinem Ehrgeiz die ganze Familie an den Bettelstab brachte?

FÜNFTES KAPITEL –
DIE KAISERLICHE KOMMISSION, 1894

Zeppelins spontan geäusserte Bitte, Professor Hermann von Helmholtz als Vorsitzenden der Kommission zu berufen, erwies sich als Glücksgriff. Der angesehene Universalgelehrte zeigte sich als aufrechter Wissenschaftler, erkannte nach der gewissenhaften Prüfung der Konstruktionspläne seine eigenen Fehler beim Berechnen des Luftwiderstands und war bereit, sie zu revidieren.

Deswegen stand er der Sache Zeppelins nun wesentlich positiver gegenüber als am Anfang. Den bösartigen Artikel im Berliner Courier, der unter der Schlagzeile »Der Narr vom Bodensee« veröffentlicht wurde, las er nicht einmal. Das Gegeifer der Boulevardpresse interessierte ihn nicht im Geringsten.

Stattdessen ging es nun darum, die Statik des geplanten Zeppelin'schen Luftschiffes zu überprüfen. Mit diesen Berechnungen beauftragte von Helmholtz den Bauingenieur und Dozenten an der Technischen Hochschule zu Berlin, Professor Müller-Ohle.

Und dieser hatte die Zeitung sehr wohl gelesen – zumal sie ihm, als gutem Freund des Herausgebers, täglich gratis zugestellt wurde.

Entsprechend voreingenommen und nachlässig ging er an seine Berechnungen heran. Und da er ohnehin nicht daran glaubte, dass es jemals möglich sein würde, ein Luftfahrzeug zu erfinden, das den Elementen nicht nur trotzte, sondern auch gegen den Wind lenkbar sein würde, gab er den Konstruktionsplänen des Laienwissenschaftlers Zeppelins keine Chance.

»Die statischen Berechnungen in den vorliegenden Entwürfen sind von Grund auf falsch. Es ist unmöglich, nach dieser Methode ein Luftschiff zu bauen, das über die erforderliche Festigkeit und Stabilität verfügt«, lautete sein vernichtendes Urteil. Und um gleich zu verhindern, dass Zeppelin in einigen Monaten mit nachgebesserten Plänen aufkreuzte, fügte er hinzu: »Aus wissenschaftlicher Sicht ist es unmöglich, bei Wahrung des erforderlichen leichten Gewichts eine ausreichende Festigkeit zu erlangen. Der Konstruktionsfehler in den zur Verfügung gestellten Plänen ist nicht zu beheben.«

Aufgrund des eindeutigen Gutachtens Müller-Ohles kam die Kommission in nur einer Sitzung zu einem ablehnenden Urteil, das sie dem Kaiser, dem Kriegsministerium, der Reichskanzlei und dem Auswärtigen Amt zusandte. Den am Bodensee ungeduldig wartenden Grafen zu benachrichtigen, vergaß man geflissentlich. Und als dies irgendwann jemand nachholte, war Zeppelin fassungslos.

»Was für ein ausgemachter Unsinn«, wetterte der Graf entsetzt. »Dieses Gutachten ist ein Armutszeugnis für die gesamte preußische Wissenschaft.«

Auch Theodor Kober konnte nur verständnislos mit

dem Kopf schütteln. »Was denkt sich dieser Müller-Ohle dabei? Seine Berechnungen sind doch ohne Probleme zu widerlegen.«

»Natürlich sind sie das«, knurrte Zeppelin verbittert. »Und darum werden wir diesem arroganten Wissenschaftlerpack auch beweisen, dass es auf dem Holzweg ist. Ach, verdammt. Warum nur bin ich nicht in der Lage, den Bau des ersten Luftschiffs selbst zu finanzieren? Damit wäre es ein leichtes zu beweisen, dass unsere Berechnungen stimmen.«

Kober zuckte mit den Schultern. »Es ist halt sehr viel Geld, das benötigt würde.«

Zeppelin nickte bedrückt. »Wohl wahr. Obwohl es mir vermutlich gelänge, es zusammenzukratzen …«

»Sie würden Ihr gesamtes Vermögen für dieses Projekt riskieren? Nur um zu beweisen, dass wir recht haben?« Ungläubig sah Kober den Grafen an.

»Aber natürlich«, gab Zeppelin ohne zu zögern zurück. »Und ich sehe es nicht einmal als Risiko, da ich von unseren Plänen absolut überzeugt bin. Dennoch werde ich darauf verzichten«, fuhr er mit einem Seitenblick auf seine über eine Handarbeit gebeugte Frau schmunzelnd fort. »Denn ich fürchte, meine Bella würde sich von mir scheiden lassen, wenn ich es täte. Und *das* Risiko würde ich niemals und für kein Luftschiff dieser Welt eingehen.«

Die Gräfin, die dem Gespräch bisher stumm gelauscht hatte, blickte auf, erwiderte sein Lächeln – und fühlte sich zumindest ein wenig erleichtert.

Trotz der scheinbar hoffnungslosen Situation war Zeppelin nicht einmal für einen Augenblick bereit, seine Pläne aufzugeben. Obwohl sie sicher waren, die Statik des Luftschiffes zur Genüge berücksichtigt zu haben, berechneten er und Kober den Entwurf neu und erreichten eine wesentlich höhere Stabilität – allein diese Entwicklung hatte Müller-Ohle für unmöglich gehalten. Dann sandte Zeppelin die Unterlagen an den Leiter der Kommission, Professor von Helmholtz, und machte von seinem Recht Gebrauch, eine nochmalige Prüfung zu verlangen.

Diplom-Ingenieur Müller-Ohle zog konsterniert die rechte Augenbraue hoch.

»Was will der Verrückte vom Bodensee? Uns noch mehr Zeit stehlen?«

»Er hat seine Berechnungen noch einmal überprüft«, gab Professor von Helmholtz zurück, während er nachdenklich die Unterlagen Zeppelins durchblätterte. »Und abgesehen davon, dass er weiterhin darauf besteht, dass seine Angaben richtig sind, ist es ihm offensichtlich gelungen, die Stabilität zusätzlich zu erhöhen.«

Er blickte auf und sah Müller-Ohle durchdringend an.

»Hatten Sie diese Möglichkeit nicht komplett ausgeschlossen, Herr Kollege?«

Müller-Ohle nickte mit Nachdruck.

»Ganz gewiss. Und ich halte es auch nach wie vor für unrealistisch …«

»Was? Dass diesem ehemaligen Militär Zeppelin das gelungen sein könnte, woran namhafte Wissenschaftler seit Jahren vergeblich arbeiten: die Konstruktion eines lenkbaren Luftschiffs?«

Müller-Ohle wehrte ab. »Als Prüfer eines objektiven Ausschusses muss es mir egal sein, wer die Pläne konstruiert hat. Meine Aufgabe war es, sie zu kontrollieren und zu untersuchen, ob sie umsetzbar sind. Und ich bin der festen Überzeugung, dass sie dies nicht sind. Das geht wiederum aus meinem Gutachten hervor.«

»Ich weiß«, nickte von Helmholtz. »Aber das ...«, er wies auf die vor ihm liegenden Unterlagen, »scheint mir doch alles recht plausibel. Halten Sie es für ausgeschlossen, dass Sie sich geirrt haben?«

Müller-Ohle wollte aufbegehren, besann sich jedoch und lenkte ein. Er konnte nicht riskieren, dass der Professor einen anderen Ingenieur mit der Überprüfung betraute und dieser ihm einen Berechnungsfehler nachwies.

»Wenn Sie es wünschen, Herr von Helmholtz, kann ich die Pläne ein weiteres Mal kontrollieren. Aber ich glaube nicht, dass ich zu einem anderen Ergebnis kommen werde als beim ersten Mal.«

»Das heißt ja wohl«, stellte der Professor mit schneidender Stimme fest, »dass Sie einen Irrtum nicht gänzlich ausschließen können?«

»Das ... das wollte ich damit nicht zum Ausdruck ...«, stammelte Müller-Ohle deutlich verunsichert. »Ich habe mein ... mein Gutachten nach bestem Wissen ...«

»Ich verstehe«, unterbrach ihn von Helmholtz und hielt ihm die überarbeiteten Pläne Zeppelins entgegen.

Doch als Müller-Ohle danach greifen wollte, zog der Professor die Unterlagen zurück.

»Ich habe es mir anders überlegt«, erklärte er. »Zunächst möchte ich mir die Berechnungen selbst genauer ansehen. Und falls ich feststellen sollte, dass der Antrag Zeppelins auf eine Nachprüfung gerechtfertigt ist, werde ich Ihnen die Unterlagen für ein weiteres Gutachten zukommen lassen. Einverstanden?«

Müller-Ohle konnte nur nicken und war damit verabschiedet.

Vier Tage später brachte ihm ein Bote die Konstruktionspläne. Der Professor hatte eine kurze Notiz beigefügt:

»Berlin, 6. September 1894. Dem Antrag Zeppelins auf eine weitere Prüfung wurde stattgegeben. Als Datum für das neuerliche Zusammentreten der Kommission habe ich den 28. September festgelegt. Ich bitte Sie, Ihr altes Gutachten, in dem es deutliche Ungereimtheiten gibt, bis dahin sorgfältig zu überprüfen und anhand der überarbeiteten Konstruktionspläne neu zu erstellen.«

Ärgerlich warf Müller-Ohle die Unterlagen auf seinen Schreibtisch, trat zu dem an der Wand montierten Fernsprecher und drehte energisch die Kurbel.

»Fräulein? Bitte verbinden Sie mich mit dem Courier, Berlin 129...«

Zwei Tage später, am Abend des 8. September, schloss Professor Hermann von Helmholtz die Tür seines Büros in der Friedrich-Wilhelms-Universität ab und machte sich auf den Nachhauseweg. Ein langer anstrengender Arbeitstag lag hinter ihm, und er fühlte sich sehr erschöpft. Schließlich war er mit seinen 73 Jahren nicht mehr der Jüngste – das wusste er nicht erst seit seinem Schlaganfall. Sein Arzt hatte ihm Schonung verordnet, aber von Helmholtz' Leben war nun einmal die Arbeit. Offensichtlich war er der Letzte heute. Im weitläufigen Gebäude der Universität war alles ruhig. Lediglich seine Schritte hallten durch den menschenleeren Flur, und sein Gehstock verursachte ein rhythmisches Klacken auf dem graugrünen Linoleum.

Wie jeden Tag verließ der Professor das Gebäude durch einen Hinterausgang, überquerte die Straße und bog in ein enges Seitensträßchen. Die Dämmerung hatte bereits eingesetzt, und obwohl es ein sonniger Tag gewesen war, zeigte sich der Abend empfindlich kühl und ungemütlich. Dichter Nebel war aufgezogen, der das Licht der gasbetriebenen Straßenlaternen verschluckte und auch von dem feinen, bis auf die Haut gehenden Nieselregen nicht aufgelöst werden konnte.

Doch von Helmholtz war zu tief in Gedanken versunken, um das verdrießliche Wetter überhaupt wahrzunehmen, und es war auch eher eine automatische Bewegung, die ihn seinen Hut tiefer ins Gesicht ziehen ließ.

Den ganzen Tag hatte er über den ersten Konstruktionsplänen Zeppelins gesessen und die statischen Berechnungen Müller-Ohles geprüft. Dem Fehler, den der Kollege in seinen Überlegungen gemacht hatte und der letztlich zu der Ablehnung der Zeppelin'schen Pläne geführt hatte, war er schnell auf die Spur gekommen.

Zu schnell, wenn man es genau nahm. Tatsächlich war er so offensichtlich, dass von Helmholtz sich fragte, ob er wirklich auf einem Irrtum beruhte. Hatte Müller-Ohle am Ende bewusst ein negatives Gutachten erstellt? Alles wies darauf hin, auch wenn der Professor keinen Sinn darin erkennen konnte. Schließlich waren sie alle daran interessiert, das erste lenkbare Luftschiff der Welt unter deutscher Flagge fahren zu lassen. Oder etwa nicht? Und dass die Pläne Zeppelins eine realistische Möglichkeit dafür darstellten, davon war er heute mehr überzeugt denn je. Daher konnte das Ergebnis seiner Kommission auch nur lauten, das Projekt Zeppelins voll und ganz zu unterstützen. Und er hoffte, dass Müller-Ohle bis zur nächsten Zusammenkunft zu der gleichen Erkenntnis kommen würde. Allerdings war er schon jetzt entschlossen, sollte dies nicht der Fall sein, den Kollegen aus der Kommission auszuschließen. Den Skandal, zu dem dieser Schritt unweigerlich führen würde, war er bereit in Kauf zu nehmen. Das war er dem Kaiser, dem Reich aber auch sich selbst …

Ein eigentümliches Geräusch ließ ihn irritiert aufblicken. Es war nicht mehr weit bis zu der kleinen Stadtvilla, in der er lebte. Das wusste er, auch wenn er das Gebäude wegen des Nebels noch nicht ausmachen konnte. Doch er bemerkte etwas anderes, das sich zwischen ihm und seinem Heim befand und mitten auf der Straße stand – etwas Großes, Dunkles, irgendwie Beunruhigendes.

Unwillkürlich verlangsamten sich seine Schritte. Dennoch kam er näher und konnte schließlich ausmachen, worum es sich handelte: eine große, schwarze Dogge, die ihm unverwandt entgegensah und nun erneut den merkwürdigen Laut von sich gab; ein tiefes, bedrohliches Knurren.

Unentschlossen blieb der Professor stehen. Er war beileibe kein ängstlicher Mensch, aber das feindliche Verhalten des großen fremden Hundes, der nur noch zehn Meter von ihm entfernt stand, mahnte ihn zur Vorsicht. Hilfe suchend sah er sich um. Immerhin musste die Dogge einen Besitzer haben. Doch die Straße war menschenleer.

Wie sollte er sich verhalten? Warten, bis das Tier von allein verschwand?

Nein, er war erschöpft, hatte Hunger und begann nun auch zu frieren. Er wollte nach Hause und setzte sich daher langsam wieder in Bewegung. Beruhigend sprach er dabei auf den Hund ein: »Ruhig, mein Guter. Ich will doch gar nichts von dir. Ich will nur vorbei. Dann hast du die Straße wieder für dich allein.«

Die Dogge reagierte nicht auf seine Worte, knurrte erneut, legte die Ohren an und fletschte ihre großen weißen Fangzähne.

Sofort blieb der Professor wieder stehen.

Doch es war zu spät.

Der Hund setzte sich in Bewegung und kam mit gewaltigen Sätzen näher. Natürlich wusste von Helmholtz, dass Weglaufen keine Lösung und der Hund viel schneller war als er. Dennoch suchte er sein Heil in der Flucht. Er kam jedoch nur wenige Schritte weit, als eine gewaltige Faust sein Herz zu ergreifen schien und es zusammenquetschte. Atemlos blieb er stehen, röchelte und sank zu Boden. Das Letzte, was er hörte, war ein leiser Pfiff. Dann wurde es dunkel um ihn herum. Dass der Hund seinen Lauf sofort unterbrach, sich umwandte und dem Zeichen folgte, erlebte Hermann von Helmholtz nicht mehr.

Professor Hermann von Helmholtz fand seine letzte Ruhe in einer Ehrengrabstelle der Stadt Berlin auf dem Friedhof Wannsee. An dem natürlichen Tod des herzkranken Universalgelehrten kamen niemals Zweifel auf.

Professor Müller-Ohle übernahm von Helmholtz' Nachfolge als Leiter der Kommission. Er bestätigte Zeppelins Statik-Berechnungen, und somit hätte der kaiserlichen Unterstützung des Projektes eigentlich nichts mehr im Wege gestanden – wenn Müller-Ohle nicht inzwischen bei der Berechnung des Luftwiderstands einen angeblichen Fehler entdeckt hätte. Er behauptete nun, dass das Luftschiff eine maximale Geschwindigkeit von fünf Metern pro Sekunde erreichen würde und nicht, wie Zeppelin behauptete, vierzehn Meter. Wegen der ungenügenden Geschwindigkeit kam die Kommission erneut zu einer Ablehnung.

Das Kriegsministerium teilte Zeppelin offiziell mit:

»Wir bedauern, mitteilen zu müssen, dass es uns weder jetzt noch in absehbarer Zeit möglich sein wird, die Mittel flüssig zu machen, welche zur Erbauung des von Eurer Exzellenz erfundenen Luftschiffs erforderlich wären.«

Der Graf begann Verrat zu wittern. Bei der Überprüfung seiner Konstruktionspläne konnte es schlicht und einfach nicht mit rechten Dingen zugegangen sein, wenn dieses Ergebnis dabei herauskam. Und seine Befürchtung, dass gegen ihn persönlich Intrigen gesponnen wurden, verstärkte sich, als die Kommission sich rundheraus weigerte, ihn noch einmal anzuhören. Als sein Einwand, dass Müller-Ohle sich bei seinen Geschwindigkeitsberechnungen geirrt habe und er das auch beweisen könne, auf völliges Desinteresse stieß, gab er die Hoffnung auf, dass diese Kommission seine Pläne jemals objektiv beurteilen würde.

Auch als er einen Experten fand, der die Richtigkeit seiner Berechnungen bezüglich der Geschwindigkeit bestätigte, änderte sich nichts an der Situation. Tatsächlich verglich Direktor Groß von den Kruppwerken, der als größte Autorität auf dem Gebiet des Luftwiderstandes galt, seine Messungen über die Geschwindigkeiten von Geschossen mit den Berechnungen Zeppelins – und kam zu dem Ergebnis, dass Müller-Ohle von falschen Voraussetzungen ausgegangen sein musste und Zeppelins Berechnungen stimmten. Groß stellte sein Gutachten dem Grafen zur Verfügung und ergriff damit für ihn öffentlich Partei, doch es kümmerte niemanden. Die Prüfungskommission hatte sich aufgelöst und existierte nicht mehr.

»Es ist unglaublich«, wetterte Zeppelin und lief im Kaminzimmer Schloss Girsbergs wie ein gefangener Tiger auf und ab.

Besorgt beobachtete Isabella ihren Mann, und auch Theodor Kober, der es dem Grafen am liebsten gleichgetan hätte, verfolgte jede Bewegung seines Chefs.

Das vorrangige Gefühl, das alle drei in dieser Situation beherrschte, war Hilflosigkeit. Sie wussten genau, dass sie recht hatten, und konnten es dennoch nicht beweisen.

»Dieser neuerlichen Niederlage ist nichts mehr entgegenzusetzen«, dachte der Graf entmutigt. »Doch selbst wenn ich das akzeptiere und mein Projekt aufgebe, werde ich nicht verhindern können, dass man mich ein weiteres Mal mit Häme und Hohn überschüttet. Nach der endgültigen Ablehnung der Kommission kann ich mir schließlich an den Fingern einer Hand abzählen, dass ich nun abermals zum Gespött der Straße werde, zum Narren vom Bodensee auf Lebenszeit.«

Als Kober sich von seinem Stuhl erhob, schob der Graf seine finsteren Gedanken rasch beiseite und sah seinen Mitarbeiter fragend an.

Der Diplom-Ingenieur räusperte sich. »Auch wenn es bisher noch nicht ausgesprochen wurde – wir sind am Ende, nicht wahr?«

Hilflos zuckte Zeppelin mit den Schultern. »Im Augenblick weiß ich tatsächlich nicht, wie es weitergehen soll, lieber Freund. Ich bin einfach ratlos.«

Kober nickte. Er hatte keine andere Antwort erwartet. »Dann will ich Ihnen, Graf, wenigstens eine Entscheidung ersparen und hiermit kündigen.«

Zeppelin wollte aufbegehren, wollte den Mann, mit dem er über zwei Jahre eng zusammengearbeitet hatte, nicht so einfach gehen lassen. Er wollte ihn in seiner Nähe behalten, schon allein, weil Kober ein Verbündeter war, ein Gleichgesinnter, der seine Visionen geteilt hatte und genau wie er wusste, dass die Pläne, die sie gemeinsam erstellt hatten, realisierbar waren.

Doch dann begriff er. Kober folgte mit seiner Kündigung lediglich einer Notwendigkeit. Schließlich war er ein Familienvater mit Frau und fünf Kindern, für deren Unterhalt er verantwortlich war. Und eben diese Verantwortung wollte er ihm, seinem Arbeitgeber, nicht länger aufbürden.

»Ich habe ein Angebot von einer Firma in München«, erklärte Kober leise und mit gesenktem Kopf. Es war offensichtlich, wie schwer ihm die Entscheidung fiel. »Man baut dort elektrische Anlagen für Kraftwerke und Lokalbahnen und will mich als Oberingenieur einsetzen. Natürlich weiß ich …«

Er verstummte, holte tief Luft und fuhr fort: »Als Technischer Berater werde ich Ihnen natürlich auch weiterhin sehr gern zur Verfügung stehen. In der derzeitigen Situation wäre ich aber nur eine unnötige finanzielle Belastung für Sie.«

Auch der Graf erhob sich nun und die beiden Männer umarmten sich kurz, aber sichtlich bewegt. Natürlich, es war kein Abschied für immer, das wussten sie beide, aber es war immerhin das Ende eines gemeinsamen Kapitels in ihrer beider Leben.

SECHSTES KAPITEL –
EINE LAUS IM PELZ – 1896

GRAF ZEPPELIN HATTE ES VORHERGESEHEN.

Erneut fiel die Berliner Presse über ihn her und machte sich lustig – über seine Pläne im Allgemeinen und seine Person im Besonderen.

Zeppelin versuchte, die Anfeindungen weitgehend zu ignorieren. Doch eine Meldung des Berliner Couriers konnte selbst er nicht übersehen:

»Wie aus Kreisen des Kriegsministeriums verlautbart wurde, wird das fragwürdige Luftschiffprojekt des Grafen Ferdinand von Zeppelin weder jetzt noch in Zukunft finanzielle Unterstützung finden. Nachdem die von Seiner Majestät einberufene Prüfungskommission erneut festgestellt hat, dass die Pläne Zeppelins lediglich als Fantasterei anzusehen sind, sei diese Entscheidung endgültig, heißt es. Der weithin nur noch als Narr vom Bodensee *bekannte Graf ist daher noch immer auf der Suche nach vertrauensseligen Mäzenen, die ihm das benötigte Kapital von einer Million Reichsmark zur Verfügung stellen. Eingeweihte behaupten, der Kaiser habe sich als spendabel erwiesen und Zeppelin immerhin einen Zuschuss von sechstausend Reichsmark bewilligt ...«*

Vor Zorn bebend warf der Graf die Zeitung auf den Boden. »Was nehmen sich diese Schmierfinken eigentlich heraus? Und wie um alles in der Welt kommen sie darauf, dass der Kaiser mich mit sechstausend Reichsmark unterstützen will?«

Diese Information hatte er ja selbst nicht einmal. Doch auch wenn Wilhelm II. ihm dieses Geld tatsächlich zukommen lassen wollte, würde er es selbstverständlich ablehnen. Was sollte er mit sechstausend Reichsmark, wenn doch eine Million benötigt wurde? Das für sich genommen, wäre ja schon blanker Hohn!

Immerhin bewirkte die demütigende Zeitungsnotiz, dass Zeppelins Kampfgeist wieder geweckt war. Um sich der schändlichen Aussagen zu erwehren, wandte er sich nun selbst an die Öffentlichkeit. In seiner Schrift »Lenkbare Luftfahrzeuge«, die er drucken ließ, deckte er schonungslos die Irrtümer und das Vorgehen der Prüfungskommission auf und scheute sich auch nicht, den dafür Verantwortlichen zu nennen: Müller-Ohle. Der Graf schilderte die mangelnde wissenschaftliche Objektivität des Diplom-Ingenieurs und führte das Gutachten des Krupp-Direktors Groß an, das die Berechnungen Müller-Ohles als nachweislich falsch auswies. Ferner erläuterte er den Lesern seiner Kampf- und Werbeschrift, dass ein Luftfahrzeug seiner Konstruktion sich mehr als eine Woche in der Luft halten und dabei täglich mehr als tausend Kilometer zurücklegen könnte. Und er pries die zahlreichen unterschiedlichen Verwendungsmöglichkeiten eines solchen Schiffes – im Flottendienst, für die Beaufsichtigung der Kolonien, die Erforschung der Arktis, für Post, Verkehr und die Weiterentwicklung der Meteorologie.

Natürlich erreichte Zeppelin mit seiner Schrift nur eine begrenzte Öffentlichkeit, und natürlich bewirkte sie nicht viel, außer vielleicht eine gewisse Genugtuung für den Verfasser, der sich so seine Enttäuschung von der Seele geschrieben hatte.

◦⟋⟍◦

»Wenn sich eine Tür schließt, öffnet sich eine andere; aber wir sehen meist so lange mit Bedauern auf die geschlossene Tür, dass wir die, die sich für uns geöffnet hat, nicht einmal bemerken.«

Diese Worte werden dem US-amerikanischen Erfinder und Großindustriellen Alexander Graham Bell zugeschrieben, einem Zeitgenossen Zeppelins, auf den sie allerdings nicht zutrafen. Denn als sich für den Grafen eine neue Tür öffnete, bemerkte er sie nicht nur, sondern stürmte geradewegs hindurch. Die Aufschrift der Tür lautete: »Verein Deutscher Ingenieure«. Und als dieser Verein sich für die Pläne Zeppelins zu interessieren begann, packte er den Stier sofort bei den Hörnern.

Im Januar 1896 wurde er Mitglied des Vereins und bekam dort, wo man die Chancen seines Projektes erkannte, ein nützliches Forum geboten. Nach den beiden Ablehnungen der kaiserlichen Kommission konnte er von hier aus der Öffentlichkeit seine Pläne plausibel machen.

Bereits im Februar bekam er von den Technikern die Möglichkeit, einen Vortrag über »Lenkbare Luftschiffe« vor einem illustren Publikum zu halten. Als Ehrengäste erschienen der König von Württemberg nebst seinen Justiz- und Finanzministern. Ferner gaben sich der preußische Gesandte und die Generaldirektoren der Eisenbahn und der Post die Ehre.

Der in Stuttgart gehaltene Vortrag Zeppelins wurde zu einem gesellschaftlichen Ereignis, bei dem der Graf zum ersten Mal öffentlich für sein Anliegen eintreten konnte – und das ihm immerhin die Zusage über hunderttausend Reichsmark einbrachte.

Der Verein Deutscher Ingenieure zeigte sich von seinen Ausführungen derart begeistert, dass er noch am selben Abend beschloss, eine Kommission einzurichten, die Zeppelins Konstruktionspläne überprüfen sollte.

Natürlich stand der Graf der Sache nach seinen schlechten Erfahrungen mit Kommissionen mehr als skeptisch gegenüber, willigte aber dennoch ein. Er konnte nur gewinnen und hatte nichts mehr zu verlieren.

Das Prüfungsergebnis stand im Oktober des gleichen Jahres fest und war der erste greifbare Erfolg, den der Graf verbuchen konnte. Die Kommission bestätigte die Berechnungen Zeppelins und befürwortete den Bau eines Prototyps.

Zwei Monate später, am 30. Dezember 1896, erschien daraufhin ein öffentlicher Aufruf des Vereins Deutscher Ingenieure zur Unterstützung von Zeppelins Plänen. Etliche Industrielle folgten ihm – wenn auch noch sehr zögerlich. Immerhin konnte der Graf im folgenden Jahr die »Aktiengesellschaft zu Förderung der Luftschiff-fahrt« gründen.

Ihre Aufgabe: ein lenkbares Luftschiff zu bauen.

Ihr Startkapital: achthunderttausend Reichsmark.

Der Haken an der Sache: Mehr als die Hälfte des Gründungskapitals hatte Zeppelin selbst aufbringen müssen. Damit riskierte er einen großen Teil seines Vermögens. Doch der Verein Deutscher Ingenieure, der ihn, den allseits verhöhnten Narren, so tatkräftig unterstützte, hatte ihm neuen Mut gegeben, das Wagnis einzugehen.

Isabella stand voll und ganz hinter dieser Entscheidung. Ihr war bewusst, dass Ferdinand in seinem Leben keine Ruhe mehr finden würde, wenn er nach all den Anfeindungen und Spöttereien nicht eindeutig demonstrieren konnte, dass sein Luftschiff nicht nur flog, sondern auch lenkbar war. Und nun, da sich ihm die Chance bot, eben dies nachzuweisen, war sie ihm zuliebe bereit, einen Teil des gemeinsamen Vermögens aufs Spiel zu setzen. Einen Teil wohlgemerkt. Das Versprechen, dass es dabei bleiben musste, hatte sie ihm abgenommen. Und ganz gewiss würde sie darauf zu achten wissen, dass die Familie durch Ferdinands Luftschiffmanie nicht in den Ruin getrieben wurde.

Zunächst ließ sich alles gut an.

Der württembergische König, vollends von Zeppelins Projekt überzeugt, war sogar bereit, das für die Errichtung der Anlagen und Hallen benötigte Gelände aus seinem Privatbesitz zur Verfügung zu stellen. Das

Grundstück lag in der Bucht von Manzell am Boden-
see, ganz in der Nähe von Friedrichshafen. Hier konnte
Zeppelin mit den Vorbereitungen für den Bau seines
Luftschiffs beginnen.

Die erste Voraussetzung dafür war die Errichtung
einer Montagehalle, und selbst dabei hatte der Graf
seine ganz eigenen Ideen: Eine auf einem Ponton
schwimmende Halle sollte es sein, an deren mehr als
hundertvierzig Meter langen Seiten Stege vorgesehen
waren. Von ihnen aus sollte das Luftschiff auf einem
Floß erbaut werden, das je nach Bedarf aus der Halle
gezogen oder wieder hineingeschoben werden konnte.
Zusätzlich war vorgesehen, die zwanzig Meter breite
und dreißig Meter hohe Halle so zu konstruieren, dass
sie in den Wind gedreht werden konnte, um das Her-
ausmanövrieren des Luftschiffs, aber auch den Start-
vorgang zu erleichtern.

Wie üblich plante Zeppelin umsichtig und voraus-
schauend.

1351 war es erstmals urkundlich erwähnt worden – das
Tempelhofer Feld vor den Toren Berlins. Markgraf Ludwig der Bayer hatte dank eines Schriftstückes Zwie-
tracht und Streitigkeiten zwischen den Städten Berlin
und Cölln beendet. Danach wurde die Feldmark als
Weideland genutzt, bis im Frühjahr 1722 der Soldaten-
könig Friedrich Wilhelm I. hier erstmals die Regimen-
ter der Berliner Garnison aufmarschieren ließ. Darauf-

hin nutzte das preußische Heer ein Teil des Feldes als Parade- und Manöverplatz.

Für die Berliner entwickelte sich das Tempelhofer Feld im Laufe der Zeit zu einem beliebten Ausflugsziel. An Sonn- und Feiertagen, sobald das Militär den Platz geräumt hatte, strömten sie zu Tausenden aus der Stadt nach Tempelhof, um dort ihre Freizeit zu verbringen. Ganze Familien kamen mit Liegestühlen und Sonnenschirmen, um hier zu picknicken und sich mit Freunden sportlich zu betätigen.

Auch im Winter wurde das Tempelhofer Feld eifrig frequentiert, dann standen Schlittschuhlaufen und Schlittenfahrten hoch im Kurs. Und schon bald trugen weitere Einrichtungen zur Attraktivität der Örtlichkeit bei: Tennisplätze, ein Minigolfplatz, eine Pferde- und eine Radrennbahn. Rummelplätze und Zirkusse gastierten hier, Gartenlokale und Restaurants öffneten ihre Pforten.

Neben diesen Freizeitangeboten fanden auf dem Gelände auch öffentlich politische Veranstaltungen statt, wie zum Beispiel der Kaisermarsch, die jährlich stattfindende Militärparade zu Kaisers Geburtstag oder die Maikundgebungen.

Am Ende des neunzehnten Jahrhunderts erhöhte eine weitere Attraktion die Anziehungskraft des Tempelhofer Feldes, als Flugpioniere begannen, es für ihre mutigen Unternehmungen zu nutzen. So wagte sich 1883 der Schweizer Maler Arnold Böcklin mit einem motorlosen Flugzeug, einem sogenannten Gleitflugapparat, an den Start. Jedoch ohne Erfolg. Im Juni

1897 starben der Konstrukteur Dr. Hermann Wölfert und sein Mechaniker Robert Knabe, als ihr durch einen von Daimler hergestellten Acht-PS-Benzinmotor angetriebenes Luftschiff *Deutschland* explodierte.

Am 3. November 1897 war es endlich so weit. An diesem Tag sollte sich in Berlin-Tempelhof das erste Mal ein starres Luftschiff in den Himmel erheben. Es bestand aus einem festen, mehr als dreißig Meter langen Auftriebskörper mit innerem Gerüst, an dem eine Gondel montiert war. Die luftdicht gefalzte und genietete Hülle, die die innere Konstruktion samt der dreizehn Wasserstoff befüllten Zellen schützte, war aus null Komma null zwei Millimeter dünnen Aluminiumblechbahnen gefertigt. Der Durchmesser des Luftschiffs, das vorn flach und hinten kegelförmig auslief und von den Berlinern scherzhaft »Blechbüchse« genannt wurde, betrug zwölf Meter. Als Antrieb war ein Sechzehn-PS-Daimler-Motor vorgesehen, der insgesamt drei außen liegende Propeller betreiben sollte.

Konstruiert und gebaut hatten das Luftschiff der Ungar David Schwarz und sein Ingenieur Sebastian Opfermann. Allerdings war Schwarz bereits im Januar des Jahres gestorben, und seine Gattin Melanie, eine energische und kluge Frau, wie es hieß, hatte sein Lebenswerk trotz großer Schwierigkeiten zu Ende gebracht.

Die Vorbereitungen für den Start des riesigen Luftschiffes lockten eine neugierige Menschenmenge auf das Tempelhofer Feld. Es herrschte ausgelassene Volksfeststimmung.

Unter den Schaulustigen befand sich auch der eigens vom Bodensee angereiste Graf Ferdinand von Zeppelin. Er wartete gespannt auf den Start des ersten Starrluftschiffes, wenn er sich auch ein wenig darüber wunderte, dass die Aktion wegen des starken Windes nicht verschoben wurde. Liebend gern hätte er mit einem der Techniker, die nun letzte Hand an das Luftschiff legten, darüber gesprochen, hätte viele Fragen gestellt, doch leider war ihm der Zugang zum abgesperrten Flugfeld verwehrt.

»Bitte haben Sie Verständnis dafür, dass während der Startvorbereitungen keine technischen Details erörtert werden können«, hatte die Antwort auf seine diesbezügliche Anfrage gelautet. »Nach dem erfolgten Testflug werden Ihnen jedoch Frau Schwarz und ihr Chefingenieur gerne für ein Gespräch zur Verfügung stehen«.

Zeppelin musste sich also in Geduld üben und beobachtete einstweilen die Vorbereitungen zum Start des ersten Starrluftschiffes. Auch wenn er das nur aus der Ferne durfte, spürte er doch die aufgeregte Anspannung der Menschen, die an dem Bau des Schiffes mitgewirkt hatten und nun dem ersten Aufstieg entgegensahen. Gewiss würde er, wenn seine eigene Konstruktion einmal fertiggestellt war und ihre Tauglichkeit beweisen konnte, genauso empfinden.

Zeppelin war so fasziniert von den emsigen Arbeiten auf dem Flugfeld, dass er den elegant gekleideten Herrn im kamelfarbenen Raglanmantel, der im Vorbeigehen höflich seinen schwarzen Bowler zog, nur am Rande bemerkte. Flüchtig erwiderte er den Gruß. Und da ihm der Mann nicht bekannt war, vergaß er ihn auch sogleich wieder.

Und dann war es endlich so weit. Majestätisch und unter dem Jubel der Menschen hob sich der silberfarbene, noch mit einer Leine gesicherte Kegel in die Lüfte. Langsam, aber stetig stieg er höher. Hundert Meter, zweihundert Meter – erfolgreich den heftigen Windböen trotzend kreiste es in weitem Bogen über dem Tempelhofer Feld. Ein wahrhaft grandioser Anblick.

Das Schiff war etwa vierhundert Meter hoch gestiegen, als der aluminiumverkleidete Auftriebskörper plötzlich erzitterte. Und dann ging alles sehr schnell. Unter den erschrockenen Rufen der Schaulustigen wurde das Schiff zum Spielball des Windes, wurde in der Luft hin und her gezerrt.

»Motor oder Lenkung müssen ausgefallen sein«, dachte Zeppelin noch und zuckte dann unwillkürlich zusammen, als die bis aufs Äußerste gespannte Sicherungsleine mit einem lauten Knall riss.

Dem Piloten des Luftschiffes blieb nun keine andere Wahl, als durch das Ablassen des Gases die Notlandung einzuleiten. Das havarierte Fahrzeug reagierte auch sofort und begann zu sinken, immer tiefer, bis es unsanft auf dem Boden des Tempelhofer Feldes aufschlug.

Die Menschen schrien vor Entsetzen auf, als die »Blechbüchse« durch den Aufprall zurück in die Luft geschleudert wurde und in den folgenden Sekunden mehrmals aufschlug und wieder abhob. Am Ende zerbrach die leichte Aluminiumkonstruktion. Der Pilot hingegen kam, wie durch ein Wunder, mit leichten Verletzungen davon.

»Ein bemerkenswerter Jungfernflug, gnädige Frau. Ich bin wirklich beeindruckt.« Galant beugte sich Graf von Zeppelin über die Hand von Melanie Schwarz.

»Ein gescheiterter Jungfernflug wäre wohl die treffendere Bezeichnung«, wehrte die vor Entsetzen wie versteinert wirkende Witwe David Schwarz' ab. Sie wankte leicht.

Zeppelin erkannte, dass die Dame am Ende ihrer Kräfte war. Um sie zu stützen, reichte er ihr seinen Arm.

»Begleiten Sie mich, gnädige Frau. Eine kleine Stärkung wird Ihnen sicher guttun.«

Widerspruchslos ließ sich Melanie Schwarz von dem Grafen aus der Menge herausführen. Besorgt sah der Chefingenieur ihnen nach. Er war noch unentschlossen, ob er den Herrschaften folgen sollte, als er von einem Mann mit schwarzem Bowler und kamelfarbenem Mantel angesprochen wurde.

»Herr Opfermann, nehme ich an? Sie sind der Chefingenieur dieses Luftschiffprojektes, nicht wahr?«

Sebastian nickte. »Und mit wem habe ich das Vergnügen?«

»Oh, verzeihen Sie«, lächelte sein Gegenüber freundlich. »Mein Name ist Schleiwitz, Eitel von Schleiwitz, und ich bin einer der Herausgeber der Tageszeitung Berliner Courier. Hätten Sie vielleicht Zeit für ein kurzes Interview?«

Opfermann zuckte mit den Schultern. »Warum nicht? Im Augenblick stehe ich hier ohnehin nur herum und warte auf weitere Anweisungen. Was wollen Sie also wissen?«

»Zunächst einmal: Was ist passiert? Der Start klappte ohne Komplikationen, und das Luftschiff fuhr seine Runden. Der Beweis, dass es sehr wohl lenkbare Luftfahrzeuge geben kann, wurde damit erbracht. Aber was geschah dann? Warum kam es zum Absturz?«

»Es war kein Absturz, sondern eine Notlandung«, berichtigte Opfermann. »Das ist ein feiner, aber entscheidender Unterschied. Doch um Ihre Frage zu beantworten: Die Treibriemen sind von den Antriebsscheiben gesprungen, was zur Folge hatte, dass die Lenkung ausfiel. Das Schiff drohte abzutreiben, sodass der Pilot das Gasventil öffnete, um es auf die Erde zurückzubringen. Leider landete er dabei nach mehreren Bodenberührungen ziemlich heftig, was wiederum zu irreparablen Schäden an der Konstruktion führte.«

»Irreparabel?«, nahm von Schleiwitz den Begriff auf. »Was bedeutet das?«

Irritiert sah Opfermann sein Gegenüber an. Was war an dem Wort »irreparabel« missverständlich? Dann antwortete er jedoch: »Nun, das Schiff ist nicht mehr zu reparieren. Es müsste ein neues gebaut werden, aber ich fürchte, dazu fehlen Frau Schwarz die finanziellen Mittel.«

»Nach der eindrucksvollen Vorführung werden sich doch gewiss Finanziers für das Projekt finden«, vermutete von Schleiwitz. »Oder haben Sie bereits andere Pläne?«

»Meinen Sie mich persönlich?«, vergewisserte sich Opfermann und lachte, als sein Gegenüber nickte. »Nein, gewiss nicht. Ich habe dieses Luftschiff konstruiert. Es ist mein Werk. Und da ich weiß, wie sich der Fehler, der den Schaden verursacht hat, beheben lässt, werde ich, wenn es einen Neubau geben sollte, ganz bestimmt dabei sein.«

»Sie haben das Schiff konstruiert? Ich dachte, das wäre David Schwarz gewesen.«

»Er hatte die Ideen, ich hab sie umgesetzt«, erwiderte Opfermann schulterzuckend. »Es war eine äußerst fruchtbare Zusammenarbeit.«

»Aber die eingetragenen Patente laufen doch allein auf seinen Namen, oder nicht?«

»Ja, natürlich«, sagte Opfermann. »Er war mein Brötchengeber. Das wird üblicherweise so gehandhabt.«

»Das heißt«, schlussfolgerte von Schleiwitz nachdenklich, »dass diese Patente – sollte sich ein Neubau nicht realisieren lassen – von Frau Schwarz auch verkauft werden könnten?«

»Theoretisch schon«, gab Opfermann zögernd zu. »Aber das wird sie nicht im Alleingang machen. Da hätte ich natürlich ein gewisses Mitspracherecht.«

»Ich hoffe für Sie, dass Sie sich diese Rechte vertraglich gesichert haben«, bohrte von Schleiwitz weiter. »Sonst könnte es immerhin passieren, dass Sie am Ende mit leeren Händen dastünden.«

Betroffen sah Opfermann ihn an. Doch dann wischte er das aufkeimende Misstrauen beiseite.

»Nein, nein. Ich vertraue Frau Schwarz und denke nicht, dass ich mir Sorgen machen muss.«

»Vertrauen ist eine gute Sache«, bestätigte von Schleiwitz lächelnd. »Aber Sie wissen schon, mit wem Frau Schwarz eben davongegangen ist, nicht wahr?«

»Ja, natürlich«, bestätigte Opfermann. »Graf Zeppelin hatte uns beide um ein Gespräch gebeten.«

»Sie beide? So, so. Und warum führen Frau Schwarz und er diese Unterredung nun allein? Oder lassen Sie mich anders fragen: Glauben Sie, dass Zeppelin, der, wie Sie sicher wissen, selbst den Bau eines Starrluftschiffes plant, mit den Patenten etwas anfangen könnte?«

Mit zusammengekniffenen Augen sah Opfermann den Zeitungsherausgeber an. »Was wollen Sie damit andeuten, Herr …?«

Von Schleiwitz antwortete mit einer Gegenfrage. »Sie sind noch sehr jung, nicht wahr? Und dennoch bereits sehr erfahren in Ihrem Beruf. Mein Kompliment dafür. Ich fürchte nur, mein junger Freund, dass Sie in Dingen des Vertragsrechts noch sehr unerfahren sind. Es täte mir aufrichtig leid für Sie, wenn diese Unerfahrenheit jetzt ausgenutzt würde. Ich kenne Zeppelin und weiß, dass er für seinen eigenen Vorteil über Leichen geht. Sollte es ihm in dieser Situation gelingen, Frau Schwarz die Patente abzuschwatzen, wäre es ihm völlig gleichgültig, welche Rechte Sie daran haben.« Er reichte dem Ingenieur seine Visitenkarte. »Lassen Sie mich wissen, wie die Sache ausgeht. Und falls ich mit meiner Befürchtung recht behalten sollte – wenden Sie sich auf jeden Fall an mich. Ganz gewiss wäre ich in der Lage, Ihnen zu helfen.«

⁓⟋⟍⟍

In der Zwischenzeit hatten Graf Zeppelin und Melanie Schwarz in einem kleinen, ruhigen Café Platz genommen. Da sich nahezu alle Schaulustigen noch an der Unglücksstelle aufhielten, um das havarierte Luftschiff zu bestaunen, waren sie derzeit die einzigen Gäste.

Ohne sich nach ihren Wünschen zu erkundigen, orderte Zeppelin für sich und seine Begleiterin Cognac und Mokka. Und während er darauf wartete, dass die Bestellung serviert wurde, schwieg er taktvoll, um der offensichtlich Verzweifelten Zeit zu geben, sich zu beruhigen.

Die schwarz gekleidete Kellnerin mit adretter weißer Schürze und gestärktem Häubchen stellte nach wenigen Minuten Gläser und Tassen auf den Tisch, knickste höflich und verschwand.

Hastig griff Melanie nach dem Cognac und stürzte ihn in einem Zug hinunter. Sie rang nach Luft und ihre Augen begannen zu tränen, aber der Alkohol rann warm ihre Kehle hinunter und verbreitete ein wohltuendes, beruhigendes Gefühl in ihrem Magen. Ihr schmales, blasses Gesicht bekam wieder ein wenig Farbe, und langsam gewann sie ihre Fassung zurück.

»Vielen Dank, Graf. Ich bin zwar Hochprozentiges eigentlich nicht gewohnt, aber dieser Cognac hat mir gutgetan.«

»Das freut mich, gnädige Frau«, lächelte Zeppelin herzlich. »Darf ich fragen, was Sie so sehr getroffen hat? Sicher, der Jungfernflug Ihres Luftschiffes endete mit einer Bruchlandung, aber im Großen und Ganzen kann man ihn doch als Erfolg bewerten. Immerhin haben Sie den Beweis angetreten, dass es sehr wohl möglich ist, ein lenkbares Luftfahrzeug zu bauen.«

Melanie Schwarz zögerte mit einer Antwort. Sollte sie diesem fremden Mann tatsächlich ihr Herz ausschütten? Doch dann konnte sie sich nicht länger zurückhalten: »Sie müssen wissen, Graf – es war mir ein wirkliches Anliegen, das Werk meines verstorbenen Mannes zu Ende zu führen. Allerdings hatte ich genau genommen auch keine andere Wahl. Noch zu Lebzeiten Davids hat das Luftschiffprojekt Unsummen verschlungen, und alles, was er mir hinterließ, war ein Berg von Schulden und das im Bau befindliche Schiff. Meine einzige Möglichkeit, das geliehene Geld zurückzahlen zu können, waren die Fertigstellung und der Verkauf des Prototyps. Das preußische Kriegsministerium zeigte auch durchaus Interesse, Schiff und Pläne zu erwerben, doch das wird sich mit den heutigen Geschehnissen wohl erledigt haben. Somit ist die ganze Arbeit vergebens gewesen, sind alle Hoffnungen zunichte gemacht. Ich bin ruiniert.«

»Aber gnädige Frau«, entgegnete Zeppelin beruhigend. »So düster dürfen Sie die Zukunft nicht sehen. Weiß man denn schon, was zu dem Absturz geführt hat? Ich meine, ist die Ursache bekannt? Vielleicht ist nur eine geringfügige Konstruktionsänderung vonnöten, und der nächste Aufstieg verläuft ohne Probleme.«

Melanie Schwarz schüttelte den Kopf. »Sie verstehen nicht, Graf. Es wird kein nächstes Mal geben. Die Schuldenlast ist wirklich immens. Ich selbst verfüge über kein Kapital mehr, und kein Mensch auf dieser Welt wird mir die ausreichenden Mittel zur Verfügung stellen, um einen zweiten Versuch zu starten.«

»Das bedaure ich sehr«, entgegnete Zeppelin mitfühlend. »Dennoch möchte ich Ihnen dringend raten, mit dem Kriegsministerium zu sprechen. Wenn man von dort aus Interesse bekundet hat und die Ursache, die zu dem Absturz führte, zu beheben ist, wird man Ihnen gewiss die Weiterführung Ihrer Arbeit finanzieren.«

»Wie Sie bereits richtig vermuteten, liegt tatsächlich kein gravierender Konstruktionsfehler vor«, bestätigte Melanie Schwarz düster. »Eine Geringfügigkeit nur, ein Schaden, der sich leicht beheben ließe – wenn man denn die Möglichkeit dazu hätte. Ich habe sie leider nicht. Ich bin am Ende.«

Nachdenklich sah Zeppelin die verzweifelte Frau an. Sie tat ihm von Herzen leid. Und auch wenn sie genau genommen Konkurrenten waren, wünschte er aufrichtig, ihr helfen zu können. Und plötzlich hatte er eine Idee, die für die Witwe David Schwarz' einen letzter Ausweg bedeuten und auch ihm möglicherweise von Nutzen sein konnte.

»Ich mache Ihnen ein Angebot, gnädige Frau«, sagte er kurz entschlossen und ergriff tröstend ihre Hände. »Sollten sich Ihre Befürchtungen tatsächlich bewahrheiten, wäre ich bereit, Ihnen die Patente, die Ihr verstorbener Gatte auf seine Konstruktion eintragen ließ, abzukaufen. Sie würden die Schutzrechte dann ohnehin nicht mehr benötigen und hätten wieder Geld zur Verfügung. Während ich möglicherweise neue Erkenntnisse aus der Arbeit Ihres verstorbenen Mannes gewinnen könnte. So wäre uns beiden geholfen.«

Überrascht sah Melanie Schwarz auf. Und in ihren dunklen Augen brannten heiße Tränen, als sie entgegnete: »Ich danke Ihnen sehr. Ihr Angebot ist für mich zumindest ein feiner Silberstreif am Horizont und macht mir neuen Mut. Sie sind ein wahrhaft guter Mensch, Graf Zeppelin.«

David Schwarz' Witwe sollte recht behalten. Weder das Kriegsministerium noch ein anderes Ministerium des Deutschen Reiches waren bereit, das Risiko einzugehen und den Neubau des Luftschiffes zu finanzieren. So blieb ihr letztlich nur eins: das Angebot Zeppelins anzunehmen und ihm – um die drückendsten Schulden begleichen und ihren Lebensunterhalt sichern zu können – das zu verkaufen, was sie besaß: Konstruktionspläne, Patente und das Wrack eines Luftschiffs.

Ihrem Chefingenieur und ihren Arbeitern musste Melanie Schwarz kündigen. Sie zahlte allen gleichermaßen eine Abfindung in der Höhe von zwei Wochenlöhnen. Natürlich wäre sie dazu nicht verpflichtet gewesen, aber sie wollte ihren Leuten, die nach dem Tode Davids so treu zu ihr gehalten hatten, eine Anerkennung zukommen lassen. Sebastian Opfermann erhielt darüber hinaus ein Empfehlungsschreiben mit dem gut gemeinten Rat, es dem Grafen Zeppelin vorzulegen. Es wies den jungen Mann als äußerst fähigen Ingenieur aus und schloss mit der Bitte, ihm eine Anstellung auf der Luftschiffwerft in Manzell zu geben.

Erbost zerriss der sich übervorteilt fühlende Opfermann das Schreiben. Ausgerechnet bei diesem Zeppelin sollte er vorstellig werden? Bei dem Mann, der die Notsituation Melanie Schwarz' ausgenutzt und sich die Patente, an denen auch er ein Recht besaß, erschlichen hatte? Nein, ganz gewiss nicht!

Fieberhaft begann er, in seinen Unterlagen nach der Visitenkarte des Herrn von Schleiwitz zu suchen. Immerhin hatte dieser ihm das Vorgehen des feinen Grafen prophezeit und ihm für diesen Fall seine Hilfe angeboten.

Sebastian war wild entschlossen, den Herausgeber des Berliner Courier beim Wort zu nehmen.

ೋ

Trotz des Scheiterns des Jungfernflugs des Schwarz'schen Luftschiffes hatte Graf Zeppelin das Potenzial der Erfindung erkannt und verglich sie nun mit seinen Plänen. Die Hinterlassenschaft von David Schwarz bescherte ihm noch einen weiteren Vorteil – nämlich den Kontakt zu dem Industriellen Carl Berg.

Der Fabrikant aus Lüdenscheid hatte 1889 von der Weltausstellung in Paris ein Stück Aluminium mitgebracht und es seinem Buchhalter mit den Worten überreicht: »Es ist so teuer wie Silber. Schließen Sie es mir vorerst in den Geldschrank.«

Der industriell gefertigte neue und sehr leichte Baustoff war zur Sensation geworden. Berg hatte damit experimentiert, selbst eine Aluminiumlegierung als Patent angemeldet und sich auf die Suche nach neuen Verwendungsmöglichkeiten und Märkten begeben.

So war es nicht verwunderlich gewesen, dass eines Tages David Schwarz bei Berg vor der Tür gestanden hatte. Er war auf der Suche nach einem leichten Werkstoff für den Bau seines Luftschiffes gewesen und schnell mit dem Industriellen einig geworden: Der eine hatte die Idee gehabt, der andere das Geld und das Material. Sie waren Partner geworden.

Nun weilte Schwarz nicht mehr unter den Lebenden, und den Aufstieg seines Luftschiffes hatte eine Bruchlandung beendet. Nicht nur Melanie Schwarz hatte durch das Unglück viel Geld verloren, sondern auch Carl Berg. Dennoch setzte sich Zeppelin, der Bergs Namen in den Unterlagen des Verstorbenen gefunden hatte, mit ihm in Verbindung und fand auf diese Weise nicht nur einen weiteren Investor für seine Pläne, sondern auch den Materiallieferanten für sein Luftschiff.

Unterdessen hatte man in Manzell die auf dem Bodensee schwimmende Montagehalle, Werkstätten und eine Bürobaracke fertiggestellt. Die Vorbereitungen für den Baustart des Luftschiffes liefen auf vollen Touren.

Da Theodor Kober als Technischer Leiter nicht zur Verfügung stand und nur aus der Ferne helfen konnte, hatte Zeppelin einen neuen Bauleiter eingestellt: Diplom-Ingenieur Lothar Pallnack. Dieser zog samt Frau und Tochter nach Manzell und stürzte sich mit Feuereifer in die Arbeit.

Zu Pallnacks ersten Aufgaben gehörte es, die für den Bau benötigten Männer einzustellen. Die Bewerber empfing er in seinem Büro, das nur durch ein gemeinsames Vorzimmer, in dem Zeppelins Tochter Hella saß, von den Arbeitsräumen seines Chefs getrennt war.

Als er gerade den letzten benötigten Arbeiter eingestellt hatte, trat Hella in sein Büro.

»Da ist noch ein weiterer Bewerber eingetroffen, Herr Pallnack«, sagte sie. »Ich weiß natürlich, dass die Einstellungen eigentlich abgeschlossen sind, aber vielleicht sollten Sie sich den Herrn trotzdem noch anschauen. Er heißt Opfermann, Sebastian Opfermann, und gibt an, bei dem Bau des Schwarz-Luftschiffes mitgewirkt zu haben.«

Pallnack war sofort interessiert. Zwar hatte er viele gute Leute verpflichten können – sogar Facharbeiter, die sich mit dem neuen Werkstoff Aluminium auskannten –, aber keinen, der bereits Erfahrung im Luftschiffbau besaß. Also ließ er den verspäteten Bewerber eintreten, prüfte dessen Unterlagen und Zeugnisse und stellte ihn, nach kurzer Rücksprache mit dem Grafen, ein. Dass sie sich damit eine Laus in den Pelz setzten, ahnten weder Zeppelin noch Pallnack. Und Opfermann telegrafierte noch am gleichen Tag nach Berlin: ALLES VERLIEF NACH PLAN. STOP. HABE DIE ANSTELLUNG BEKOMMEN.

SIEBTES KAPITEL –
»MAN MUSS NUR WOLLEN ...« – 1900

Auch wenn das Zwanzigste Jahrhundert genau genommen erst im Jahre 1901 begann, tanzte die Welt erwartungsfroh in den Morgen des 1. Januar 1900. Der Jahrhundertwechsel sollte – so hieß es – ein Aufbruch in eine hellere und bessere Epoche werden.

Der Kaiser begrüßte das neue Säkulum säbelrasselnd und behauptete, dass Deutschland sich noch nicht den Platz in der Welt erobert habe, der ihm gebühre. Um seine imperialen Bestrebungen durchsetzen zu können, begann er daher, die Kaiserliche Marine zu einer der größten und modernsten Kriegsflotten der Welt auszubauen.

In China regte sich der Widerstand gegen die Kolonialherren, zu denen auch das Deutsche Reich gehörte. Der Aufstand der Boxer wurde blutig niedergeschlagen.

In Südafrika tobte der Burenkrieg, und die Weltausstellung in Paris galt mit siebenundvierzig Millionen Besuchern als Schau der Superlative. Hier wurden die neuesten Errungenschaften präsentiert und Fortschritt für alle prophezeit.

Angesichts dieser aufsehenerregenden Ereignisse, die die Schlagzeilen der deutschen Zeitungen beherrschten, geriet der Bau des ersten Zeppelin-Luftschiffes am Bodensee ein wenig in Vergessenheit.

Hin und wieder wurden die Entwicklungen in Manzell spöttisch erwähnt, als Kurznotiz in der Rubrik »Nachrichten aus aller Welt«.

Da niemals ein Reporter vor Ort erschien, fragte sich Zeppelin zwar, woher die Zeitungsleute ihr Wissen bezogen, vergaß den Gedanken aber immer wieder. Zu vieles musste bedacht und organisiert werden.

»Wann treffen die Alu-Teile aus Lüdenscheid ein, Hella-Kind?«

Helene von Zeppelin ließ die Hände von den Tasten ihrer modernen Remington-Schreibmaschine gleiten und griff zielsicher nach einem Packen Lieferscheine, die rechts neben ihr in einem Regal lagen. Schnell suchte sie das Gewünschte heraus.

»Morgen Mittag erreichen sie den Friedrichshafener Bahnhof.«

Der Graf nickte zufrieden. »Und sind Pferdefuhrwerke für den Weitertransport bestellt?«

Seine Tochter schüttelte den Kopf und wandte sich schon wieder dem Brief zu, der in ihrer Schreibmaschine eingespannt war. »Nein, ich habe keine bekommen. War alles ausgebucht.«

Stirnrunzelnd sah der Vater sie an. »Und nun? Soll ich die Platten etwa selbst nach Manzell schleppen?«

Hella sah noch einmal kurz auf. »Nein, natürlich nicht«, entgegnete sie. »Ich habe zwei Daimler-Lastkraftwagen angemietet. So werden die Alu-Teile sogar schneller transportiert als mit den Pferdefuhrwerken.«

Zeppelin war zufrieden. »Gut gemacht, Hella-Kind«, lobte er, wandte sich um und ging zurück in sein Büro.

Leise lächelnd nahm seine Tochter ihre Arbeit wieder auf. Kurz darauf folgte jedoch die nächste Störung. Daisy, die 17-jährige Tochter von Chefingenieur Pallnack, steckte den blonden Kopf durch die Tür.

»Hast du kurz Zeit? Ich muss dir unbedingt etwas erzählen.«

Hella blickte auf die Wanduhr. Es war noch eine halbe Stunde bis zur Mittagspause. »Leider nein, Daisy. Ich muss erst diesen Brief beenden. Er wird gleich von einem Boten abgeholt.«

»Gut«, nickte Daisy. »Dann hole ich dich später zum Essen ab.«

Die Tür schloss sich wieder, und Hella konnte ungestört ihren Brief beenden. Als sie das Schreiben dem Boten übergeben hatte, sah sie noch die Tagespost durch und sortierte sie, je nach Anliegen, in drei Stapel: einen für ihren Vater, einen für Chefingenieur Pallnack und einen – den weitaus größten – für sich selbst.

Mit der Verteilung der Post konnte sie den Vormittag beschließen und in die Pause gehen. Sie wusch sich die Hände und warf dabei einen prüfenden Blick in den Spiegel. Ihre dunklen, am Hinterkopf zu einem Knoten verschlungenen Haare saßen perfekt. Rasch zupfte sie die kurzen, in die Stirn fallenden Ringellöckchen zurecht und verließ das Gebäude. Doch – wo steckte Daisy?

Obwohl die Tochter des Chefingenieurs drei Jahre jünger war als sie, hatten sie sich rasch angefreundet –

zumal sie einander in vielen Dingen ähnlich waren. Daisy, deren Begabung für Mathematik und Naturwissenschaften bereits als Kind deutlich wurde, und Hella – mit ihrem organisatorischen Talent – waren sich vor allem über einen Punkt einig: Obwohl die Frauen ihrer Zeit weder über das Wahlrecht noch über irgendeine Form der Gleichberechtigung verfügten, konnten sie zumindest eine gewisse Unabhängigkeit durch einen Beruf und eigenes Einkommen erreichen. Und ebendies strebten beide an. Hella als Chefsekretärin im Unternehmen ihres Vaters und Daisy als Zeichenlehrling im Konstruktionsbüro. Zwar hätte die Pallnack-Tochter liebend gern ein Studium an der Technischen Hochschule in Stuttgart absolviert, doch der Eintritt in die Tempel der Wissenschaft war Frauen verwehrt. Bislang stritt man darüber, ob das weibliche Geschlecht von seiner geistigen Leistungsfähigkeit und körperlichen Verfassung her überhaupt für ein Studium tauglich war. So behauptete der Leipziger Neurologe Dr. Paul Möbius in seiner Publikation »Über den physiologischen Schwachsinn des Weibes«, dass das weibliche Wesen aufgrund seiner intellektuellen Fähigkeiten, insbesondere der kleineren Gehirnmasse, nicht für das Studium geeignet sei. Und der Göttinger Gynäkologe Max Runge brandmarkte die Forderung nach dem Frauenstudium gar als »naturwidriges Bestreben«.

Über solche Aussagen konnte Daisy nur lachen. Sie war sich sicher, dass vieles auf der Welt besser laufen würde, wenn einige Herren der Schöpfung ihre Gehirnmasse überhaupt nutzen würden.

Jahrzehntelang dauerte das Tauziehen zwischen der Kultusbürokratie und der bürgerlichen Frauenbewegung, die sich eine qualifizierte Schul- und Hochschulausbildung für Frauen zu einem ihrer vorrangigsten Ziele gesetzt hatte, nun schon an. Daisy hoffte inständig, dass sie irgendwann den Sieg davontragen würde. Darüber hinaus war sie sich dessen aber bewusst, dass sie zu den glücklicheren ihrer Geschlechtsgenossinnen zählte. Als Frau einen Ausbildungsplatz zur Technischen Zeichnerin zu bekommen, war nämlich keineswegs eine Selbstverständlichkeit.

Endlich hatte Hella die Freundin entdeckt.

Daisy stand vor der Tür zur Werkskantine. Und sie war nicht allein, sondern in Begleitung des jungen Ingenieurs Opfermann. Die beiden unterhielten sich angeregt und schienen sich ausgezeichnet zu verstehen. Gerade lachten sie herzlich miteinander.

Zögernd trat Hella näher. Eigentlich wollte sie nicht stören, andererseits war sie jedoch mit Daisy wie üblich zum gemeinsamen Mittagessen verabredet.

Doch dann hatte die Freundin sie auch schon bemerkt.

»Da bist du ja endlich. Ich habe schon sehnsüchtig auf dich gewartet. Die Gerüchteküche behauptet nämlich, dass es heute Kartoffelschnitz mit Spätzle geben soll – mein Leibgericht. Und …« Das junge Mädchen redete ohne Punkt und Komma und wirkte ungewohnt aufgekratzt.

Erstaunt sah Hella sie an und fragte sich: Sollte etwa Sebastian Opfermann die kleine Daisy so verwirrt haben? Nun, da wollte sie sich ganz gewiss nicht einmischen. Freundlich nickte sie dem jungen Ingenieur zu und erklärte dann:»Kartoffelschnitz hört sich gut an. Ich werde mich sofort davon überzeugen, ob das Gerücht zutrifft. Du kommst gleich nach?«

»Ja, natürlich«, beeilte sich Daisy zu versichern.»Ich bin sofort bei dir.«

Zeppelins Aktiengesellschaft zur Förderung der Luftschifffahrt beschäftigte nicht viele Frauen. Doch auch die wenigen hatten Anspruch auf einen eigenen, von der Männerwelt abgetrennten Kantinenbereich. Das verlangte schon die Schicklichkeit.

Beladen mit einem Tablett steuert ihn Hella an und setzte sich auf ihren angestammten Platz an dem langen Tisch. Ihr schräg gegenüber saß eine Frau aus der Putzkolonne, die kurz aufblickte, grüßte und sich dann wieder ihrem Mittagsmahl widmete. Es gab tatsächlich Kartoffelschnitz mit Spätzle, und es schmeckte ausgezeichnet.

Nachdem Hella zumindest schon einmal gekostet hatte, sah sie sich um. Von Daisy war noch immer nichts zu sehen. Doch als sie gerade beschloss, mit dem Essen allein zu beginnen, kam die Freundin und setzte sich neben sie.

»Guten Appetit«, wünschte sie und begann sich dann schweigend der Mahlzeit zu widmen. Offensichtlich war sie mit ihren Gedanken jedoch ganz woanders.

»Die Köchin hat sich wirklich Mühe gegeben, nicht wahr?«, versuchte Hella ein Gespräch anzufangen.

Daisy nickte und entgegnete ganz gegen ihre Gewohnheit einsilbig: »Ja. Stimmt.«

Hella warf ihr einen erstaunten Seitenblick zu. Was war nur los mit der Kleinen? Ihre Neugier war geweckt. »Du wolltest mir etwas erzählen?«

Als die Freundin nicht reagierte, wiederholte sie ihre Frage: »Du bist vorhin in mein Büro gekommen, weil du mir unbedingt etwas erzählen wolltest. Nun will ich es auch hören.«

Verwirrt sah Daisy auf. »Was meinst du? Ach so. Ich weiß schon. Es war nicht weiter wichtig. Es ging nur um einen Hut, den ich in Friedrichshafen in einem Schaufenster ... Wie gesagt, nicht wichtig.«

Hella lächelte überrascht. »Das ist nun wirklich etwas Neues. Seit wann sind Hüte nicht mehr wichtig für dich?«

Daisy zuckte mit den Schultern und erwiderte den Gruß der Putzfrau von der anderen Seite des Tisches, die sich gerade erhob, um wieder an die Arbeit zu gehen.

Nun, da sie allein waren, war sie auch bereit zu reden. »Wusstest du, dass Frauen in der Schweiz zum Studium zugelassen sind?«

Hella, die ihre Mahlzeit inzwischen gleichfalls beendet hatte und gerade ihr Besteck in die Damastserviette wickelte – beides pflegte sie von zu Hause mitzubringen – sah erstaunt auf. Mit dieser Frage hatte sie nun wirklich nicht gerechnet.

»Ich weiß, dass es zumindest in Basel möglich ist – mit Sondergenehmigung. Und auch nur, wenn man die dazu erforderlichen Schulen in der Stadt absolviert hat. Warum fragst du?«

»Sebastian hat mir davon erzählt«, gab Daisy zurück und errötete leicht. »Allerdings von der Universität Zürich. Dort scheint man weniger strenge Richtlinien zu haben und lässt auch Ausländerinnen zum Studium zu.«

»Davon ist mir nichts bekannt«, erklärte Hella. »Da ich nie studieren wollte, habe ich mich aber auch nicht dafür interessiert. Stellt sich die Frage, was du mit dieser Information anfangen willst? Deine Ausbildung hier abbrechen und nach Zürich gehen?«

»Nein, natürlich nicht«, wehrte Daisy ab. »Das könnte ich meinen Eltern schon finanziell nicht zumuten. Aber ich finde, es lässt hoffen. Wenn die Schweiz den Frauen ein Studium erlaubt, wird es ja vielleicht auch hier irgendwann möglich sein.«

»Vermutlich wird es das«, nickte Hella. »Irgendwann bestimmt. Aber wenn es noch zehn Jahre dauert, bist du siebenundzwanzig. Willst du dann noch mit einem Studium beginnen? Irgendwann wirst auch du heiraten und Kinder haben wollen.«

»Du hast sicher recht«, gab Daisy seufzend zu und schob sich den letzten Löffel Kartoffelschnitz zwischen die Lippen. »Die Preußen sind so schrecklich altmodisch. Bis die sich dazu durchringen, die Universitäten für Frauen zu öffnen, sind wir beide alt und grau.«

»Wie kommst du überhaupt auf dieses Thema?«, wollte Hella nun wissen.

»Sebastian sprach vorhin davon«, erwiderte Daisy.

»Sebastian?«, vergewisserte sich Hella. »Meinst du Herrn Opfermann? Ja seid ihr denn schon per Du?«

»Nein, natürlich nicht«, wehrte die Freundin ab und wurde prompt wieder rot. »Ich nenne ihn nur so – für mich.« Sie verstummte für einen Augenblick und fuhr dann fort: »Er ist sehr nett, weißt du? Sehr intelligent und sehr ... na ja, sehr männlich eben.« Das Rot ihrer Wangen wurde um eine Nuance dunkler.

»Immerhin ist er zehn Jahre älter als du«, gab Hella schmunzelnd zu bedenken. »Schätzungsweise ebenso alt, wie der Mann, der dich letztens in Friedrichshafen so frech angelächelt hat. Erinnerst du dich? Und weißt du noch, was du gesagt hast?

Daisy musste unwillkürlich lachen.

»Ich habe ihn einen alten Knacker genannt.«

»Genau.« Hella lächelte belustigt. »Dabei fand ich ihn eigentlich ganz sympathisch. Und was ist mit Herrn Opfermann? Äh, mit *deinem* Sebastian? Den würdest du also nicht so bezeichnen?«

»Nein, natürlich nicht«, gab Daisy entschieden zurück. »Ich finde ihn sehr nett. Er sieht großartig aus, ist intelligent und lustig. Und wenn er lacht ...« Das junge Mädchen verstummte unsicher.

Aber Hella wollte es jetzt genau wissen. »Was ist dann?«

Daisys Augen bekamen plötzlich einen ganz verträumten Ausdruck. »Es ist ...«, begann sie zögernd, »es ist, als ginge plötzlich die Sonne auf. Alles wird warm und schön um mich herum und ...« Sie unterbrach sich und sah die Freundin misstrauisch an. »Und wenn du jetzt über mich lachst, spreche ich nie wieder ein Wort mit dir.«

Hella musste nun tatsächlich lachen. Unwillkürlich nahm sie die Jüngere in die Arme und flüsterte ihr ins Ohr.

»Du bist ja verliebt, Daisylein, wahrhaftig, und das bis über beide Ohren.«

Die Freundin errötete erneut, blieb aber stumm. Weder bestätigte sie die Behauptung noch stritt sie sie ab. Hella war dennoch sicher, mit ihrer Vermutung richtig zu liegen. Und warum denn auch nicht? Die beiden hatten das Interesse an Technik gemein und würden wunderbar zueinanderpassen.

Bei ihr und Alexander von Brandenstein stellte sich die Situation hingegen deutlich komplizierter dar. Und das lag nicht etwa daran, dass der Mann, den sie liebte, nur der Sohn eines Freiherrn und sie eine Grafentochter war. Nein, keineswegs. Ihre Eltern hätten ihr trotz des Standesunterschieds sofort den Segen für eine Liebesheirat gegeben. Vielmehr waren es die von Brandensteins, die der Verbindung im Wege standen und die unter den gegebenen Umständen ihre Zustimmung zu der Vermählung ihres erst achtzehnjährigen Sohnes mit der Tochter des »verrückten Grafen, des Narren vom Bodensee« verweigerten.

Nun, Hella und Alexander liebten einander innig genug, um sich in Geduld zu üben. Aus Respekt vor den Brandensteins waren sie bereit zu warten und hatten sich bisher nur heimlich verlobt. Doch schon bald, da war sich die Zwanzigjährige sicher, würde ihr Vater beweisen können, dass er kein Fantast war. Man würde nicht mehr über ihn spotten, sondern ihm zujubeln, ihm und seinem Luftschiff. Und dann würde auch ihrem offiziellen Glück nichts mehr im Wege stehen.

~⊙~

Die im Bodensee auf Pontons schwimmende Holzhalle war durch ein schweres Ankerseil gesichert und über einen Steg von Land aus zu erreichen. In dieser ungewöhnlichen, durch elf hohe Fenster erhellten Werkstatt arbeiteten etwa hundert Männer an der Herstellung des aus Aluminium bestehenden zylinderförmigen Luftschiffgerüstes, das auf einem mennigroten Floß ruhte.

Das riesige, noch unverkleidete silbergraue Gerippe bot einen besonderen Anblick und wirkte mit seinem Netzwerk aus feinen Längs- und Ringträgern sehr filigran und zerbrechlich wie ein zartes Silberdrahtgespinst. Die Maschenweite des Netzes, das einmal insgesamt siebzehn Gasballons aufnehmen und schützen sollte, betrug etwa zehn Zentimeter. Das Volumen der aus vollständig luftdichtem Material hergestellten Ballons würde elftausend Kubikmeter betragen und eine Tragkraft von zwölftausend Kilogramm erreichen.

LZ 1, wie der Prototyp genannt wurde – die Abkürzung stand für Luftschiff Zeppelin –, maß knappe zwölf Meter im Durchmesser und war hundertachtundzwanzig Meter lang. Damit war es das längste bisher hergestellte Luftfahrzeug überhaupt. Beiderseits, etwa fünfundzwanzig Meter von den Enden entfernt, waren zwei

Gondeln vorgesehen, die jeweils mit einem vierzehn Komma zwei PS starken Daimler-Motor ausgestattet und untereinander mit einer Laufbrücke verbunden werden sollten. Zur Trimmung der etwa zehn Tonnen schweren Konstruktion sollte ein hundertdreißig Kilogramm schweres Laufgewicht dienen, das an einem Stahlseil unter dem Schiff hing und mittels einer Kurbel bewegt werden konnte.

Die Montagearbeiten liefen auf Hochtouren und exakt nach Plan. Für den Materialnachschub sorgte eine kleine Flotte von Lastkähnen, die unablässig zwischen Land und Schiffshalle hin- und herfuhren und die fertigen Gondeln, Luftschrauben, Motoren, die dünnen Aluminiumplatten für die Verkleidung des Gerüstes und vieles andere mehr transportierten. In zwei Wochen, am letzten Junitag des Jahres 1900, sollte LZ 1 startbereit sein. So lautete Zeppelins Plan.

~☙~

Die Nacht vor dem 30. Juni war dunkel. Neumond. Wie geschaffen für seine Absichten.

Leise verließ Sebastian Opfermann sein Zimmer im Wohnheim, trat hinaus ins Freie und ging zum Ufer hinab. Alles schien ruhig. Nur das sanfte Plätschern der Wellen und das verschlafene Schnattern einer Ente, die im nahen Schilfgürtel sitzen mochte, durchdrang die Stille.

Etwa fünfzig Meter links von sich konnte er das Licht einer Ölfunzel ausmachen. Dort saßen die beiden Nachtwächter, die den Stegzugang zu der schwimmenden Montagehalle kontrollierten.

Sebastian wusste, dass Graf Zeppelin diese Sicherheitsmaßnahme eigentlich für überflüssig hielt.

»Bei uns gibt es nichts zu stehlen«, pflegte er zu sagen. »Nur ein Luftschiffbauer kann mit unseren Spezialwerkzeugen und Materialien etwas anfangen – und die beklauen einander nicht.«

Die Gräfin hatte jedoch auf Nachtwächter bestanden. Nach den diversen Anfeindungen und Verleumdungskampagnen hielt sie Vorsicht einfach für angebracht.

Wie recht sie hat, die Gnädige, grinste Sebastian, während er sich lautlos dem Lichtschein näherte. Nur nutzen würde sie nichts, diese Vorsicht.

Wie gewohnt saßen die Männer in ihrem Unterstand, der sie vor Wind und Wetter schützen sollte und sich unmittelbar neben dem Tor befand, das den Steg verschloss. Und wie gewohnt tranken sie heißen Tee und spielten Karten. Gleich würde sich einer von ihnen erheben, seine Lampe ergreifen und einen Rundgang durch die Halle machen. Sobald er zurückkehrte, hatte Sebastian eine Stunde Zeit, um sein Unternehmen ungestört durchzuführen.

Er wartete geduldig.

Tatsächlich machte sich schon bald einer der beiden Nachtwächter auf den Weg und schloss das Tor auf. Sebastian beobachtete, wie er bedächtig über den Steg in Richtung Montagehalle schritt – bis das Licht seiner Funzel von der Dunkelheit verschluckt wurde. Knappe zehn Minuten später tauchte es wieder auf – und war für Sebastian das Zeichen zum Aufbruch. Jedes Geräusch vermeidend eilte er zu dem kleinen Ruderboot, das im Schilf auf ihn wartete.

Alles war vorbereitet. Das Felleisen, das er bereits am Abend in dem Kahn deponiert hatte, enthielt, was er benötigte – Werkzeug, das manipulierte Ersatzteil und eine elektrische Taschenlampe. Sebastian war völlig fasziniert von dieser genialen Erfindung aus Amerika, die ihm sein neuer Freund, der Zeitungsherausgeber von Schleiwitz, zugesandt hatte. Wie praktisch, überall und jederzeit eine Lichtquelle zur Hand zu haben, die auf bloßen Knopfdruck reagierte und sich einfach in der Tasche verstauen ließ.

Er bestieg das Boot und ruderte so leise wie möglich und im Schatten des Seestegs zu der Montagehalle hinüber. Am Kopfende des Pontons befand sich ein Anleger. Hier machte er sein Boot fest und betrat die Halle. Es waren nur wenige von ihm sorgfältig geplante Handgriffe erforderlich, dann verschwand er wieder – so unbemerkt, wie er gekommen war, und ohne Spuren zu hinterlassen.

Eine gute Stunde später lag er bereits in seinem Bett im Wohnheim, sehr zufrieden mit seinem Werk. Schließlich würde der Eingriff, den er eben an LZ 1 vorgenommen hatte, nur eine der bösen Überraschungen verursachen, mit denen sich Zeppelin und seine Leute am nächsten Tag herumschlagen mussten. Tatsächlich hatte er, um einen erfolgreichen Jungfernflug zu verhindern, sogar eine ganze Reihe von Stolpersteinen eingebaut. Seine Auftraggeber würden auf jeden Fall zufrieden sein. Und der »feine Graf«, der ihn so schmählich um seine Patente betrogen hatte, bekam endlich das, was er in Opfermanns Augen verdiente ...

～⊛～

Der 30. Juni 1900 brachte strahlendes Wetter. »Tausende von Menschen säumen bereits die Ufer des Bodensees«, wusste Hella beim Frühstück zu berichten. »Und weitere Neugierige drängen sich auf Schiffen, die im weiten Umkreis der Montagehalle ankern. Sie alle wollen bei dem großen Ereignis dabei sein.«

Graf Ferdinand schnitt gerade sein Brötchen auf und grinste ein wenig gequält. »Sie alle wollen zusehen, wie sich das berühmt-berüchtigte Luftschiff des ›Bodensee-Narren‹ das erste Mal in die Lüfte hebt – und dabei baden geht«, versuchte er zu scherzen. Doch weder seine Frau noch seine Tochter ließen sich täuschen. Dazu stand ihm die Anspannung viel zu deutlich ins Gesicht geschrieben.

Und warum auch nicht? Es war nur natürlich, dass er vor dem Start aufgeregt war. Das waren die Gräfin und ihre Tochter schließlich auch. So viel hing von diesem Jungfernflug ab. Misslang er, würde Zeppelins Ruf und der seiner Familie noch mehr Schaden nehmen. Ganz zu schweigen von dem finanziellen Verlust, der sie an den Rand des Ruins treiben konnte.

Heute fiel die Entscheidung: Entweder sie würden

am Ende des Tages als Sieger dastehen oder sie müssten mit noch mehr Spott rechnen.

Zeppelin ergriff über den Tisch hinweg die Hände seiner Frau und seiner Tochter und drückte sie herzlich. Selten hatte er sich mit ihnen so verbunden gefühlt. Seine Familie – eine verschworene Gemeinschaft.

»Unsere Zaungäste werden sich gedulden müssen«, meinte er, während er Butter auf die beiden Hälften seines Brötchens strich. »Schließlich ist mit dem Start nicht vor dem späten Nachmittag zu rechnen. Allein das Befüllen der Gastanks wird schätzungsweise fünf Stunden benötigen.«

Hella nickte. »Aber das wissen die Leute doch. Unsere diesbezüglichen Pressemitteilungen sind zumindest von den hiesigen Lokalblättern wörtlich gedruckt worden.«

»Nun ja«, lächelte Gräfin Bella. »Die Menschen, die hier leben, die sämtliche Testläufe und Entwicklungsstufen mitbekommen haben, die jemanden kennen, der jemanden kennt, der auf der Zeppelin-Werft arbeitet – sie alle nehmen halt aufrichtigen Anteil. Ihnen macht es nichts aus, ein paar Stunden zu warten, sie wollen nicht nur den Start, sondern auch alle Vorbereitungen dazu miterleben.«

»Das mag wohl sein«, sagte Zeppelin. »Und es ist ihre Entscheidung auszuharren. Unseren Ehrengästen wollen wir allerdings keine lange Wartezeit zumuten, nicht wahr? Was hast du diesbezüglich geplant, Bella? Liegt der Salondampfer an der Pier von Friedrichshafen bereit?«

Die Gräfin, der die Organisation des Aufenthaltes der

geladenen Gäste oblag, zupfte unschlüssig an der weichen Krume ihres Brötchens. Essen konnte sie heute Morgen beim besten Willen nichts. Dazu war sie viel zu aufgeregt.

»Ja, natürlich«, entgegnete Bella nervös. »Der König von Württemberg und das Herzogpaar von Urach kommen mit dem Mittagszug aus Stuttgart. Ich werde sie am Hafenbahnhof in Empfang nehmen und dann sogleich auf das Schiff geleiten. Es sind ja nur wenige Schritte, die wir bequem zu Fuß zurücklegen können.«

Zeppelin nickte.

»Und die anderen Gäste?«

»Sie werden im Laufe des Vormittags erwartet und zunächst von deinem Partner, Herrn Berg, begrüßt. Er wollte mit dem Frühzug kommen und wird sich bereits an Bord des Schiffes befinden.«

»Wunderbar«, lächelte Graf Ferdinand. »Dann läuft ja alles bestens. Ach ja, welchen Dampfer hast du nun eigentlich chartern können?«

»Die Helvetia, antwortete Isabella mit dem Anflug eines Lächelns. »Da wir uns gegen die Kaiser Wilhelm entschieden haben, blieben nicht viele Alternativen. Aber ich denke, unsere Ehrengäste werden die Fahrt auch auf dem Schweizer Salondampfer genießen. Für ihr leibliches Wohl ist auf jeden Fall exzellent gesorgt.«

Zeppelin grinste. »Zumindest der preußische Gesandte hätte vermutlich die Kaiser Wilhelm vorgezogen.«

»Das mag sein«, gab Isabella zu. »Und der König von Württemberg die Württemberg. Man kann es halt nicht jedem recht machen. Und es macht auch wenig Sinn, aus dem Namen des Dampfschiffes, auf dem unsere Ehrengäste den Jungfernflug des LZ 1 erleben sollen, ein Politikum zu machen.«

Ihr Gatte lachte schallend auf. »Wie recht du hast, mein Bellalein. Und dass wir den Kaiser Wilhelm nicht dabei haben wollen – nicht einmal als Salondampfer –, hat auch keine politischen Gründe, sondern beruht einzig und allein auf unserer tiefen persönlichen ...« Er suchte noch nach einer treffenden Vokabel, die ihm seine Tochter prompt lieferte:

»Abneigung? Der Begriff trifft es doch wohl am ehesten«, lachte nun auch Hella.

Immerhin – das kleine Wortgeplänkel hatte die nervöse Atmosphäre ein wenig entspannt.

»Gegen 14 Uhr sollten jedenfalls alle Gäste eingetroffen sein«, fuhr Isabella mit ihrem Bericht fort. »Das gilt natürlich auch für unsere Hauptaktionäre. Dann wird die Helvetia ablegen, ein wenig auf dem Bodensee herumschippern und gegen 16 Uhr vor Manzell vor Anker gehen. Von dort aus können die hohen Herrschaften, bei Champagner und Lachshäppchen, aus nächster Nähe miterleben, wie LZ 1 auf seinem Floß aus der Halle gezogen und in Startposition gebracht wird. Unsere Gäste mit einem erfolgreichen Jungfernflug zu begeistern, ist dann aber natürlich dein Part.«

Graf Ferdinand schmunzelte. »Ich werde mir die größte Mühe geben und habe nicht den geringsten Anlass, am Gelingen dieses Unternehmens zu zweifeln.«

Isabella erwiderte das Lächeln ihres Mannes und

atmete tief durch. Wozu eigentlich die ganze Aufregung? Alles war bis ins Detail vorbereitet und der Erfolg zum Greifen nahe. Herzhaft biss sie in ihr Brötchen.

Die erste schlechte Nachricht traf ein, sobald die Grafenfamilie ihre behagliche Frühstücksrunde aufgelöst hatte. Der Technische Leiter des Projektes LZ 1, Diplom-Ingenieur Lothar Pallnack, überbrachte sie persönlich.

»Wie es aussieht, stimmen die Berechnungen nicht, die für das Befüllen der Gastanks ungefähr fünf Stunden veranschlagen.«

Fragend zog der Graf eine Augenbraue hoch. »Und wie viel Zeit werden wir stattdessen benötigen?«

»Das weiß ich noch nicht genau«, gab Pallnack zurück, während er beunruhigt in seinen Unterlagen blätterte. »Ich habe die Berechnungen selbst durchgeführt, und sie sind auch richtig. Aber offensichtlich sind die Ausgangswerte falsch. Seit zwei Stunden pumpen wir nun Gas in die Tanks, aber die Messgeräte zeigen noch lange nicht die Füllmenge an, die sie eigentlich nach dieser Zeit haben sollten.«

»Das heißt also, dass sich der Start verzögern wird?«, vergewisserte sich Zeppelin und nahm seinem Technischen Leiter die Unterlagen aus der Hand, um sie selbst zu prüfen.

Pallnack nickte. »Davon müssen wir ausgehen.«

»Und von wie viel Zeit sprechen wir dabei? Eine Stunde, zwei?«

»Bevor ich den Fehler nicht gefunden habe, kann

ich dazu noch nichts sagen«, gab der Ingenieur gequält zurück. »Eigentlich kann es nur am Traggasventil …« Er unterbrach sich, um dann erstaunt fortzufahren: »Schauen Sie hier, Graf. Offensichtlich wurde der Durchlasswert verändert.«

Zeppelin griff nach seinem Monokel und klemmte es sich ins Auge. »Tatsächlich. Hier wurde ein Komma versetzt. Aber wie kann so etwas passieren?«

»Das werden wir später versuchen herauszufinden«, erwiderte Pallnack gehetzt. »Jetzt muss ich zunächst meine Berechnungen aktualisieren. Aber ich fürchte …«

Was sein Technischer Leiter befürchtete, erfuhr Zeppelin nicht mehr. Pallnack war bereits mit den Unterlagen in seinem Büro verschwunden. Allerdings konnte er sich selbst an einer Hand ausrechnen, dass es heute keinen Start des LZ 1 geben würde. Und das war natürlich eine Katastrophe. Wie um alles in der Welt sollte er seinen Ehrengästen, aus denen schließlich potenzielle Käufer und Investoren werden sollten, die Wartezeit erklären? Und – wichtiger noch – wie konnte er die hohen Herrschaften, deren Zeit ohnehin knapp war und die stets von einem Termin zum nächsten hetzten, dazu bringen, einen Tag länger vor Ort zu bleiben?

»Ich muss sofort Bella informieren«, fiel ihm ein. Vielleicht weiß sie Rat.« Doch es war zu spät. Seine Gemahlin befand sich bereits auf dem Weg nach Friedrichshafen.

»Lass alles stehen und liegen, Hella-Kind, und fahr deiner Mutter hinterher«, ordnete Zeppelin hastig an. »Sie muss sofort über dieses Desaster informiert werden.«

~~⟨⟩~~

Fauchend und pfeifend drang der Dampf aus dem Schornstein der schweren Lokomotive, die langsam in den Hafenbahnhof einrollte. Ein letztes lautes Zischen, dann standen die starren Treib- und Kuppelstangen still, und der Mittagszug aus Stuttgart kam am Bahnsteig zum Stehen.

Begeistert begannen die Friedrichshafener ihre Fähnchen zu schwenken. In allen Zeitungen hatte gestanden, dass König Wilhelm II. von Württemberg heute an den Bodensee kommen würde, um dem Jungfernflug von LZ 1 beizuwohnen. Und nun wollten sie, gedrängt hinter den aufgestellten Absperrungen, ihren allseits beliebten und geschätzten Souverän auf das Herzlichste willkommen heißen.

Tatsächlich wurde die Geduld der Menschen auf keine harte Probe gestellt. Schon bald öffneten sich die Türen des prächtig geschmückten blauen Salonwagens, an dessen Längsseiten das erhaben in Guss ausgeführte Königswappen mit dem Wahlspruch des Hauses Württemberg »furchtlos und treu« prangte.

König Wilhelm stieg in schwarzer Uniform mit leuchtend roter Schärpe und weißem Federbuschhelm aus. Er war in Begleitung des Herzogpaars von Urach und seiner beiden Lieblingshunde – zweier weiße Spitzen.

Leutselig lächelnd winkte der Monarch den jubelnden Friedrichshafenern zu und verließ dann den Bahnsteig, an dessen Ausgang Isabella von Zeppelin ihn bereits erwartete. Sie vollführte in einem vorschriftsmäßigen Hofknicks.

»Willkommen, Majestät. Ich hoffe, Sie hatten eine angenehme Reise?«

Ein Mann in modischer Norfolk-Jacke und Schirmmütze beobachtete die Szene aufmerksam. Sein Name war Herbert Eckhold, er stammte aus Berlin und hatte sich erst vor wenigen Tagen in Friedrichshafen niedergelassen. Von Beruf war er Journalist und offiziell für eine Frankfurter Tageszeitung tätig. Sein tatsächlicher Arbeitgeber war jedoch der Berliner Courier – und eben der hatte ihn als Korrespondent an den Bodensee geschickt.

Eckhold bedauerte sehr, dass sein Antrag auf eine Akkreditierung abgelehnt worden war. Sie hätte ihm erlaubt, mit an Bord der Helvetia zu gehen, das große Ereignis hautnah mitzuerleben und die anwesenden Ehrengäste und Aktionäre zu interviewen. Doch als er sich darum bemüht hatte, waren bereits alle zur Verfügung stehenden Plätze an württembergische Journalisten vergeben. Im Ländle hatte man den Termin einfach früher erfahren und daher einen Vorteil vor den ausländischen Pressevertretern gehabt.

Eckhold hatte es geschickt verstanden, seine Kollegen aufzustacheln und eine kleine Protestwelle zu entfesseln, die den Grafen von Zeppelin bezichtigte, die Pressefreiheit einschränken zu wollen. Man warf ihm vor, die Württemberger zu bevorzugen, weil sie im Allgemeinen wohlwollender über sein Luftschiffprojekt berichteten als die kritischeren ausländischen Zeitungsvertreter. Zwar war der Vorwurf tatsächlich nicht völlig aus der Luft gegriffen – geändert hatte er jedoch nichts.

Auch seine Frankfurter Tarnung konnte da nicht weiterhelfen. Dennoch war sie natürlich nicht überflüssig. Als Reporter des Berliner Couriers, der Zeitung also, die den Begriff »Narr vom Bodensee« geprägt hatte, würde man ihm in dieser Region wahrscheinlich nicht einmal die Uhrzeit verraten – geschweige denn andere Informationen. Da war es schon sinnvoller, sich als Frankfurter Journalist auszugeben.

Und was man als Berichterstatter außerdem brauchte, war eine gute Portion Glück – zur richtigen Zeit am richtigen Ort zu sein. Und eben dieses Glück war Eckhold an diesem Morgen hold.

Durch Zufall bekam er Fetzen eines Gespräches mit, das eine junge dunkelhaarige Dame mit einem der Gendarmen führte, die die Absperrungsgitter bewachten. Sie erklärte, Helene von Zeppelin zu heißen, dringend ihre Mutter sprechen zu müssen, und bat darum, passieren zu dürfen. Der Gendarm handelte strikt nach Anweisung, als er ihr die Bitte verwehrte. Er versprach jedoch, die Gräfin von Zeppelin zu informieren. Als Isabella wenig später zu ihrer Tochter trat, stand Eckhold unmittelbar neben der jungen Frau.

»Der Start von LZ 1 musste auf morgen verschoben werden«, stieß Hella atemlos hervor und sprach dabei, wegen des Lärms um sie herum, aber sicher auch weil sie aufgeregt war, ein wenig lauter, als es die sensible Nachricht vertrug. Eckhold zumindest verstand jedes Wort und lauschte nun angestrengt, um die Erklärung für diese Ungeheuerlichkeit nicht zu überhören.

Und eben die erwartete auch die Gräfin. Hella beschränkte sich jedoch auf das Wesentliche: »Die offizielle Begründung für die Verzögerung lautet: ein technischer Defekt. Und Vater lässt dir ausrichten, dass du unter allen Umständen versuchen sollst, die Ehrengäste dazu zu bewegen, bis morgen zu bleiben.«

Isabella von Zeppelin nickte. Sie war blass geworden. Schließlich wusste sie nur zu gut, was auf dem Spiel stand. Aber jetzt war nicht die Zeit, um zu lamentieren. Jetzt galt es, sachlich zu bleiben und nach Lösungen zu suchen.

»Wir werden improvisieren müssen. Sprich du bitte mit dem Kapitän der Helvetia, dass wir sein Schiff einen Tag länger benötigen. Und dann informiere die Dienerschaft in Emmishofen. Da die Friedrichshafener Hotels ausgebucht sind, brauchen wir geeignete Übernachtungsmöglichkeiten für unsere Gäste. Auf die Schnelle fällt mir da nur Schloss Girsberg ein. Veranlasse also bitte alles Nötige.«

Hella griff nach der Hand ihrer Mutter und drückte sie kurz. »Wir schaffen das schon«, sagte sie, mit dem Mut der Verzweiflung. Dann eilte sie davon.

Auch Eckhold entfernte sich nun. Als Erstes würde er die Neuigkeit nach Berlin melden und dann nach Manzell hinausfahren, um herauszufinden, warum es tatsächlich zu der Startverzögerung gekommen war.

Er musste nur eine Gelegenheit finden, unauffällig mit Sebastian Opfermann zu sprechen. Er würde ihn umfassend informieren.

Zufrieden vor sich hin pfeifend betrat Eckhold das eindrucksvolle Bahnhofsgebäude – mit seinen Fachwerkfronten und seeseitigen Erkern Friedrichshafens ganzer Stolz. Im Augenblick interessierte ihn jedoch weniger die bauliche Schönheit als das Postamt im Obergeschoss, wo er sein wichtiges Telegramm aufgeben konnte. Herr von Schleiwitz und der Berliner Courier würden gewiss mit ihm zufrieden sein.

∼☙∽

Obwohl über der schwimmenden Montagehalle eine blaue Fahne wehte – das Zeichen, dass an diesem Tag kein Aufstieg mehr stattfinden würde –, warteten weiterhin Tausende von Schaulustigen an den Ufern des Bodensees – aber sie warteten vergeblich.

Am nächsten Morgen, es war der 1. Juli 1900, konnten sie in den regionalen Zeitungen lesen, dass ein technischer Defekt den Start von LZ 1 verhindert hatte und das große Ereignis nun am heutigen Tage stattfinden sollte. Und wieder pilgerten die Menschen an die Seeufer, um den Aufstieg selbst mitzuerleben. Allerdings erwies sich das Warten heute als wesentlich ungemütlicher. Das strahlende Sonnenwetter war umgeschlagen. Sturmböen peitschten über den See, dunkle Wolken zogen rasend schnell über den Himmel.

Zwar stand LZ 1 bereits mittags zum Flugversuch bereit, aber als der Wind weiter zunahm und ein Gewitter aufzog, musste der Start erneut verschoben werden.

Nach dem Unwetter ließ der Graf das Luftschiff auf dem beweglichen Mittelfloß von der Dampfbarkasse Buchhorn aus der Montagehalle ziehen, aber an einen Aufstieg war dennoch nicht zu denken. Der Wind war noch immer zu heftig. Und obwohl es seiner Gemahlin gelungen war, die Ehrengäste zu überreden, einen Tag länger zu bleiben, und es für ihn überlebenswichtig war, LZ 1 vorzuführen, musste er den Versuch abbrechen. Die Gefahr, dass der Jungfernflug bei den Wetterbedingungen missglückte und das Luftschiff am Ende sogar beschädigt oder zerstört wurde, war einfach zu groß.

Also musste am Abend um 19 Uhr wieder die blaue Fahne aufgezogen werden. Enttäuscht und ernüchtert verließen die Hauptaktionäre und Ehrengäste daraufhin Friedrichshafen.

Zu allem Überfluss hatte sich inzwischen herumgesprochen, dass der erste Startaufschub nicht wegen eines technischen Defektes zustande gekommen war – der Berliner Courier hatte ausführlich berichtet und angemerkt: »Natürlich kann ein Berechnungsfehler vorkommen. Fehler zu machen, ist schließlich menschlich. Aber die Art und Weise, wie dieser erste offizielle Aufstieg des neuen Ballons inszeniert worden ist, lässt diesen Vorfall doch in einem besonderen Licht erscheinen. Offensichtlich ist man sich seiner Sache zu sicher gewesen. Doch wenn man das ganze Reich feierlich zu einem Schauspiel einlädt, sollte man tunlichst solche Fehler vermeiden, die verhindern, dass zumindest die Ouvertüre gespielt werden kann ...«

Am Abend dieses 1. Juli zog sich Ferdinand von Zeppelin früh zurück. Er war mutlos und verzweifelt und traute sich kaum, seiner Bella in die verzagt dreinblickenden Augen zu sehen. Dass man nun wieder kübelweise Hohn und Spott über sie ausgießen würde, ließ ihn persönlich zwar inzwischen kalt, aber für seine Frau und seine Tochter musste es unerträglich sein.

Auch die Gräfin suchte schon bald ihr Schlafzimmer auf. Die beiden zurückliegenden Tage, in denen sie die Ehrengäste betreut und immer wieder vertröstet hatte, waren anstrengend und nervenaufreibend gewesen. Und nun, da sich herausgestellt hatte, dass der ganze Aufwand vergebens gewesen war, fühlte sie sich müde und erschöpft.

Hella und ihr heimlicher Verlobter, Alexander von Brandenstein, blieben allein zurück. Sie saß auf dem Diwan mit der moosgrünen Velourpolsterung – Gräfin Isabellas ganzer Stolz – und er stand am Fenster und schaute hinaus in die Dunkelheit.

»Ich weiß, deine Eltern erwarten, dass ich nun auch aufbreche«, sagte er und wandte sich ihr zu. »Und der Anstand würde das ja eigentlich auch gebieten. Aber ich habe so gar keine Lust, meinen alten Herrschaften unter die Augen zu treten und mir wieder ihre

Schimpftiraden auf den Grafen Zeppelin und seine, wie sie meinen, ach so verschrobenen Luftschiffpläne anzuhören.«

Hella seufzte. »Das kann ich gut verstehen. Obwohl ich nicht weiß, was leichter zu ertragen ist: Die Abneigung deiner Eltern gegen meine Familie oder die augenblickliche Mutlosigkeit meiner Eltern.«

Alexander kam zu ihr herüber, um sich neben sie zu setzen. Tröstend zog er sie in seine Arme.

»Ich weiß, was du meinst. Aber ich bin sicher, dass es deinen Eltern morgen wieder besser geht. Es ist doch noch gar nichts verloren. Natürlich war es Pech, dass die große Vorführung vor illustren Gästen nicht geklappt hat. Aber all die, die jetzt enttäuscht abgereist sind, werden wiederkommen, wenn sie in den Zeitungen von dem erfolgreichen Jungfernflug lesen. Und sie werden bei deinem Vater Schlange stehen, um in seine künftigen Projekte zu investieren oder Luftschiffe zu bestellen.«

»Glaubst du das wirklich?« Hoffnungsvoll sah Hella ihren Verlobten an. »Bist du wirklich noch überzeugt von den Plänen meines Vaters?«

»Aber selbstverständlich«, erwiderte er erstaunt. »Du etwa nicht?«

»Doch, natürlich«, gab sie zurück. »Aber ich bin ja auch eine Zeppelin. Da verbieten sich Zweifel automatisch. Du hingegen …«

»Ich hingegen«, vollendete Alexander zärtlich lächelnd ihren Satz, »wünsche mir nichts sehnlicher, als ein Teil deiner Familie zu werden. Um ehrlich zu sein, fühle ich mich, bedingt durch die starrköpfigen Ansichten meiner

Eltern, den Zeppelins viel verbundener als den Brandensteins. Und was deinen Vater angeht: Ihn bewundere
ich aufrichtig. Ungeachtet aller Rückschläge und Hetz-
kampagnen hält er an seiner Überzeugung fest. Sicher,
heute hat er wieder eine Niederlage hinnehmen müssen.
Aber deswegen wird er morgen trotzdem unbeirrt weitermachen. Und eben das beweist wahre Größe.«

Müde, aber auch glücklich legte Hella ihren Kopf an
seine Schulter. So oft hatte sie nun schon Angst gehabt,
dass Alexander dem steten Druck seiner Eltern nach-
geben und ihre Beziehung beenden würde. Aber nach
allem, was er gerade eben gesagt hatte, dachte er offensichtlich nicht einmal daran, sondern stand unverändert
zu ihr und ihrer Familie. Und eben diese Erkenntnis war
es, die Hella an diesem katastrophalen Tag doch noch
ein tiefes Glücksgefühl bescherte.

～☙～

»Guten Abend, Herr Opfermann. Können Sie auch
nicht schlafen?«

Erschrocken zuckte Sebastian zusammen. Er kam
von einem geheimen Treffen mit dem Journalisten Eckhold und wäre am liebsten ungesehen in sein Wohn-
heimzimmer gelangt. Stattdessen lief er nun der kleinen Daisy Pallnack in die Arme.

»In dieser turbulenten Zeit fällt es mir zugegeben
schwer, am Abend die nötige Ruhe zu finden«, erklärte
er. »Aber nach meinem kleinen Spaziergang hoffe ich,
doch die nötige Bettschwere gewonnen zu haben.«

Daisy nickte. »Ja, wir sind alle sehr angespannt. Und morgen wird bestimmt wieder ein aufregender Tag. Was meinen Sie, wird es einen Aufstieg geben?«

»Meiner Einschätzung nach hängt das im Augenblick nur noch vom Wetter ab«, erwiderte er. »Und darauf haben wir bekanntlich keinen Einfluss.«

»Das stimmt natürlich«, gab Daisy ihm niedergeschlagen recht. Sie hatte auf ihn gewartet, hier auf der Bank neben dem Wohnheim, hatte das Bedürfnis gehabt, mit ihm, an den sie immer öfter denken musste, zu reden und vielleicht ein wenig Trost bei ihm zu finden. Schließlich saßen sie alle im gleichen Boot. Wenn LZ 1 scheiterte, würden sie arbeitslos werden, weil dem Grafen – wie Daisy von ihrem Vater wusste – die Mittel fehlten weiterzumachen.

Wie es schien, hatte Sebastian jedoch kein Interesse an einem Gespräch, sondern wollte sich offensichtlich gleich zurückziehen. Fieberhaft suchte sie daher nach Worten, um ihn aufzuhalten.

»Würden Sie sich für ein paar Minuten zu mir setzen?«

Als der junge Ingenieur noch immer zögerte, fügte sie eindringlich hinzu: »Bitte, Herr Opfermann. Ich habe solche Angst. Ich brauche dringend jemanden, mit dem ich reden kann.«

»Angst?« Überrascht sah er sie an und nahm neben ihr Platz. »Wovor fürchten Sie sich, Fräulein Daisy?«

»Davor, dass der Jungfernflug von LZ 1, wann auch immer er stattfinden mag, kein Erfolg wird«, sprudelte es aus ihr heraus. »Und davor, dass der Graf daraufhin die Werft schließen muss und wir alle hier arbeitslos werden – auch Sie, mein Vater und ich.«

»Aber davor muss man doch keine Angst haben«, entgegnete er erstaunt. »Falls es so weit kommen sollte, werden wir eben woanders eine Anstellung finden.«

»Ja, Sie vielleicht«, gab Daisy traurig zurück. »Sie sind ein tüchtiger, unabhängiger Ingenieur, der theoretisch überall auf der Welt arbeiten kann. Für meinen Vater sieht es da schon schlechter aus. Ihm würde der Makel anhaften, als Technischer Leiter des Narren vom Bodensee gearbeitet und letztlich versagt zu haben. Und ich …« Sie brach ab und kämpfte gegen die Tränen, die ihr heiß in die Augen stiegen.

»Was ist mit Ihnen?«, wollte Sebastian betroffen wissen.

Daisy schluchzte leise. »Glauben Sie wirklich, dass ich einen neuen Ausbildungsplatz zur Technischen Zeichnerin finde? Es gibt leider nur wenige Arbeitgeber wie den Grafen, die bereit sind, auch einer Frau eine Chance zu geben.«

Sie zog ein Taschentuch hervor und tupfte sich die Augen.

»Bitte, Sebastian«, sagte sie leise und sah ihn mit flehenden Augen an. »Sagen Sie mir, dass LZ 1 ein Erfolg wird und dass wir mit dem Luftschiff der Welt beweisen, dass der Graf von Zeppelin kein Narr, sondern ein genialer Erfinder ist, der sich schon bald vor Aufträgen nicht mehr retten kann, und wir alle in seiner Werft einen sicheren Arbeitsplatz haben.«

Opfermann begann sich unbehaglich zu fühlen. In seinem Hass auf den Grafen hatte er bisher keinen

Gedanken daran verschwendet, dass er auch anderen Schaden zufügte – wie zum Beispiel der kleinen Daisy, einem jungen, süßen und an der Situation völlig unschuldigen Mädchen.

Er brachte es einfach nicht fertig, sie schamlos anzulügen. Was sollte er ihr sagen? Er, der alles daransetzte, den Jungfernflug scheitern zu lassen. Um ihren flehenden Blicken zu entgehen, gab es für ihn nur zwei Möglichkeiten: So schnell wie möglich zu verschwinden oder sie einfach in seine Arme zu ziehen.

Sebastian entschied sich für Letzteres.

⚬≫⚬≪⚬

Am Morgen des 2. Juli schien wieder die Sonne über dem Bodensee. Nur der Wind hatte sich noch nicht gelegt, sollte aber, laut Wettervorhersage, im Laufe des Tages abklingen. Also bereitete man alles für einen Aufstieg in den frühen Abendstunden vor, überprüfte noch einmal das gesamte Luftschiff und füllte die Ballastsäcke.

Am Abend, genauer gesagt um 18:15 Uhr, war der große Augenblick endlich gekommen, und der Ruf »Luftschiff zur Abfahrt bereit« hallte über das Werftgelände.

Graf Ferdinand rief daraufhin seine Leute vor dem Stegzugang zur Montagehalle zusammen. Er hatte durch die Entwicklung und den Bau seines ersten Luftschiffes viele Erfahrungen gesammelt und war von seiner Idee und der Sicherheit seines Schiffes felsenfest überzeugt. Genauso überzeugt war er aber auch von der

Gnade Gottes. Und so zog er nun seine weiße Mütze vom Kopf, um mit seinen Mitarbeitern vor dem ersten Aufstieg ein Gebet zu sprechen. Er bat um den Segen des Allmächtigen und befahl sein Schiff, sein Leben und das seiner Mitarbeiter in Gottes Hand.

Ein entschlossenes »Amen« aus mehr als einhundert Kehlen beendete das Gebet.

Danach bestiegen Zeppelin und seine Mannschaft – ein Steuermann, ein Aeronaut, zwei Maschinisten sowie ein Ingenieur und Monteur – die beiden Gondeln. Gleich darauf wurde das Mittelfloß samt des darauf befindlichen Luftschiffes von der Dampfbarkasse Buchhorn langsam von der Montagehalle freigeschleppt. Große vorn und hinten auf dem Floß montierte Schlagruder unterstützten die Steuerung, bis das Schiff südlich der Ballonhalle in Windrichtung lag. Nun wurden die sechsunddreißig Halteleinen so weit nachgelassen, bis LZ 1 etwa dreißig Meter über dem Floß in der Luft stand.

Ein grandioser Anblick – eine riesige gelbe Zigarre unter leuchtendem Abendrot. Leider war dieses Schauspiel nicht mehr vielen Zuschauern vergönnt. Die meisten hatten längst die Geduld verloren und waren nach Hause gegangen.

Zu denen, die geblieben waren, gehörte Eckhold. Er hatte das kleine Dampfschiff *Möwe* gechartert, um möglichst nah am Geschehen zu sein, und machte sich eifrig Notizen. Dabei blickte er immer wieder zu dem Floß hinüber, auf dem sich auch Opfermann aufhielt, und wartete auf das verabredete Zeichen …

Aus der vorderen Gondel, in der sich alle Kommando-
elemente befanden, kam nun der Befehl von Graf Zeppelin: »Leinen los!«

Im selben Moment ertönte das Signalhorn des Dampfschiffes Möwe. Und eben dieses Geräusch verhinderte,
dass die Haltemannschaften an Bug und Heck den Befehl
des Grafen deutlich hören konnten und die Leinen zur
gleichen Zeit freigaben. Obwohl der Unterschied nur
wenige Augenblicke betrug, war die Folge unüberseh-
bar: LZ 1 stieg, den Bug voran, langsam, aber mit starker Schräglage auf.

Zeppelin fluchte, war jedoch nicht wirklich beunruhigt.

Um den Bug zu senken und das Luftschiff auf ebe-
nen Kiel zu bringen, musste nur das hundert Kilogramm
schwere Laufgewicht, das an einem Stahlseil unter dem
Schiff hing, nach vorn bewegt werden.

Hastig griff er selbst nach der Kurbel.

Und wenig später atmete man allerseits auf – auf dem
Boden sowie in der Luft –, als das Schiff wieder aus-
balanciert war und in richtiger Lage am Himmel stand.
Nur der leichte Ostwind trieb das Fahrzeug voran.
Doch als die Motoren angelassen wurden – zuerst der
in der hinteren, dann der in der vorderen Gondel –, hielt
es gegen den Wind.

Begeistert begannen die Zuschauer zu applaudieren,
als sich das Luftschiff unter dem gleichmäßigen Surren
der vier Schiffsschrauben langsam und majestätisch in
Bewegung setzte.

Am Steuerruder stand Graf Ferdinand persönlich.
Er lenkte LZ 1 nach Steuerbord, schwenkte dann nach

Backbord und stieg auf knapp vierhundert Meter über den Bodensee.

Jedes dieser Manöver führte sein Luftschiff gehorsam aus – ein Augenblick, den Zeppelin von ganzem Herzen genoss, der ihn für zehn Jahre harter Arbeit, für ungezählte Rückschläge und Enttäuschungen, aber auch für den erlittenen Hohn und Spott entschädigte. Jetzt, in eben diesem Moment, konnte er endlich den Beweis erbringen, dass es sehr wohl möglich war, ein lenkbares Luftschiff zu bauen, und dass er die ganze Zeit recht gehabt hatte. Nun war er der triumphierende Sieger.

Es war dem Grafen allerdings nicht vergönnt, diesen stolzen Moment lange zu genießen. Schon bald wurde offensichtlich, dass etwas nicht so lief, wie es sollte.

Das nach vorn gekurbelte Laufgewicht, das wieder in eine neutrale Stellung zurückgebracht werden musste, hatte sich verklemmt. Als Folge daraus begann sich nun der Schiffsbug, der vorher gesenkt werden musste, zu neigen.

Und während die Mannschaft an Bord des Schiffes in fieberhafter Eile begann, Ballast abzuwerfen, bemerkten nun auch die Zuschauer am Boden, dass etwas nicht stimmte. Die begeisterten Hurrarufe verstummten, und ängstlich sahen die vor Schreck erstarrten Menschen zu dem Luftschiff empor, dessen Bug sich immer tiefer senkte. Sie befürchteten, dass die Insassen aus den Gondeln stürzten, während die Motoren aufheulten und das Schiff auf den See hinabtrieben.

Die verzweifelten Bemühungen, das verklemmte Laufgewicht freizubekommen, endeten, als die Kurbel mit einem lauten Knall brach.

Entsetzt sahen die Männer sich an.

Graf Ferdinand war der Erste, der sich aus der Erstarrung löste. »Die Luftschrauben«, befahl er hastig. »Stellt sie auf Rückwärtslauf um.«

Die Männer beeilten sich, seinem Befehl nachzukommen, und es gelang, wieder ein wenig an Höhe zu gewinnen. Aber als plötzlich ein Motor ausfiel und das Seitenruder versagte, mussten sie sich zur Notlandung entschließen.

LZ 1 setzte um 20.21 Uhr in der Nähe der Dampfbootlandestelle von Immenstaad auf dem Bodensee auf. Dabei wurde die Spitze des Luftschiffs von einem Fischernetzpfahl, der aus dem See herausragte, gerammt und durchstoßen. Abgesehen von dieser Karambolage war niemand zu Schaden gekommen – weder die Passagiere noch das Schiff.

ACHTES KAPITEL –
»... UND DARAN GLAUBEN ...« – 1900

BERLIN STÖHNTE UNTER DEM HEISSEN SOMMER. Schon am Morgen wiesen die Thermometer achtundzwanzig Grad im Schatten aus. Die Hitze hatte sich in den steinernen Häuserschluchten der Stadt festgesetzt, durch die nicht das leiseste Lüftchen wehte.

Ein wenig erträglicher war es hingegen im Tiergartenviertel – und somit auch in Eitel von Schleiwitz' Sommerhaus, das unmittelbar am Landwehrkanal lag.

Daher hatten die drei Kameraden auch beschlossen, an diesem Ort zusammenzutreffen. Gemeinsam saßen sie nun bei eisgekühlten Getränken und den obligatorischen Zigarren auf einer luftigen Terrasse.

»Opfermann hat mir ausgiebig Bericht erstattet«, erklärte von Schleiwitz. »Und eigentlich ist auch alles nach Plan verlaufen. Leider hat LZ 1 in den achtzehn Minuten, die es sich in der Luft hielt, und den sechs Kilometern, die es in dieser Zeit zurücklegte, ziemlich eindeutig bewiesen, dass es sehr wohl flugfähig und steuerbar ist. Wegen der manipulierten Kurbel für das Laufgewicht ist es zwar zur Notlandung gekommen, doch die Schäden halten sich in Grenzen und können in ein paar Wochen repariert werden. Wir müssen also davon ausgehen, dass Zeppelin einen weiteren Versuch starten wird.«

»Dann muss eben auch der sabotiert werden«, meinte der Freund mit der schwarzen ledernen Augenklappe, dessen Gesicht tiefe Narben aufwies, gleichmütig. »Als Ingenieur werden diesem Opfermann doch sicher noch ein paar technische Gemeinheiten einfallen.«

Der Dritte im Bunde nickte zu den Worten seines Vorredners.

»Vielleicht ist es so ohnehin besser. Wäre das offensichtlich steuerbare Fluggerät, ein Ding also, nach dem sich diverse Ministerien alle zehn Finger lecken würden, vollkommen zerstört worden, hätte es möglicherweise Sponsoren für einen Neubau gegeben. Wenn Zeppelin sein Luftschiff jedoch erneut an den Start bringt und es wieder zu Komplikationen kommt, wird man seine Erfindung auch weiterhin für Spinnerei halten und ihm nach wie vor die Unterstützung verweigern.«

Sein Kamerad nickte zustimmend, nur von Schleiwitz äußerte Bedenken: »Das ist selbstverständlich richtig. Allerdings befürchte ich, dass wir den jungen Opfermann nicht mehr lange bei der Stange halten können. Er hat bereits verlauten lassen, dass seine Rachegelüste durch die Havarie von LZ 1 eigentlich befriedigt wären. Und dass man schließlich auch an die Menschen denken müsse, die bei Zeppelin in Lohn und Brot stünden und die, würde man dem Grafen weiter schaden, ihre berufliche Existenz verlören.«

Kopfschüttelnd sahen die Kameraden ihn an.

»Macht der Herr Ingenieur jetzt etwa auf Sensibelchen oder ist er in der Gewerkschaft?«, wollte der eine wissen. »Das hätte er sich wirklich früher überlegen müssen.«

Und der andere fügte hinzu: »Biete ihm einfach mehr Geld. Das wird seine Skrupel schon zerstreuen.«

Von Schleiwitz grinste. »Das ist schon geschehen. Und ich hoffe, dass wir ihn damit noch eine Weile im Boot halten können. Mit Opfermann und Eckhold haben wir nämlich zwei hervorragende und einander ergänzende Waffen, um Zeppelin fertigmachen zu können. Und nun kann es ja wirklich nicht mehr lange dauern, bis er am Boden liegt. Wenn LZ 1 endgültig scheitert, ist auch er am Ende.«

»Und damit dort, wo wir ihn schon lange haben wollen«, ergänzte einer seiner Kameraden bösartig grinsend.

Es war bereits spät am Abend, als die Herren aufbrachen. Von Schleiwitz verabschiedete seine Gäste an der Haustür und blickte der Mietkutsche nach, die in Richtung Innenstadt davonfuhr.

Dann sah er zum Himmel empor. Kein Wölkchen trübte den Blick auf das Sternenmeer – keine noch so kleine Hoffnung auf Regen und Abkühlung.

Er ging zurück ins Haus und schloss Fenster und Türen, die allesamt geöffnet waren, um die etwas frischere Nachtluft einzulassen. Die Temperatur im Haus schien sich jedoch kaum abgekühlt zu haben.

Ungeduldig klopfte von Schleiwitz gegen das Gehäuseglas des Barometers, das in seinem reich verzierten Eichenholzrahmen im Salon an der Wand hing. Die Nadel bewegte sich jedoch nicht. Mit einem Ende der Hitzewelle schien also vorerst nicht zu rechnen zu sein.

～☙～

In Manzell war man unterdessen nicht untätig gewesen. Während Graf Zeppelin dafür gesorgt hatte, dass sein Luftschiff mithilfe des Dampfers Eichhorn und des Floßes zurück in die Montagehalle geschleppt wurde, hatten sich Isabella und Hella darangemacht, die zahlreichen Artikel auszuwerten, die in den Zeitungen anlässlich des Jungfernflugs von LZ 1 veröffentlicht worden waren.

Man hatte viel geschrieben: Über den Aufstieg, aber auch über die Zeit des langen Wartens, die vorangegangen waren. Zwar wurde allseits der »majestätische Anblick« gerühmt, den das Luftschiff geboten habe, aber die kritischen Stimmen überwogen bei Weitem – auch in den für Zeppelin eigentlich wohlwollenden Blättern. Zwar wurde dort betont, dass der Graf trotz aller Pannen eindeutig den Nachweis erbracht habe, dass das LZ 1 flugfähig und lenkbar sei. Zugleich merkte man jedoch an, dass die Tragkraft im Vergleich zur Größe des Schiffes zu gering sei und die Geschwindigkeit nicht sonderlich bemerkenswert gewesen wäre.

In den Zeitungen, die dem Projekt LZ 1 ohnehin kritisch gegenüberstanden, schrieben die Journalisten rundheraus, dass es äußerst schwierig sei, auch nur einigermaßen zuverlässige Angaben über das Luftschiff zu erhalten.

»Graf Zeppelin behandelt jeden, der ihm mit Skepsis gegenübertritt, wie einen Feind und verweigert jede Auskunft«, konnte man dort nachlesen.

Und dann waren da natürlich noch die Zeitungen – wie zum Beispiel der Berliner Courier – die voller Hohn über den Jungfernflug berichteten, den Begriff »Narr vom Bodensee« für ihre Headlines wählten und die Kompetenz Zeppelins mit Formulierungen wie »bejahrter Erfinder« und »unerfahrener Luftschiffer« infrage stellten.

Seufzend legte die Gräfin die Zeitungen beiseite.

»Eine derart negative Presse schreckt mögliche neue Investoren natürlich ab«, stellte sie bekümmert fest. Tochter Hella musste ihr zustimmen, gab allerdings zu bedenken: »Wir sollten das Geschreibsel auch nicht überbewerten. LZ 1 ist nicht stark beschädigt und lässt sich schnell reparieren. Daher wird schon bald der nächste Start erfolgen. Und da wir aus Fehlern lernen, kann doch eigentlich nur alles besser werden. Wir dürfen die Hoffnung einfach nicht aufgeben.«

Zärtlich lächelte die Gräfin ihre Tochter an. »Du hast ja recht. Wir dürfen unsere Zuversicht nicht verlieren. An dem Erfolg von LZ 1 hängt einfach zu viel. Nicht zuletzt auch dein Lebensglück.«

Herzlich erwidert Hella das Lächeln. »Nein, Mutter. Ebendies hängt nicht mehr von unserem Luftschiffprojekt ab. Erst letztens hat mir Alexander beteuert, dass er mich auch ohne den Segen seiner Eltern heiraten wird.

Sollte LZ 1 beim nächsten Start erfolgreich sein und den Namen Zeppelin damit rehabilitieren, wäre natürlich alles leichter. Falls das aber nicht geschieht, wird unsere Beziehung trotzdem Bestand haben. Wir lieben einander viel zu sehr, um uns zu trennen. Da kann kommen, was will.«

Erleichtert schloss die Gräfin ihre Tochter in die Arme. »Du glaubst gar nicht, wie sehr es mich freut, das zu hören«, erwidert sie lächelnd. »Und ihr habt unbedingt recht. Ihr könnt weder eure Gefühle noch eure Vermählung von einem Luftschiff abhängig machen. Das wäre absurd. Und jeder, der das von euch verlangt, ist im Unrecht.«

⚬✿⚬

Sobald LZ 1 wieder in der Montagehalle lag und von der extra dafür konstruierten Aufhängevorrichtung gehalten wurde, machten sich Graf Zeppelin und sein Technischer Leiter, Diplom-Ingenieur Lothar Pallnack, daran, das Schiff genau zu untersuchen.

»Für die erforderlichen Reparaturen an Gerippe und Außenhaut benötigen wir bestimmt vier Wochen«, lautete Pallnacks erste Einschätzung.

Sein Chef gab ihm recht. »Die gute Nachricht ist aber, dass wir das dafür benötigte Material auf Lager haben, uns also keine weiteren Kosten entstehen. Daher haben wir finanziell ein wenig Luft für Veränderungen. Zum Beispiel sollte das Seitenruder unbedingt verstärkt werden.«

»Da kann ich Ihnen nur beipflichten, Graf«, bestätigte Pallnack. »Außerdem wäre ich dafür, zusätzliche Ruder anzubringen. Vermutlich hätten die bestehenden bei normaler Beanspruchung ihren Dienst getan. Durch die erzwungene Abfahrt haben wir aber festgestellt, dass sie eine Schwachstelle darstellen. Das sollten wir nicht unberücksichtigt lassen.«

»Auf keinen Fall«, nickte Zeppelin zustimmend. »Außerdem sollten wir unbedingt das Laufgewicht von hundert auf hundertfünfzig Kilogramm erhöhen und es samt Seil in einen Schacht einbauen, der von den Gondeln aus zu erreichen ist. Dann können wir, falls sich wieder etwas verklemmt, wenigstens eingreifen.«

Mit Feuereifer machte man sich auf der schwimmenden Montagehalle ans Werk. So schnell wie möglich sollte LZ 1 repariert und verbessert werden, damit der nächste Aufstieg bald stattfinden konnte. Denn in einem waren sich alle Beteiligten einig: Nur mit einer erfolgreichen, störungsfreien Fahrt würde man neue Investoren gewinnen und zugleich die Kritiker und Skeptiker von der Zeppelin'schen Erfindung überzeugen können.

⁓☙⁓

Die Reparaturen dauerten bis in den September hinein. In dieser Zeit wurde auf der Manzeller Werft rund um die Uhr gearbeitet. Das bekamen auch Sebastian Opfermann und Daisy Pallnack zu spüren. Seit zwei Monaten verabredeten sie sich zu gemeinsamen Spaziergängen oder trafen sich zu Gesprächen auf der Bank des

Wohnheims. Für größere Unternehmungen reichte ihre spärliche Freizeit nicht – was beide sehr bedauerten.

Am 24. September 1900 waren die Arbeiten abgeschlossen, und das Schiff stand zur Befüllung der Gastanks bereit. In der Nacht zum 25. September brach jedoch die Aufhängevorrichtung und das Mittelteil des Luftschiffes krachte auf das Floß hinab.

»Das Gerippe wurde völlig verbogen«, erstattete Pallnack seinem Chef Bericht. »Wir brauchen mindestens zwei Wochen, um den Schaden wieder zu beheben.«

Natürlich zeigte sich Graf Zeppelin wenig begeistert von dieser neuerlichen Hiobsbotschaft, versuchte aber wie üblich das Beste aus der Situation zu machen.

»Wie gut, dass wir diesmal wenigstens keine geladenen Gäste vertrösten müssen«, meinte er trocken.

Sein Technischer Leiter nickte und wandte sich ab, um den Arbeitern die erforderlichen Anweisungen zu geben. In der Tür drehte er sich noch einmal um und erklärte nachdenklich: »Ich habe mir den Bruch an der Aufhängevorrichtung genau angesehen. Fast möchte man meinen, die Stützstreben wurden angesägt.«

»Unsinn, Pallnack«, wehrte der Graf entschieden ab. »Wer sollte das wohl gemacht haben? In der Halle wurde doch die ganze Nacht gearbeitet. Da hätte kein Außenstehender die Möglichkeit gehabt, unentdeckt zu manipulieren.«

»Stimmt natürlich«, murmelte Pallnack und wandte sich nun endgültig zum Gehen.

Es dauerte fast drei Wochen, den Schaden zu beheben. Endlich, am 14. Oktober, war LZ 1 repariert und für einen weiteren Flugversuch fertiggestellt. Doch der Wind über dem See hielt nicht viel von Zeppelins Vorhaben. Der Start musste wegen eines Unwetters verschoben werden. Drei Tage später waren die Bedingungen wieder so, dass schließlich der Ruf über das Werftgelände hallte: »Luftschiff zur Abfahrt bereit!«

Um 16:45 Uhr erfolgte der Start. Alles verlief ohne Störungen und LZ 1 schwebte in seiner vollen, glänzenden Pracht in dreihundert Metern Höhe über dem Bodensee.

Sebastian Opfermann beobachtete die Fahrt des Luftschiffes von Land aus. Zwischen den Arbeitern, die das Schauspiel vom Ponton der Montagehalle aus verfolgten, hatte er sich denkbar unwohl gefüllt. Seitdem Daisy ihn auf die Konsequenzen eines möglichen Stopps der Luftschifffahrtspläne aufmerksam gemacht hatte, regte sich nämlich sein Gewissen. Er war sich auf einmal nicht mehr sicher, ob Graf Zeppelin tatsächlich der Mann war, für den er ihn hielt: ein Mann, der für seinen Erfolg über Leichen ging. Einiges sprach dafür, aber mittlerweile sprach auch vieles dagegen. Aber etwas anderes wusste er genau: Die Menschen, die auf der Manzell-Werft arbeiteten, waren froh, ihr Auskommen zu haben. Und eben das würde er ihnen nehmen, wenn er so weitermachte wie bisher.

Er legte die Hand über die Augen, um die Sonne abzuschirmen, und verfolgte bedrückt jede Bewegung des Luftschiffes. Gleich, in wenigen Augenblicken würde es geschehen …

»Guten Tag, Sebastian. Warum stehst du hier ganz allein herum?«

Daisy trat neben ihn. Erst vor Kurzem hatten sie sich auf das vertrauliche Du geeinigt, und sie genoss es nach wie vor, ihn nun auf diese Weise anreden zu dürfen. Auch einen ersten Kuss hatten sie inzwischen miteinander getauscht. Zwar war es nur ein Bruderschaftskuss gewesen, aber noch immer glaubte sie, seine warmen Lippen auf den ihren zu spüren. Und Daisy ersehnte sich mehr. Bis über beide Ohren war sie in den jungen Ingenieur verliebt und wünschte inständig, dass er ihre Gefühle erwiderte.

»Ich hatte gehofft, dich hier zu treffen«, gab er zurück und zwinkerte ihr vergnügt zu. Natürlich war seine gute Laune nur aufgesetzt. Doch die Worte, stellte er bei sich fest, kaum dass er sie ausgesprochen hatte, waren keine Ausrede. Tatsächlich fühlte er sich einfach wohl in ihrer Gegenwart.

Daisy, beglückt über seine Antwort, lächelte herzlich zu ihm auf. Die bestürzten Rufe, die gleich darauf an ihr Ohr drangen, ließen ihr das Lächeln jedoch auf den Lippen gefrieren.

Erschrocken blickte sie zum Himmel empor und beobachtete das schlingernde Schiff, das, von einer Windbö erfasst, aufs Land abgetrieben wurde.

»Was ist geschehen?«, rief sie verängstigt aus. »Es sieht ja fast so aus, als wären die Motoren ausgefallen.«

»Vermutlich nur einer«, erwiderte Sebastian. Und seine Stimme klang dabei eigentümlich gepresst. »Dass beide zur gleichen Zeit ausfallen, ist eher unwahrscheinlich. Doch ein Motor allein ist offensichtlich nicht stark genug, dem Wind zu widerstehen.«

Daisy musste ihm recht geben, zumal das Schiff nun nach links schwenkte – also steuerbar war. Der Linkskurve folgten jedoch schon bald weitere, noch eine und noch eine.

»Was um alles in der Welt treiben die dort oben«, rief Daisy verwirrt aus.

»Ich nehme an«, gab Sebastian leise zurück, »dass es außer einem Motorschaden auch Probleme mit der Steuerung gibt. Die ständigen Linksschwenkungen dienen einzig der Rückkehr nach Manzell.«

Traurig sah Daisy ihn an. »Das bedeutet wohl, dass auch dieser Aufstieg als gescheitert angesehen werden muss, nicht wahr?«

Sebastian nickte nur. Er fühlte sich nicht wohl in seiner Haut und beobachtete schweigend, wie das Luftschiff den mühevollen Rückweg bewältigte und schließlich in der Bucht von Manzell landete – immerhin ohne weitere Beschädigungen davonzutragen.

Erleichtert atmete er auf.

»Wir werden LZ 1 ohne großen Aufwand reparieren können«, sagte er und legte tröstend einen Arm um Daisys Schultern. »Und beim nächsten Mal, das verspreche ich dir, wird es einen Flug ohne Störungen geben.«

⁓☙⁓

Für Diplom-Ingenieur Lothar Pallnack stellte es kein großes Problem dar herauszufinden, warum der Motor der hinteren Gondel ausgefallen war. Und als er es wusste, bat er seinen Chef aufgeregt um ein Gespräch unter vier Augen.

Die Unterredung sollte in Zeppelins Büro und hinter verschlossener Tür stattfinden, hatte Pallnack verlangt. Kein Wunder, dass der Graf, hinter seinem Schreibtisch sitzend, gespannt auf die geheimnisvolle Eröffnung seines Technischen Leiters wartete. Und dieser spannte ihn auch nicht lange auf die Folter, sondern stellte ein kleines Fläschchen mit einer kristallklaren Flüssigkeit vor ihn hin.

»Wofür würden Sie das halten?«

Zeppelin roch an dem Fläschchen und zuckte unschlüssig mit den Schultern.

»Ich habe keine Ahnung. Für Wasser vielleicht?«

Pallnack nickte. »Ganz genau. Und es stammt aus dem Tank des ausgefallenen Motors. Jemand hat den Treibstoff gegen destilliertes Wasser ausgetauscht.«

Fassungslos sah der Graf auf. »Jemand hat – was?«

»Sie haben schon richtig verstanden«, bestätigte Pallnack bitter. »Und ich will Ihnen noch etwas sagen: Nach allem, was bisher geschehen ist, liegt die Vermutung nahe, dass dieser Austausch nicht versehentlich vorgenommen wurde. Ich erinnere nur an die Stützstreben der Aufhängevorrichtung, die aussahen, als wären sie angesägt worden. Oder an die Kurbel des Laufgewichtes, die ohne ersichtlichen Grund gebrochen ist. Und natürlich an die Manipulation der Durchlasswerte des Traggasventils, die zur falschen Berechnung der Befüllungszeit führte. Das kann doch nicht alles Zufall gewesen sein.«

Aufmerksam sah der Graf ihn an.

»Sie meinen, jemand will uns mit Absicht schaden?«, vergewisserte er sich.

Pallnack nickte. »Eigentlich gibt es keine andere Erklärung mehr.«

»Aber wer sollte diese Manipulationen vorgenommen haben?«, wollte der Graf ungläubig wissen. »Ein Fremder würde auf der Werft sofort auffallen.«

»Vielleicht war es ja doch einer unserer Mitarbeiter«, gab sein Technischer Leiter zu bedenken und kam damit der Wahrheit sehr nahe. »Jemand, den Ihre Gegner bei uns eingeschleust haben.«

Graf Zeppelin schüttelte den Kopf. »Das kann ich mir beim besten Willen nicht vorstellen. Die Leute, die auf der Werft arbeiten, sind alle von Anfang an dabei. Sie identifizieren sich inzwischen mit unserem Projekt und schuften hart für sein Gelingen. Unter diesen Männern ist kein Verräter. Dafür würde ich meine Hand ins Feuer legen.«

»Und sich dabei womöglich verbrennen«, erwiderte Pallnack skeptisch. »Immerhin arbeiten hier mehr als einhundert Leute. Da lässt sich überhaupt nicht ausschließen, dass unter all den fleißigen und zuverlässigen Männern eine faule Nuss sein könnte.«

Widerwillig musste Zeppelin ihm recht geben. Die Fakten sprachen einfach für sich. Und daher wartete er nach kurzem Überlegen auch mit einer Lösung des Problems auf.

»Es gibt aber doch genug Leute, denen wir ohne Einschränkungen vertrauen können, richtig?«

Pallnack nickte zögernd.

»Dann wählen Sie unter ihnen einige Männer aus und bilden eine Werkschutzgruppe, die zur Abschreckung sogar bewaffnet werden sollte. LZ 1 darf nicht mehr aus den Augen gelassen werden und muss rund um die Uhr bewacht werden. Damit machen wir zumindest weitere Manipulationen unmöglich. Einverstanden?«

Pallnack stimmte zu und verließ mit kurzem Gruß das Büro, um sofort alles Notwendige zu veranlassen.

Natürlich erfuhr auch Opfermann von dem neuen Werkschutz. Er hielt ihn für eine großartige Einrichtung – auch für seine eigenen Probleme. Immerhin konnte er dadurch einer vermutlich sehr unangenehmen Auseinandersetzung aus dem Wege gehen. Schließlich hatte er sich entschlossen, seinem Berliner Freund von Schleiwitz nicht länger zu Diensten zu sein. Und für diese Entscheidung musste er sich nicht einmal rechtfertigen, sondern konnte einfach den neuen Werkschutz vorschieben.

Da es ihm zu gefährlich erschien, von Schleiwitz telegrafisch oder telefonisch über den aktuellen Stand zu informieren, teilte er ihm die Neuigkeiten in einem Brief mit und bat zugleich darum, ihm eine eventuelle Antwort nicht direkt zu schicken, sondern über Herbert Eckhold zukommen zu lassen.

Bald darauf tauchte der Journalist auf der Manzell-Werft auf und steckte dem Ingenieur unauffällig einen Zettel zu, auf dem stand: »Gewohnter Ort und zur gewohnten Zeit.«

Also marschierte Opfermann nach Feierabend zu dem Treffpunkt – einem einsamen Küstenstreifen zwischen Manzell und Immenstaad. Er setzte sich auf einen Stein, wartete und blickte auf den See hinaus, der spiegelglatt vor ihm lag. Nur hier und da tauchten einzelne Wellen auf, spielten ein paar Sekunden lang in den letzten Sonnenstrahlen des Tages und verschwanden dann wieder.

Wie friedlich es hier war ...

»Guten Abend, mein Freund.«

Stirnrunzelnd wandte Opfermann sich um und blickte in Eckholds grinsendes Gesicht.

»Verschonen Sie mich bitte mit Ihren falschen Nettigkeiten«, knurrte er. »Sagen Sie mir einfach, was Sie zu sagen haben. Und das bitte schnell. Ich habe nicht viel Zeit.«

Eckholds Grinsen vertiefte sich. »Was ist Ihnen denn für eine Laus über die Leber gelaufen? Sie hatten doch darum gebeten, eine Antwort durch mich zu erhalten. Und Ihr Wunsch war Herrn von Schleiwitz und mir selbstverständlich Befehl.«

»Ist ja gut«, erwiderte Opfermann mürrisch. »Lassen Sie schon hören.«

»Ich soll Ihnen ausrichten, dass Ihr Geschäftspartner es natürlich außerordentlich bedauert, dass Sie wegen des Werkschutzes nun unter erschwerten Bedingungen operieren müssen«, gab Eckhold so leichthin zurück, als würde er über das Wetter sprechen. Dabei hielt er seinen Blick zu Boden gerichtet, suchte und fand ein flaches Steinchen, das er in den See werfen konnte. Viermal hüpfte es auf der Wasseroberfläche, bevor es eintauchte.

Ungeduldig beobachtete Opfermann den Journalisten. »Und das soll heißen?«

»Das soll heißen«, erwiderte Eckhold, während er nach dem nächsten Stein suchte, »dass von Schleiwitz wegen dieser kleinen ... nun, nennen wir es einmal Unbequemlichkeit, keine Veranlassung sieht, die Zusammenarbeit zu beenden.«

Verständnislos schüttelte Opfermann den Kopf. »Und wie stellt er sich das vor? Das Luftschiff wird rund um die Uhr von bewaffneten Männern bewacht. Soll ich mich vielleicht unsichtbar machen, wenn ich daran etwas manipuliere?«

Eckhold lachte leise. »Das ist eine gute Idee. Obwohl es mit der Umsetzung schwierig werden dürfte. Aber ich werde mich gerne umhören, wo es in Friedrichshafen Tarnkappen zu kaufen gibt.«

Opfermann verzog das Gesicht. »Mein Gott, sind Sie wieder geistreich heute.«

Der Journalist wandte sich zu ihm um und wurde unvermutet ernst. »Gut, lassen wir das Geplänkel. Kommen wir zu Ihrem neuen Auftrag: Zeppelin pfeift, finanziell gesehen, aus dem letzten Loch. Richtig?«

Opfermann zuckte mürrisch mit den Schultern. »Seine Aktiengesellschaft zur Förderung der Luftschifffahrt sicherlich. Wie es mit seinem Privatvermögen aussieht, entzieht sich meiner Kenntnis.«

Eckhold reagierte nicht auf den Einwand. Seine Fragen kamen nun kurz und präzise: »Zeppelin verwendet als Traggas ausschließlich Wasserstoff. Richtig?«

Opfermann nickte.

»Sein Unternehmen besitzt jedoch keine eigene Aufbereitungsanlage für Wasserstoff und muss dieses verhältnismäßig teure Gas daher notgedrungen ankaufen. Richtig?«

Der Ingenieur nickte abermals und kniff abschätzend die Augen zusammen. Worauf wollte dieser Schreiberling hinaus?

»Trifft es ebenfalls zu«, fuhr Eckhold unbeirrt fort, »dass die Tanks von LZ 1 mehr als elftausend Kubikmeter Wasserstoff fassen und der Kauf des für die Testfahrten benötigten Gases derzeit der größte Kostenfaktor des Unternehmens ist?«

»Alles richtig«, bestätigte Opfermann spöttisch. »Sie sind ja ein richtiger Musterschüler und haben Ihre Hausaufgaben hervorragend gemacht. Von Schleiwitz kann wirklich stolz auf Sie sein.«

Eckhold ignorierte die Ironie. »Haben Sie Ihren Auftrag also begriffen?«, wollte er stattdessen wissen.

Verständnislos sah Opfermann ihn an. »Was habe ich jetzt verpasst?«

»Sind Sie so schwer von Begriff oder tun Sie nur so?«, gab Eckhold verächtlich zurück. »Sie sollen selbstverständlich die Gaszellen bearbeiten, damit sie Wasserstoff verlieren.«

Nun war Opfermann wirklich verwirrt. »Aber ich habe doch gesagt, dass es unmöglich ist, LZ 1 weiterhin zu beschädigen. Der Werkschutz ...«

»Das ist Ihr Problem«, unterbrach Eckhold ihn rüde. »Wo ein Wille ist, ist schließlich immer auch ein Weg.«

»Aber ich will doch gar nicht mehr«, begehrte der Ingenieur auf. »Meiner Meinung nach haben wir Zeppelin genug Schaden zugefügt. Dabei ist sein Luftschiff wirklich gut. Es ist eine Bereicherung für die Luftfahrt und ein Meilenstein in ihrer Entwicklung. Man muss ihm nur endlich die Chance geben, das zu beweisen.«

Eckhold winkte ab. »Darüber haben nicht Sie zu befinden, mein Lieber. Sie haben lediglich das zu tun, was man Ihnen aufträgt.«

Entschieden schüttelte Opfermann den Kopf. »Ich weigere mich schlichtweg, diesen Auftrag auszuführen. Wenn ihr den Grafen nicht in Ruhe lassen wollt, sucht euch einen anderen Dummen, der euch die Kastanien aus dem Feuer …«

»Wir brauchen keinen anderen Dummen«, fiel Eckhold ihm ins Wort. »Wir haben ja Sie. Und wenn Sie nicht kooperieren, werden wir Mittel und Wege finden …«

Opfermann sprang entrüstet von seinem Stein auf. »Sie wollen mir drohen, mein Herr?«

»Nennen Sie es meinetwegen, wie Sie wollen.« Eckhold grinste schon wieder – allerdings keineswegs amüsiert, sondern bösartig und unheilvoll. »Hauptsache, Sie machen sich bewusst, dass wir am längeren Hebel sitzen. Was, glauben Sie wohl, würde geschehen, wenn die Zeitungen über Ihre Machenschaften berichten? Sie würden in diesem Leben ganz bestimmt keine Anstellung mehr als Ingenieur bekommen. Von den Regressansprüchen, die Zeppelin mit Fug und Recht an Sie richten könnte, ganz zu schweigen. Und stellen Sie sich bitte die Enttäuschung der süßen Daisy Pallnack vor, wenn sie erführe, dass ihr strahlender Held nichts weiter als ein kleiner, mieser Verbrecher ist ...«

Diesmal war man sich in Manzell sicher: Der nächste Flug der LZ 1 würde ein Erfolg werden. Es konnte gar nicht anders sein. Die Probleme mit der Steuerung waren behoben, die beiden Daimler-Motoren schnurrten wie Kätzchen und das Laufgewicht bewegte sich geschützt vor Verklemmungen in einem langen, eigens dafür konstruierten Kasten.

Da man also überzeugt davon war, dass das Luftschiff bei seinem nächsten Start endlich beweisen konnte, was in ihm steckte, hatte die Grafenfamilie beschlossen, auch wieder offiziell Ehrengäste einzuladen.

König Wilhelm II. von Württemberg, noch immer ein unbeirrter Bewunderer der Zeppelin'schen Arbeit, sagte sein Kommen auch diesmal zu. Zudem überredete er den preußischen Generalinspekteur der Verkehrstruppen und einen der Bataillonskommandeure der preußischen Heeresluftschiffabteilung, Hauptmann Hans Groth, ebenfalls an dem Ereignis teilzunehmen. Beide Herren wären wichtige Verbündete, den Kaiser doch noch zu überzeugen, Geld in das Luftschiffprojekt des Grafen Zeppelin zu investieren. Besonders Groth für sich zu gewinnen, wäre hilfreich. Immerhin war er es, der in der kaiserlichen Kommission die Pläne Zeppelins abgelehnt hatte. Und das, obwohl er mit fast zweihundert Freiballonfahrten zu den erfahrensten Luftschiffern des Reiches zählte.

Der dritte Aufstieg von LZ 1 war für den 24. Oktober geplant, alles sorgfältig vorbereitet, ein Misserfolg undenkbar.

Zwei Tage vorher stellte Pallnack jedoch fest, dass einige der Gaszellen undicht und bereits große Mengen des wertvollen Wasserstoffs ausgeströmt waren.

»Wir verlieren am Tag etwa zweihundert Kubikmeter«, berichtete er dem Grafen verzweifelt. »Das ist eine Katastrophe. Unter diesen Bedingungen wird LZ 1 übermorgen noch nicht einmal vom Boden abheben.«

Müde wischte Zeppelin sich mit der Hand über die Augen. Er war die ständigen schlechten Nachrichten so leid.

»Und natürlich reicht die Zeit nicht mehr aus, um neuen Wasserstoff zu ordern«, stellte er resigniert fest.«

»Das ist richtig«, gab Pallnack zurück. »Ich fürchte, diesmal sind wir wirklich am Ende. Ich zumindest weiß keinen Rat mehr.«

Zeppelin nickte stumm, was wohl bedeuten sollte, dass auch er nicht mehr weiter wusste. Er hatte die Ellenbogen auf den Schreibtisch aufgestützt und sein Gesicht in den Händen vergraben. Seine ganze Haltung drückte Mutlosigkeit und Verzweiflung aus – und genauso fühlte er sich auch.

Eine Weile blieb es still zwischen den beiden Männern, bis der Graf schließlich wissen wollte: »Was glauben Sie? Sind die Lecks an den Zellen von allein entstanden oder mit Vorsatz beigebracht worden?«

Pallnack zuckte mit den Schultern. »Ich weiß es wirklich nicht. Einerseits scheint es mir wahrscheinlicher, dass da jemand nachgeholfen hat. Andererseits wird das Luftschiff streng bewacht. Theoretisch hätte niemand die Gelegenheit zu dieser ...«

»Sie sagen es«, erwiderte der Graf erschöpft. »Theoretisch. In der Praxis wird es keine absolute Sicherheit geben, schätze ich.«

Er erhob sich, trat ans Fenster und starrte blicklos hinaus.

»Ich höre sie jetzt schon höhnen und feixen, die preußischen Herren von den Verkehrstruppen und der Heeresluftschiffabteilung. Kein gutes Haar werden sie an uns lassen. Darauf könnte ich wetten.«

Pallnack schnaufte verächtlich. »Na, die haben es nötig. Die wissen doch gar nicht, wie es ist, unter den bei uns herrschenden Bedingungen arbeiten zu müssen. Die können ständig aus dem Vollen schöpfen. Und wenn einer ihrer komischen Freiballons mal ein bisschen Traggas verliert, ist das kein Problem. Sie haben genug Nachschub auf Lager.«

Graf Zeppelin nickte geistesabwesend. Er hatte gar nicht richtig zugehört. Doch dann, als ihm Pallnacks Worte nach und nach bewusst wurden, fuhr er herum.

»Vielleicht ist das die Lösung.«

Erstaunt sah sein Technischer Leiter auf. »Was meinen Sie, Herr Graf?«

»Natürlich würde es mich Überwindung kosten, und

mit Sicherheit müsste ich mir arrogante Vorhaltungen gefallen lassen – aber es wäre vielleicht unsere einzige und unsere letzte Chance ...«

Pallnack hatte noch immer nicht begriffen. »Wovon um alles in der Welt sprechen Sie?«

»Von der eventuellen Möglichkeit, doch noch rechtzeitig Wasserstoff geliefert zu bekommen.«

Zeppelin hielt sich nicht mit langen Erklärungen auf, zögerte noch einen Augenblick unentschlossen und gab sich dann einen Ruck. Wer Erfolg haben wollte, musste auch schon mal bereit sein, über seinen Schatten zu springen.

Mit dem Mut der Verzweiflung nahm er den Hörer von seinem Tischtelefon, betätigte die Kurbel und wartete, bis das Fräulein vom Amt sich meldete. Er bat sie um eine Verbindung mit Herrn Hauptmann Hans Groth, Heeresluftschiffabteilung im Preußischen Kriegsministerium zu Berlin.

Zehn Minuten später hatte Graf Zeppelin den Herrn Hauptmann am Rohr. Wie er es vermutet hatte, zeigte Groth sich pikiert und fühlte sich bemüßigt, ihm »schlampige Vorbereitung« vorzuwerfen. Letztlich kam er der Bitte aber nach und brachte aus den Lagerbeständen der Heeresluftschiffabteilung zweihundertfünfzig Flaschen Wasserstoff auf den Weg nach Friedrichshafen.

In Manzell arbeiteten die Männer nun fieberhaft daran, die Zellen abzudichten und sie, nachdem das Gas pünktlich eingetroffen war, wieder aufzufüllen.

Am 24. Oktober um 17 Uhr war LZ 1 startbereit und stieg zum dritten und letzten Mal über dem Bodensee auf. Schnell stellte sich heraus, dass die überarbeitete Steuerung nun einwandfrei funktionierte. Auch die Geschwindigkeit, die das Luftschiff erreichte, war zufriedenstellend und brach ohne Probleme den Rekord, den bisher ein Franzose innehatte. Dennoch scheiterte auch dieser Flugversuch.

LZ 1 gewann keine ausreichende Höhe!

»Die Gaszellen sind dicht«, meldete Lothar Pallnack, und in seiner Stimme schwang deutliche Panik mit. »Sie sind komplett gefüllt, und es entweicht auch kein Gas. Dennoch bekommen wir keinen ausreichenden Auftrieb. Und dafür kann es nur eine Erklärung geben: Groth, dieser Schweinehund, hat uns minderwertigen Wasserstoff geliefert.«

Der letzte Flug der LZ 1 dauerte dreiundzwanzig Minuten. Dann gab Zeppelin auf, steuerte sein Schiff zurück nach Manzell und landete.

Enttäuscht reisten die Ehrengäste ab.

Das Gutachten des Generalinspekteurs der Verkehrstruppen fiel vernichtend aus.

Und weil er nach Ansicht seiner Kritiker nicht einsehen wollte, dass das, was er vorhatte, unmöglich war, nannte Kaiser Wilhelm II. den Grafen Zeppelin den »Dümmsten aller Süddeutschen«.

Die Aktionäre verweigerten eine weitere Finanzierung, und neue Investoren ließen sich, nach Stand der Dinge, nicht gewinnen.

Der Bau der Halle und des Schiffes hatten das Vermögen der Aktiengesellschaft zu Förderung der Luftschifffahrt völlig verschlungen. Die achthunderttausend Reichsmark, welche die Gesellschaft bei ihrer Gründung besessen hatte, waren restlos verbraucht.

Der Graf war gezwungen, den Prototyp zu zerlegen, die Einzelteile und alle Werkzeuge zu verkaufen, die Mitarbeiter zu entlassen und seine bankrotte Aktiengesellschaft aufzulösen. Ein herber Rückschlag, der seinem Geldbeutel und Ansehen sehr schadete.

Graf Ferdinand von Zeppelin schien am Ende zu sein.

Wolkenverhangener grauer Himmel, Regen und ein starker Nordwind – in der Bodenseeregion hatte der Herbst seinen Einzug gehalten, und das trübe Wetter deckte sich perfekt mit Daisys Stimmung.

Auf der wie ausgestorben daliegenden Manzell-Werft hatten die anhaltenden Regenfälle der letzten Tage tiefe Pfützen hinterlassen. Die Pallnack-Tochter musste ihre Schritte sorgfältig setzen, um sich keine nassen Füße zu holen.

Immerhin hatte es endlich zu regnen aufgehört. Und da ihr in der Wohnung, in der ihre Eltern niedergeschlagen herumsaßen und sich um ihre ungewisse Zukunft sorgten, die Decke auf den Kopf gefallen war, hatte sie die Gelegenheit wahrgenommen, ein bisschen frische Luft zu schnappen.

Sie schlug den Weg zum Seeufer ein. Der Anblick der Bucht ohne die bereits abgewrackte Montagehalle schmerzte noch immer, aber der Wind und das sanfte

Plätschern des Sees würden ihr helfen, den Kopf ein wenig frei zu bekommen – frei von den Gedanken, die sich unablässig im Kreise drehten: Wie würde es weitergehen – für ihre Eltern, für sie selbst und zwischen ihr und Sebastian? Mein Gott, wie sehr sie ihn vermisste. Die Sehnsucht nach ihm verursachte fast körperliche Schmerzen.

»Daisy! D a i s y!«

Als sie jemanden ihren Namen rufen hörte, wandte sie sich um und erkannte Hella. Die Freundin winkte aus dem kleinen Unterstand der Nachtwächter heraus, der aus unerklärlichen Gründen bisher noch nicht abgerissen worden war.

Daisy verzog das Gesicht. Eigentlich wäre sie lieber allein geblieben. Andererseits hatten Hella und sie sich bestimmt zwei Wochen lang nicht gesehen. Also änderte sie die Richtung und ging zu der Freundin hinüber.

»Hast du auch die Regenpause für einen kleinen Spaziergang genutzt?«

Hella nickte.

»Ja, und weil es kaum auszuhalten ist zu Hause. Meine Eltern laufen herum, als sei jemand gestorben.«

»Das ist bei uns nicht anders«, gab Daisy leise zurück. »Und in gewisser Hinsicht stimmt es ja eigentlich auch. Gestorben sind LZ 1, die Werft, unsere Träume und Ziele.«

»Nichts ist gestorben«, widersprach Hella vehement. »Dass LZ 1 fliegen kann, hat es bewiesen. Dass es sich lenken lässt, ebenso. Beides hat man vorher für unmöglich gehalten. Zugegeben, es sind noch ein paar Kinderkrankheiten auszukurieren, aber da wir sie kennen, dürfte es eigentlich kein Problem sein. Man hätte einfach nur weitermachen müssen, anstatt auf halbem Wege umzukehren, weil ...« Hella unterbrach sich. Unmöglich konnte sie der Freundin erzählen, dass es ihre eigene Mutter gewesen war, die eine weitere Chance für LZ 1 verhindert hatte. Nur weil sie sich aus irgendwelchen sentimentalen Gründen nicht dazu durchringen konnte, ihr ererbtes Land im Baltikum zu verkaufen, war der Vater gezwungen, sein Unternehmen aufzulösen. Und nun standen sie alle mit leeren Händen da. So ein Unsinn. Ihren Eltern gegenüber hatte sie mit ihrer Meinung auch nicht hinter dem Berg gehalten – aber Daisy ...? Immerhin handelte es sich dabei um Familieninterna, die niemanden etwas angingen.

»Na ja, es ist, wie es ist«, sagte Hella nun leichthin und beeilte sich, das Thema zu wechseln. »Was ist eigentlich aus Herrn Opfermann geworden? Habt ihr noch Kontakt?«

Daisy nickte. »Ja, natürlich. Wir schreiben uns. Er ist in seine Heimatstadt Berlin zurückgekehrt, um dort nach einer neuen Anstellung zu suchen.«

»Das tut mir leid«, meinte Hella mitfühlend. »Musste er denn gleich so weit fortgehen? Hätte er nicht im Württembergischen bleiben können, damit ihr euch wenigstens hin und wieder sehen könnt? Eigentlich haben doch alle, über kurz oder lang, mit eurer Verlobung gerechnet.«

»Ich habe auch darauf gehofft, dass er vor seiner Abreise um meine Hand anhält«, erwiderte Daisy leise.

»Stattdessen hat er es sehr eilig gehabt zu verschwinden. Seine überstürzte Abreise kam ja fast einer Flucht gleich. Erst habe ich befürchtet, dass er mir aus dem Wege gehen will, aber als dann seine Briefe kamen, voller Liebe und Sehnsucht …«

»Vielleicht hat er als Arbeitsloser nicht den Mut zu einem Heiratsantrag gehabt«, gab Hella zu bedenken. »Er wird wiederkommen und das Versäumte nachholen, sobald er eine neue Anstellung gefunden hat.«

»Ja, vielleicht«, nickte Daisy. »Aber wenn schon nicht mit meinem Vater hätte er doch wenigstens mit mir sprechen können. Nein, nein. Du kannst sagen, was du willst. Ich verstehe sein Verhalten nicht. Irgendwas passt da nicht zusammen. Vermutlich waren seine Gefühle doch nicht so aufrichtig, wie ich angenommen habe. Und wer weiß? Vielleicht steckt ja sogar eine andere Frau dahinter …«

Auch Gräfin Isabell schlug sich mit vielen Fragen herum, auf die sie keine Antworten wusste.

Als der letzte Flugversuch von LZ 1 gescheitert war, hatte sie fast so etwas wie Erleichterung verspürt. Es war vorbei. Endlich. Nun würde wieder Ruhe in ihr Leben einkehren. Sie konnten Manzell verlassen, nach Emmishofen zurückkehren und auf Schloss Girsberg ein beschauliches Leben führen – so wie es ihrem Stand und Alter gemäß war. Isabella zählte inzwischen vierundfünfzig, Ferdinand immerhin zweiundsechzig Jahre.

Da war es doch wohl legitim, sich nach den ganzen Strapazen ein wenig mehr Frieden und Normalität zu wünschen.

Abgesehen davon hatte Ferdinand sein Ziel schließlich erreicht und ein lenkbares Fluggerät erbaut. Sicher, seine Erfindung war noch nicht völlig ausgereift, hatte sehr viel Geld gekostet und keins eingebracht. Aber seinen Traum hatte er sich letztlich doch erfüllt. Oder etwa nicht?

Schon bald musste die Gräfin einsehen, dass ihr Wunsch, Manzell und den ganzen Aufregungen zu entgehen, sie so sehr beherrscht hatte, dass alles andere in den Hintergrund getreten war. Sie hatte völlig übersehen, dass Ferdinand sich im Unterschied zu ihr mit dem Erreichten keinesfalls zufriedengab. Wenn er die Wahl gehabt hätte, wäre weder die Gesellschaft aufgelöst, noch LZ 1 demontiert worden. Er hätte alles darangesetzt, sein Werk zu Ende zu bringen und ihren Namen von den ganzen Verunglimpfungen reinzuwaschen.

Darüber zu befinden, war jedoch nicht seine Entscheidung gewesen. Schließlich hatte er ihr sein Wort gegeben, nur einen Teil des gemeinsamen Vermögens aufs Spiel zu setzen. Und aus diesem Versprechen konnte und wollte sie ihn nicht entlassen. Immerhin, hätte man die Versuche mit LZ 1 weitergeführt, wäre weiteres Geld vonnöten gewesen, Geld, das durch den Verkauf ihrer baltischen Ländereien hätte aufgebracht werden müssen – durch den Verkauf ihrer Heimat. Und dazu war sie nicht bereit – zumal Ferdinand sie nicht einmal darum gebeten hatte.

Nun allerdings, da LZ 1, die berühmte schwimmende Montagehalle und die Aktiengesellschaft zu Förderung der Luftschifffahrt Geschichte waren, bemerkte Isabella zu ihrem größten Erstaunen, dass sie nicht so erleichtert war, wie sie es sich vorgestellt hatte. Und es waren nicht nur die Unzufriedenheit ihres Gatten und ihrer Tochter oder das Schicksal der entlassenen Arbeiter, was sie belastete. Nein, auch sie hatte plötzlich das Gefühl, einen einschneidenden Verlust erlitten zu haben. Erst jetzt wurde Isabella wirklich bewusst, wie sehr sie sich inzwischen selbst mit den Träumen und Zielen Ferdinands identifizierte. LZ 1 war schon lange nicht mehr nur sein Projekt. Es war auch zu ihrem geworden. Sie hatte es bisher nur nicht wahrhaben wollen. Und nun war es zu spät. Noch einmal von vorn zu beginnen und den Neustart aus eigenen Mitteln zu finanzieren, würde ihre Möglichkeiten bei Weitem übersteigen.

❧

Auch wenn alle glaubten, er wäre am Ende – Graf Ferdinand von Zeppelin teilte diese Ansicht keineswegs.

»Für mich steht naturgemäß niemand ein, weil keiner den Sprung ins Dunkel wagen will. Aber mein Ziel ist klar, und meine Berechnungen sind richtig«, beharrte er jedem gegenüber, der es hören wollte. Er dachte überhaupt nicht daran aufzugeben und verfolgte beharrlich auch weiterhin sein Ziel.

Zu Beginn des Jahres 1901 wandte sich Graf Zeppelin erneut an den Verein Deutscher Ingenieure, der sich als Erster für seine Sache eingesetzt hatte.

Und wieder berief der Verein eine Kommission ein, der ausführliche Unterlagen von Zeppelins Ingenieuren und detaillierte Berichte über die absolvierten Flüge vorgelegt werden sollten.

Die Tageszeitung Berliner Courier berichtete ausführlich darüber – ausnahmsweise ohne Spott und Häme, dafür aber mit einer freundlichen Empfehlung:

»Unseren Informationen zufolge stehen die Mitglieder der Kommission noch nicht fest. Ohne Zweifel sollte jedoch ein Name ganz oben auf der Wunschliste des Vereins Deutscher Ingenieure aufgeführt werden. Und das ist der des Kommandanten der Preußischen Luftschifferabteilung, Hauptmann Hans Groth. Er ist der erfahrenste Ballonschiffer unseres Landes, ein Experte par excellence, und dabei sogar persönlich Zeuge des letzten Flugversuchs von Zeppelins LZ 1 am Bodensee gewesen. Ohne ihn wäre die Kommission des Vereins Deutscher Ingenieure gewiss nicht vollständig.«

Zufrieden rieb sich Herausgeber von Schleiwitz die Hände. Dieser Artikel war ein sinnvoller Schachzug. Durch ihn würde der Verein kaum an Hauptmann Groth vorbeikommen. Zwar stand dieser nicht auf seiner Lohnliste, verfolgte dafür aber durchaus eigene Interessen. Und das, wie er von Opfermann erfahren hatte, ohne Hemmungen – was die Lieferung des minderwertigen Wasserstoffs eindrucksvoll bewies.

»Um es mit dem guten alten Napoleon Bonaparte zu sagen«, grinste von Schleiwitz:»Der Feind meines Feindes ist mein Freund.«

Tatsächlich griff der Verein Deutscher Ingenieure die Empfehlung des Berliner Couriers auf und lud Herrn Hauptmann Groth ein, Mitglied der Kommission zu werden. Ein Ruf, den der Luftschiffer gern folgte. Als Zeppelin davon erfuhr, wusste er sofort, dass er sich keine großen Hoffnungen auf weitere Unterstützung des Vereins zu machen brauchte. Zwar hatte Groth vehement abgestritten, minderwertiges Traggas geliefert zu haben, aber Zeppelin traute ihm trotzdem nicht. Wie ihm sein letzter Freund in Berlin, Oberst Joseph von Voß, Geheim-Sekretär der kaiserlichen General-Adjutantur, verraten hatte, arbeitete Groth, der bereits erfolgreich Heißluftballons konzipiert hatte, inzwischen selbst an einem motorisierten lenkbaren Luftschiff. Zwar nicht an einem Starrluftschiff, wie es LZ 1 gewesen war, sondern an einem halbstarren, das im Inneren der Hülle nicht aus einem kompletten Skelett aus Trägern und Streben bestand, sondern nur aus einem festen Kiel entlang der Längsachse, an dem Leitwerk, Gondel und Motoren befestigt waren.

Natürlich waren Starrluftschiffe eindeutig sicherer als halbstarre. Aber als aktiver Offizier und Kommandant der Preußischen Luftschifferabteilung hatte Groth die wesentlich besseren Beziehungen zum Kriegsministerium – und die würde er ohne Zweifel zu verteidigen wissen.

Tatsächlich warf Hauptmann Groth bereits in der ersten Kommissionssitzung die prinzipielle Frage auf, ob das starre oder das halbstarre System befürwortet werden solle. Dabei gab er zu bedenken, dass das starre Luftschiff Zeppelins für eine militärische Verwendung nicht infrage käme, weil das zerlegbare unstarre Luftschiff wegen der leichteren Transportmöglichkeiten klar im Vorteil sei.

Mehr als ein Jahr schleppten sich die Verhandlungen hin – ein Jahr, in dem die Kommission über Vor- und Nachteile diskutierte. Schließlich hielt sie im März 1902 die letzte Sitzung ab.

Der Graf selbst wurde von der Kommission nicht gehört. Er durfte erst am Ende der letzten Sitzung erscheinen, um die Entscheidung entgegenzunehmen. Und die lautete: »Uns liegt nicht genug gesichertes Material vor, um frühere Berechnungen zu ergänzen oder zu berichtigen.«

Auf den Punkt brachte es Kommissionsmitglied Hauptmann Hans Groth: »Das Monstrum Zeppelins wird nie wieder aufsteigen. Und sollte es doch, wird das zu nichts anderem führen als zu einem Riesenfiasko.«

Daraufhin lehnte der Verein Deutscher Ingenieure eine weitere Unterstützung der Zeppelin'schen Pläne entschieden ab.

NEUNTES KAPITEL –
»... DANN WIRD ES GELINGEN« – 1902

Als Graf Zeppelin nach diesem neuerlichen Rückschlag an den Bodensee zurückkehrte, rechnete er ganz fest damit, dass seine Bella ihm wieder einmal nahelegen würde, nun endlich in den Ruhestand zu treten. Das war jedoch keine Option, die für ihn infrage kam, und daher stellte er sich die ganze Heimfahrt über auf das bevorstehende Streitgespräch ein. Sorgfältig sammelte er Argumente und wappnete sich gegen jene, mit denen seine Frau aller Voraussicht nach versuchen würde, ihn umzustimmen.

Als er in Friedrichshafen aus dem Zug stieg, wurde er bereits von Tochter Hella erwartet. Ein Blick in sein finsteres Gesicht zeigte ihr, dass der Verein Deutscher Ingenieure ihm eine Absage erteilt haben musste. Da er jedoch nichts sagte und sie ihn nicht sofort mit Fragen überfallen wollte, verlief die Fahrt nach Manzell recht schweigsam.

Auch Hella ging von einer längeren Streitdebatte zwischen ihren Eltern aus und hätte sich am liebsten gleich nach ihrer Ankunft zurückgezogen. Andererseits wollte sie aber natürlich auch die Gründe wissen, die den Verein zur Ablehnung bewogen hatten. Also folgte sie dem

Vater zunächst in den Salon, in dem sie bereits von ihrer Mutter erwartet wurden.

»Sobald das Gespräch zu einem Streit eskaliert, verschwinde ich«, nahm sie sich vor.

Gräfin Isabella begrüßte ihren Mann herzlich. Sie hatte Champagner kalt gestellt und goss das prickelnde Getränk in langstielige Kelche.

»Es tut mir sehr leid, dich enttäuschen zu müssen«, beeilte sich der Graf aufzuklären. »Aber es gibt keinen Grund zum Feiern. Ich bringe keine guten Nachrichten mit.«

»Das stand zu erwarten«, gab seine Gemahlin gleichmütig zurück und verteilte die Gläser. Dann setzte sie sich und sah ihren Ferdinand erwartungsvoll an. »Nun erzähl bitte. Ich bin schon sehr gespannt. Wie ist es gelaufen?«

»Sehr desillusionierend«, antwortete der Graf. »Ich hätte nicht gedacht, dass Ingenieure, technisch versierte Männer also, sich so schnell für dumm verkaufen lassen.«

Fragend sahen Frau und Tochter ihn an. Es war Hella, die nachhakte: »Was meinst du damit, Vater?«

»Nun, dass der gute Herr Hauptmann Groth sein eigenes Süppchen kocht, ist mir schon klar gewesen. Er will selbst ein Luftschiff bauen und natürlich verkaufen. Da kam ihm dieses Kommissionsverfahren ganz recht, um mich, den Konkurrenten, auszubooten. Aber dass die Mitglieder des Vereins ihm wirklich geglaubt haben, dass seine halbstarre Konstruktion besser ist als unsere, kann ich nicht nachvollziehen.«

»Ist sie es denn nicht?«, vergewisserte sich Isabella.

»Nein, ganz gewiss nicht. Die Vorzüge unseres Luftschiffes sind sogar erheblich. Nur ein Beispiel: Die Form eines starren Luftschiffs ist unveränderlich und durch das Aluminiumgerippe vorgegeben. Bei Groths Erfindung ist dieses Gerippe nicht vorhanden. Um die Form zu halten, muss eine Maschine unablässig Luft in die Ballonhülle pumpen. Und wenn dieser Motor einmal versagt …«

Erstaunt hatte Hella seinen Worten gelauscht. »Stürzt das Luftschiff dann ab?«, wollte sie wissen.

Ihr Vater schüttelte den Kopf. »Nein, das nicht. Zumindest nicht sofort. Aber ein Schiff, das laufend seine Form verändert, ist nicht mehr lenkbar.«

»Und diese Tatsache fand man im Verein Deutscher Ingenieure nicht bedenklich?«, wunderte sich nun auch Isabella.

»Offensichtlich nicht«, erwiderte Zeppelin. »Ich vermute, sie haben die Problematik überhaupt nicht begriffen. Wahrscheinlich bereuen die Herren längst, dass sie mir einmal ihr Vertrauen geschenkt und mich unterstützt haben. Dumm, wie sie sind.«

»Wie auch immer«, stellte die Gräfin schulterzuckend fest. »Von dort ist also keine weitere Hilfe zu erwarten. Davon können wir wohl sicher ausgehen.«

Ihr Gatte musste ihr recht geben und erwartete sofort die Forderung seiner Frau, sich nun endlich zur Ruhe zu setzen. Frei nach dem Motto »Angriff ist die beste Verteidigung« versuchte er, ihr schon einmal vorsorglich den Wind aus den Segeln zu nehmen: »Ich habe aber bereits eine andere Idee. Ich beabsichtige, nun die Industrie um Unterstützung zu bitten.«

Hella war sofort interessiert. »Was hast du vor, Vater?«

»Ich werde einen Brief aufsetzen, in dem ich meine Idee allgemein verständlich erkläre und über die Leistungen informiere, die ein Luftschiff unserer Bauweise im zivilen und militärischen Bereich zu erbringen imstande ist. Dieses Schreiben wird an jedes größere Unternehmen im Reich gehen. Und ich bin mir ganz sicher, dass ich auf diese Weise genug Sponsoren gewinnen werde.«

Während er sprach, hatte er seine Frau nicht aus den Augen gelassen. Wie würde sie reagieren?

Nachdenklich blickte sie ihn an. »Vielleicht ist das gar keine schlechte Idee«, meinte sie dann gelassen. »Versuch es. Wir werden sehen, ob etwas dabei herauskommt.«

Gatte und Tochter waren gleichermaßen verblüfft. Diese Reaktion hatten beide nicht erwartet.

»Ist das dein Ernst?«, vergewisserte sich der Graf.

Isabella nickte. »Ja, natürlich. Würde ich es sonst sagen? Ich denke aber, dass du zusätzlich um einen Termin beim König bitten solltest.«

Der Graf war nun aufrichtig verwirrt. »Um was mit ihm zu besprechen?«

»Nun, auch ich habe mir während deiner Abwesenheit Gedanken gemacht«, erwiderte die Gräfin mit ruhiger Stimme. »Und ich könnte mir vorstellen, dass eine Lotterie eine ganze Menge Geld in unsere Kassen spülen würde. Der König müsste sie natürlich genehmigen, aber ich denke schon, dass Wilhelm von Württemberg dir den Gefallen tun wird.«

Fassungslos sahen ihre Lieben sie an. Mit allem hatten sie gerechnet, mit Kritik, mit Gegenwehr, mit Streit und Tränen – nur damit nicht.

»Ich fürchte, ich verstehe nicht, Bella« stieß Zeppelin mühsam hervor.

Seine Frau lachte leise. »Was verstehst du nicht, mein Lieber? Du weißt doch wohl, was eine Lotterie ist?«

»Natürlich weiß ich das«, gab Ferdinand zurück. »Und die Idee ist großartig. Mich erstaunt nur, dass sie von dir kommt. Ich meine ... ich dachte ... Du hast doch die ganze Zeit davon gesprochen, dass ich aufgeben und mich aufs Altenteil setzen soll. Und nun ...?«

Der Graf war tatsächlich sprachlos – und das geschah weiß Gott selten genug.

Isabella erhob sich und trat ans Fenster.

»Nach dem ersten misslungenen Flugversuch von LZ 1 war ich der festen Überzeugung, dass es für uns alle das Beste wäre, mit dem Thema Luftschiffbau abzuschließen. Da war zum einen der finanzielle Aspekt, zum anderen aber auch die Ächtung durch die Gesellschaft und die ständigen Aufregungen, wenn mal wieder etwas schiefging. Vor allem aber wollte ich nicht noch einmal die Todesängste um dich ausstehen müssen, die ich verspürte, als das Luftschiff in den Bodensee zu stürzen drohte.«

Sie wandte sich um. Mit Tränen in den Augen sah sie ihrem Mann ins Gesicht.

»Ich wollte dich nicht verlieren, verstehst du?«

Das war der Augenblick, in dem Hella sich erhob und sich zurückziehen wollte. »Ich glaube, das geht nur euch beide an«, murmelte sie.

»Nein, bleib«, hielt ihre Mutter sie zurück. »Was ich zu sagen habe, ist auch für dich bestimmt.«

Isabella ging zu ihrem zierlichen Damensekretär hinüber – einem Schmuckstück aus poliertem Mahagoni und Rosenholz, zog eine Schublade auf und entnahm ihr einen dünnen Ordner.

»Nun, ich denke, es ist an der Zeit zuzugeben, dass ich mich geirrt habe«, fuhr sie fort. »Angst ist halt niemals ein guter Ratgeber. Leider habe ich durch meine Ängste erst zu spät bemerkt, dass dein Traum, ein lenkbares Fluggerät zu entwickeln und zu bauen, inzwischen auch zu meinem Traum geworden ist.«

Ferdinand sprang auf und trat zu ihr. Seine Augen leuchteten. »Meine Bella«, sagte er ergriffen. »Ist das wirklich wahr?«

Zärtlich ergriff die Gräfin seine Hand, bevor sie weitersprach: »Sicher, vieles wäre einfacher, wenn ich meine Ländereien im Baltikum verkauft hätte, als es die Montagehalle und LZ 1 noch gab. Nun müssen wir wieder ganz von vorn beginnen. Aber wenn ihr bereit seid weiterzumachen, bin ich es auch.«

Zu dritt lagen sie einander in den Armen. Der schmale Ordner war dabei unbeachtet zu Boden gefallen.

Als Ferdinand ihn später aufhob und seiner Frau reichen wollte, schüttelte sie den Kopf.

»Er ist für dich und enthält zum einen die Urkunde,

mit der ich mein Land an dich überschrieben habe, zum anderen den Auftrag an einen Makler vor Ort, es so gewinnbringend wie möglich zu verkaufen.«

Erneut schloss der Graf seine Frau in die Arme.»Wir werden es schaffen«, murmelte er.»Das verspreche ich dir. Zu dritt schaffen wir alles.«

»Davon bin auch ich überzeugt«, sagte Isabella mit einem zuversichtlichen Lächeln.»Und darauf möchte ich mit euch die Gläser heben.«

Endlich kam nun auch der Champagner zu seinem Recht.

~~◈~~

Mit frischer Kraft ging es ans Werk.

Zeppelin schrieb seine Briefe an die deutsche Großindustrie und fuhr gemeinsam mit Isabella nach Lüdenscheid, um seinen Partner Carl Berg wieder ins Boot zu holen.

Berg war hocherfreut darüber, dass es nun doch weitergehen sollte, und versprach sofort, nicht nur das Aluminium für den Bau von LZ 2 kostenlos zu liefern, sondern auch einige seiner Geschäftspartner zu überreden, in die nächste Luftschiffgeneration Zeppelins zu investieren. Zweifelsfrei gehörte er zu dem kleinen Kreis Getreuer, die nach wie vor von der Erfindung des Grafen überzeugt waren.

Ein anderer Mann dieses Kreises war und blieb der König von Württemberg. Er genehmigte nicht nur die Lotterie zugunsten eines Baufonds für LZ 2, sondern übergab dem Grafen auch eine größere Summe Geldes aus eigener Tasche.

»Einerlei, was die Welt auch behaupten mag«, erklärte König Wilhelm ernst. »Ich glaube fest an Sie und Ihr Werk, Zeppelin.«

Ach, wie gut dem Grafen diese Worte taten.

Als Ferdinand nach Manzell zurückkehrte, bat ihn sein Technischer Leiter Lothar Pallnack um ein vertrauliches Gespräch.

»Zuerst möchte ich betonen, wie glücklich ich darüber bin, dass die Manzell-Werft ihre Pforten wieder öffnet«, erklärte der Diplom-Ingenieur freimütig. »Und wie sehr ich mich auf eine weitere Zusammenarbeit freue. Ich habe ja nicht mehr zu hoffen gewagt, dass nun doch noch ein LZ 2 gebaut wird.«

Aufmerksam sah Graf Ferdinand ihn an. »Höre ich da ein Aber heraus? Ich hoffe doch nicht, dass Sie mir absagen, lieber Freund, und sich nun schon einem anderen Unternehmen verpflichtet haben.«

»Oh nein, das ganz gewiss nicht«, beeilte sich Pallnack zu versichern. »Das Problem, das ich ansprechen möchte, ist von ganz anderer Natur.«

»Immer heraus damit«, forderte Zeppelin ihn auf, lehnte sich bequem in seinem Schreibtischsessel zurück und verschränkte die Arme vor der Brust. »Ich bin ganz Ohr.«

»Wenn ich mir den Werdegang von LZ 1 anschaue«, begann Pallnack ernst, »komme ich nicht umhin festzustellen, dass es viele Schwierigkeiten gab, eigenartige

Vorfälle, die bis heute nicht eindeutig geklärt sind, und wir uns fragen müssen: Handelte es sich um ärgerliche Pannen oder um Sabotage?«

»Sabotage? Das ist ganz schön starker Tobak, Pallnack.

»Ich weiß«, nickte sein Gegenüber. »Und ich will auch niemanden beschuldigen. Aber ich denke, bevor wir nun mit dem Bau von LZ 2 beginnen, sollten wir uns zumindest darüber Gedanken machen. Wir haben schon einmal darüber gesprochen. Sie erinnern sich? Wir haben daraufhin den Werkschutz gegründet. Das hat uns allerdings nicht wirklich weitergeholfen. Daher halte ich es ...«

Der Graf hob die Hand, um ihn zu unterbrechen. »Warten Sie, Pallnack, bevor sie weiterreden ... Ich würde zu diesem Gespräch gerne eine dritte Person bitten – meine Frau. Wenn wir die Problematik einmal detailliert betrachten wollen, würde ich nämlich gerne auch ihre Meinung dazu hören.«

»Selbstverständlich«, stimmte Pallnack zu und schlug dann vor: »Und während Sie Ihre Frau zu uns bitten, werde ich einige Dinge holen, die ich Ihnen gerne vorlegen möchte. Einverstanden?«

Eine Stunde später trafen sie einander wieder.

Die Gräfin war der Bitte ihres Mannes gern gefolgt, bewies sie doch, dass er von nun an auf eine offene, partnerschaftliche Zusammenarbeit Wert legte und ihm ihre Meinung durchaus wichtig war.

Als sie das Büro Ferdinands betrat, begrüßte sie Pallnack freundlich, setzte sich auf einen der Besucherstühle und wartete gespannt auf die Ausführungen des Technischen Leiters.

»Angefangen bei der Kaiserlichen Kommission und ihren zweifelhaften Ergebnissen bis hin zu der fehlerhaften Wasserstofflieferung, die letztlich das Aus für den Prototyp bedeutete, hat es zu Zeiten von LZ 1 auffällig viele unerfreuliche Vorfälle gegeben. Zu viele, mit Verlaub gesagt, als dass man unbesehen von Zufällen oder der Verkettung ungünstiger Umstände ausgehen kann«, begann Pallnack seine Ausführungen. »Nehmen wir nur einmal diese Kurbel hier.« Er griff nach der Winde, die während des Jungfernflugs von LZ 1 gebrochen war und neben seinem Stuhl lag. »Wie es geschehen konnte, dass sich das Laufgewicht verklemmte, ist mir bis heute schleierhaft. Leider haben wir es auch versäumt, der Sache auf den Grund zu gehen. Die Teile wurden einfach ausgebaut und ersetzt. Aber wenn ich mir die Kurbel näher betrachte, so hat es für mich den Anschein, als wäre sie angesägt worden und der Bruch nur deshalb zustande gekommen.«

Er reichte dem Grafen die Kurbel, der die Bruchstelle nun genauer betrachtete. Unterdessen nahm Pallnack ein zweites Metallteil auf.

»Das ist ein Stück der Stützstrebe für die Aufhängevorrichtung. Sie erinnern sich? Als sie zusammenbrach, stürzte das Mittelteil des Luftschiffes herab, mit der Folge, dass das Gerippe völlig verbogen war und wir mehr als zwei Wochen benötigten, um den Schaden wieder zu beheben.«

Er reichte der Gräfin das Metallstück.

»Sehen Sie!« Er wies mit dem Finger auf die Bruchstelle. »Zuerst ist sie recht glatt, so als wäre die Stützstrebe angesägt worden, und erst dann wird sie uneben – nämlich dort, wo der Bruch tatsächlich stattgefunden hat.«

Isabella betrachtete die Strebe eingehend. »Ich verstehe ja nicht viel davon«, gab sie zu. »Aber die Unterschiede fallen schon ins Auge.«

Ferdinand reichte ihr nun die Kurbel und sie gab ihm das Teil der Stützstrebe.

»Sie haben recht, Pallnack«, stellte er dann fest. »Hier ist eindeutig manipuliert worden.«

»Sehen Sie«, bestätigte sein Technischer Leiter. »Und wie Sie wissen, behaupte ich nicht zum ersten Mal, dass hier nicht alles mit rechten Dingen zugeht.«

»Das stimmt natürlich«, räumte Zeppelin ein. »Bisher habe ich Ihrem Verdacht offensichtlich zu wenig Bedeutung zugemessen.«

»Deshalb habe ich dieses Gespräch gesucht«, erwiderte Pallnack. »Und zwar bevor wir mit dem Bau von LZ 2 beginnen. Und nun stellt sich die Frage, wer alles ein Interesse daran haben könnte, Ihre Arbeit zu sabotieren.«

»Hauptmann Groth«, behauptete Isabella. Und ihre Antwort kam wie aus der Pistole geschossen. »Überlegt doch mal: Er hat uns als Mitglied der Kommission des Vereins Deutscher Ingenieure empfindlich geschadet und er hat den minderwertigen Wasserstoff geschickt.«

»Das mag ja alles richtig sein«, gab Ferdinand zweifelnd zu. »Aber Groth war nur ein einziges Mal hier auf der Werft – nämlich beim letzten Start von LZ 1. Wie also hätte er die Kurbel oder die Stützstrebe ansägen sollen?«

»Vielleicht hat er einen der Werftarbeiter geschmiert«, überlegte Pallnack.

Und Isabella fügte hinzu: »Auf jeden Fall hat er ein Motiv. Du hast mir doch erzählt«, sagte sie an ihren Mann gewandt, »dass er selbst ein Luftschiff bauen will und dich als gefährlichsten Konkurrenten sieht.«

Zeppelin nickte nachdenklich.

»Ihr könntet recht haben«, sagte er. »Zumal etwas bisher nicht erwähnt wurde: Groth war auch Mitglied der Kaiserlichen Kommission.«

»Dann kann ja eigentlich kaum noch ein Zweifel an seiner Schuld bestehen«, erklärte Pallnack. »Die Frage ist nur, was fangen wir mit unserem Wissen an? Reichen die Beweise aus, um den feinen Hauptmann vor Gericht zu bringen?«

»Wohl kaum«, schüttelte der Graf den Kopf. »Letztlich verfügen wir nämlich über keinen einzigen Beweis. Es sind alles nur Vermutungen.«

Seine Frau stimmte ihm zu.

»Immerhin wissen wir nun und sind uns einig, dass Sabotage im Spiel ist. Daher sollte auf jeden Fall wieder ein Werkschutz eingerichtet werden. Und wir sollten bei der Auswahl der Arbeiter, die wir jetzt wieder einstellen, große Sorgfalt walten lassen. Uns beispielsweise nur für Männer aus der Region entscheiden. Die haben sich mit unserer Arbeit immer mehr identifiziert als Auswärtige.«

Der Graf nickte zustimmend. »Das halte ich für eine gute Idee.«

Und auch Pallnack pflichtete der Gräfin grundsätzlich bei.

»Allerdings möchte ich eine Ausnahme machen«, erklärte er. »Sebastian Opfermann. Trotz seiner Jugend ist er ein wirklich fähiger und erfahrener Ingenieur. Auf ihn würde ich nur ungern verzichten.«

Isabella schmunzelte. »Ich nehme an, Ihre Tochter sieht es ebenso.«

»Das stimmt allerdings«, bestätigte Pallnack. »Und auch ich hätte nichts dagegen, wenn für die beiden über kurz oder lang die Hochzeitsglocken läuten. Daisy könnte es nicht besser treffen, meine ich. Allerdings erzählte sie, dass Opfermann ein Angebot aus Brasilien bekam. Ich hoffe, dass er den Vertrag noch nicht unterschrieben hat.«

»Dann sollten Sie ihm schnell schreiben«, meinte Zeppelin. »Ich mag den Jungen und hätte ihn auch gern wieder dabei.«

»Ich werde ihm noch heute unser Angebot zusenden«, sagte Pallnack und fügte lächelnd hinzu: »Meine Tochter wird Freudentänze aufführen, wenn sie davon erfährt.«

Als Sebastian wenige Tage später das Schreiben in den Händen hielt, war er hin und her gerissen.

Nun hatte der alte Haudegen es also tatsächlich noch einmal geschafft und die Mittel aufgetrieben, um seine Arbeit fortzusetzen und den Bau eines weiteren Luftschiffes in Angriff zu nehmen.

Wer hätte das gedacht?

Dieser Graf Zeppelin war wirklich ein hartnäckiger Bursche und nötigte ihm inzwischen in vielerlei Hinsicht Respekt ab.

Natürlich wäre er gern an den Bodensee zurückgekehrt, um an dem Bau von LZ 2 mitzuwirken. Die Arbeit war interessant, wurde gut bezahlt und außerdem hing er an dem Projekt. Schließlich stammte sogar ein Teil der Konstruktion von ihm – auch wenn er zugeben musste, dass Zeppelin und Pallnack die ursprünglichen Pläne von David Schwarz weitgehend überarbeitet und verbessert hatten.

Abgesehen davon war natürlich Daisy in Manzell. Und er war so ehrlich, sich selbst gegenüber zuzugeben, dass sie ihm mit jedem Tag, den er in Berlin verbrachte, mehr fehlte. Daher hatte er auch bisher gezögert, die Stellung in São Paulo anzunehmen.

Aber hatte er überhaupt eine Wahl?

Würde er zu Zeppelin zurückkehren, würden die Herren von Schleiwitz und Eckhold wieder beginnen, Druck auf ihn auszuüben. Und ganz gewiss würden sie ihn noch einmal zwingen, den Bau des neuen Luftschiffes zu sabotieren. Nein, da war es ganz gewiss besser – auch für die Manzell-Werft –, wenn er die Stellung in Brasilien annahm.

Damit war die Entscheidung über seine berufliche Zukunft gefallen. Doch wie würde es mit ihm und

Daisy weitergehen? Natürlich würde er sie am liebsten nach São Paulo mitnehmen. Aber würde sie das überhaupt wollen? Würden ihre Eltern ihre Zustimmung geben? Da Sebastian auf diese Fragen keine Antworten wusste, blieb ihm nur eine Möglichkeit: Er musste an den Bodensee und mit Daisy sprechen. Vielleicht würde er sich dort einen Korb abholen, aber zumindest hatte er es dann versucht.

Noch am gleichen Tag brachte Sebastian den unterschrieben Vertrag zur Post und ging zum Bahnhof. Dort kaufte er sich eine Fahrkarte für den Frühzug am nächsten Morgen nach Friedrichshafen. Anschließend ging er nach Hause, um seine Sachen zu packen.

Als ihm seine Wirtin, bei der er zur Untermiete wohnte, öffnete, strahlte sie ihn an: »Da sind Sie ja endlich, Herr Opfermann. Sie werden bereits erwartet. Ein Herr von Schleiwitz wünscht Sie zu sprechen. Ein wirklich vornehmer Mann«, fügte sie flüsternd hinzu und konnte sich die neugierige Frage nicht verkneifen: »Was will er denn von Ihnen?«

Sebastian war blass geworden. Warum konnte ihn dieser Zeitungsfritze nicht einfach in Ruhe lassen? Ach, wenn er sich doch nur niemals auf ihn eingelassen hätte.

Seiner Wirtin antwortete er hingegen: »Es tut mir leid, Frau Mommsen. Ich weiß nicht, was der Herr von mir möchte. Wo wartet er denn?«

»Im Salon«, antwortete die gute Frau – ein etwas hochtrabender Begriff für ihre kleine Wohnstube. »Ich konnte ihn ja schlecht in Ihr Zimmer führen, in dem noch nicht einmal das Bett gemacht ist.«

Sebastian nickte, betrat gleich darauf den benannten Raum und schloss sorgfältig die Tür hinter sich. Natürlich würde seine Wirtin versuchen zu lauschen, aber alles musste sie nun doch nicht mitbekommen.

Von Schleiwitz, der am Fenster gestanden und hinausgeblickt hatte, wandte sich bei Sebastians Eintritt sofort um.

»Guten Tag, Herr Opfermann. Schön, Sie zu sehen.«

Der junge Ingenieur erwiderte den Gruß nicht. »Was wollen Sie?«

»Mit Ihnen reden. Kommen Sie, setzen wir uns.«

»Danke. Ich stehe lieber«, gab Sebastian mit frostiger Stimme zurück. »Sagen Sie, was Sie zu sagen haben, und dann verschwinden Sie wieder. Ich habe nicht viel Zeit.«

»Wie Sie wollen.« Von Schleiwitz setzte sich in einen Sessel, lehnte sich entspannt zurück und schlug die Beine übereinander. »Meinen Informationen zufolge soll unser gemeinsamer Freund vom Bodensee die Arbeit an seinem absonderlichen Luftschiff wieder aufnehmen. Was wissen Sie darüber?«

»Nichts«, antwortete Sebastian einsilbig.

»Nichts?« Von Schleiwitz zog erstaunt eine Augenbraue in die Höhe. »Das wundert mich aber sehr. Zumal Ihnen der Alte ja wohl eine neue Stellung offeriert hat.«

Sebastian zuckte mit den Schultern. »Und wenn schon. Das Angebot kam zu spät. Ich hatte mich bereits für ein anderes Unternehmen in São Paulo entschieden und reise morgen nach Brasilien ab. Sie müssen Ihre Intrigen leider ohne mich weiterspinnen.«

Sein Gegenüber lächelte amüsiert. »Oh, das glaube ich nicht. Stattdessen werden Sie Brasilien absagen, das Angebot der Manzell-Werft annehmen und so schnell wie möglich an den Bodensee zurückkehren.«

Entschieden schüttelte der Ingenieur den Kopf. »Ich denke nicht im Traum daran.«

Von Schleiwitz zuckte gelassen mit den Schultern. »Ich bin sicher, dass Sie es sich anders überlegen werden. Eckhold ist schon auf dem Weg nach Friedrichshafen. Noch heute Abend könnte er beim Grafen vorstellig werden und ihm erzählen, dass Sie es waren, der LZ 1 sabotiert hat. Und das einzig und allein aus dem Grund, weil Sie sich wegen der Schwarz-Patente übervorteilt fühlten. In null Komma nichts werden die Zeitungen des ganzen Reiches diese Ungeheuerlichkeit aufgreifen. Und da der Bau eines lenkbaren Fluggeräts von weltweitem Interesse ist, wird die Geschichte weite Kreise ziehen – bis nach Brasilien. São Paulo können Sie dann ohnehin vergessen. Aber das ist natürlich Ihre Entscheidung.«

Sebastian sah keine andere Möglichkeit, als nachzugeben. Und als er am nächsten Morgen in den Zug nach Friedrichshafen stieg, fuhr er, um zu bleiben und die Stellung auf der Manzell-Werft anzunehmen.

Dort war inzwischen das Geld des Königs von Württemberg eingetroffen, und man hatte mit den Arbeiten beginnen können. Zunächst musste eine neue Montagehalle errichtet werden. Sie sollte an der gleichen Stelle stehen wie die erste – also etwa fünfzig Meter vom

Ufer entfernt. Diesmal wurde jedoch auf einen schwimmenden Ponton verzichtet. Stattdessen montierte man die neue Halle auf fest in den Grund des Bodensees gerammte Pfähle.

Der Erlös aus den verkauften baltischen Ländereien floss als Nächstes in die Kasse des Baufonds und ermöglichte die Fortsetzung der Arbeiten.

LZ 2 sollte genauso groß werden wie LZ 1, jedoch wesentlich verbessert. So würde das neue Luftschiff durch zwei Daimler-Motoren mit je fünfundachtzig PS deutlich stärker motorisiert werden. Aber auch die Höhenruder wurden überarbeitet und vor allem die Festigkeit des Gerippes erhöht, indem man die schwachen Rohrträger durch stabilere Dreiecksträger ersetzte.

Es dauerte einige Zeit, bis die von Zeppelin angeschriebenen sechstausend Industriellen sich entschlossen hatten, etwas Geld zu investieren. Allerdings waren es keine großen Summen, die da aus dieser Aktion in den Baufond flossen. Immerhin erklärten sich einige Unternehmen zu kostenlosen Materiallieferungen bereit. Jede Schraube, die nicht bezahlt werden musste, half weiter.

Auch die Vorbereitung und Durchführung der Lotterie war recht zeitaufwendig. Doch schließlich kam die Mitteilung aus Stuttgart, dass die Ausspielung sehr erfolgreich gelaufen sei. Damit war die Finanzierung für den Bau von LZ 2 endgültig gesichert.

Auf der Manzell-Werft feierte man die Nachricht ausgelassen. Einen Tag später wurde Ingenieur Sebastian Opfermann bei seinem Vorgesetzten, dem Technischen Leiter Lothar Pallnack, vorstellig und bat in aller Form um die Hand seiner Tochter.

Gern war der stolze Vater bereit, den jungen Leuten seinen Segen zu geben. Er hielt viel von Sebastian, machte daraus auch keinen Hehl und war überzeugt, dass er seinen Weg gehen würde. Bei ihm wusste er sein einziges Kind ohne Zweifel in den besten Händen.

Auch Daisy war uneingeschränkt glücklich. Endlich hatten Warterei und Ungewissheit ein Ende. Und auch wenn Sebastian erst heiraten wollte, wenn Bau und Jungfernflug des LZ 2 erfolgreich abgeschlossen waren, sie sich also noch ein wenig gedulden musste, wusste sie doch, dass sie eines Tage seine Frau werden würde.

Das Glück des jungen Ingenieurs stellte sich nicht ganz so ungetrübt dar. Natürlich, er liebte Daisy aufrichtig. Aber was würde geschehen, wenn man ihm auf die Schliche kam, wenn herauskäme, dass er der Saboteur war, der gemeine Verräter? Selbst Daisys große Liebe würde diese Tatsache nicht schadlos überstehen. Und das war auch der Grund, warum er mit der Hochzeit warten wollte. Bevor er sie endgültig an sich band, musste das Problem gelöst sein – so oder so.

Einstweilen wurde daher zunächst nur die Verlobung gefeiert. Diese allerdings mit einem glänzenden Fest. Graf Zeppelin ließ es sich nicht nehmen und lud alle Werftarbeiter in die neue Montagehalle.

Wirklich genießen konnte Sebastian die Veranstaltung jedoch nicht. Bei Gott, was war er doch für ein ehrloser Schuft, all die Herzlichkeit, die man ihm hier entgegenbrachte, mit schändlichem Verrat zu lohnen.

~≈~

Der erste Probeflug von LZ 2 im November 1905 wurde ein voller Erfolg. Majestätisch stieg das Luftschiff in den Himmel, zog seine Kreise über dem Bodensee und ließ sich dann ohne Probleme zurück an den Ausgangsort lenken, wo es unbeschadet landete.

Als man LZ 2 jedoch in die Montagehalle zurückbringen wollte, geschah es: Ein plötzlich aufkommender Wintersturm drückte das Luftschiff seitlich gegen die Hallenwand.

Zwei Monate dauerte die Reparatur. Dann wurde der erste offizielle Aufstieg für den 17. Januar 1906 geplant.

In der Nacht zuvor machte Sebastian sich auf den Weg zum See hinunter. Einen der Motoren wollte er manipulieren, nur geringfügig. Trotz schärfster Sicherheitsvorkehrungen gelang es ihm, in die Montagehalle einzudringen, doch als er dann vor der Daimler-Maschine stand, brachte er es nicht fertig, die Tat durchzuführen. Unverrichteter Dinge zog er sich wieder zurück.

Der 17. Januar war ein zwar kalter, aber klarer Wintertag mit nur mäßigem Wind. Also durchaus geeignetes Luftschiffwetter.

Wieder wurden die Ufer des Bodensees von Tausenden umsäumt, wieder ankerten zahlreiche Schiffe im Umkreis der Halle, wieder waren Ehrengäste und Presse geladen.

Und dann war es so weit. LZ 2 wurde von dem Dampfer Eichhorn auf seinem Floß aus der Montagehalle gezogen – ein gelber Gigant, den die Strahlen der matten Wintersonne zum Leuchten brachten.

Bald darauf und unter dem Jubel der Schaulustigen stieg das Luftschiff planmäßig auf. Das Ruder führte Graf Zeppelin persönlich. Zu viel stand für ihn auf dem Spiel, um diese Aufgabe einem anderen zu überlassen.

Doch dann wendete sich das friedliche Bild zur Katastrophe. Durch einen Irrtum, ein schlichtes Versehen, hatte man das Schiff vor dem Start falsch abgewogen – das bedeutete, dass es im Verhältnis zu seinem Auftrieb zu wenig Ballast an Bord genommen hatte. Daher stieg es mit erheblicher Geschwindigkeit in die Atmosphäre empor, und zwar beträchtlich höher als geplant. Dort oben wurde es von heftigeren Winden erfasst, die sofort das Steuerruder lahmlegten. Dadurch bekam LZ 2 eine Schräglage von zwanzig Grad. Und das bewirkte wiederum, dass die Motoren nicht mehr mit Treibstoff versorgt wurden und nacheinander ausfielen.

Der Versuch, das Schiff durch Ablassen von Gas zu senken und mithilfe des ausgeworfenen Ankers ein erneutes Aufsteigen zu verhindern, misslang. Das Ankerseil riss, und LZ 2 schwebte wieder steuerlos davon. Erbarmungslos trieb der Wind es über den See und immer weiter hinauf, bis ins Allgäu. Dort konnte es in der Nähe des Ortes Kißlegg, etwa fünfzig Kilometer von Manzell entfernt, endlich zur Landung ansetzen. Dabei streifte LZ 2 zwei Birken, die eine Abteilung des Schiffskörpers leicht eindrückten. Glücklicherweise erwies sich dies als einzige Beschädigung – Zeppelin und seine Mannschaft blieben unverletzt.

Immerhin war damit unbeabsichtigt der Beweis erbracht, dass auch ein Starrluftschiff, ohne Schaden zu nehmen, auf festem Boden landen konnte. Letztlich schien der unfreiwillige Flug ins Allgäu somit doch noch ein Erfolg zu werden.

Mithilfe einiger Bauern wurde das Luftschiff an Heck und Bug vertäut. Dennoch war die Sicherung offensichtlich unzureichend, denn sie rettete LZ 2 nicht vor dem Unwetter der darauffolgenden Nacht. Orkanartige Böen beschädigten das Luftschiff so schwer, dass es nicht mehr repariert werden konnte.

≫Zeppelin hin, Zeppelin her – Zeppelin hat kein Luftschiff mehr≪, sangen die Kinder auf den Straßen Berlins. Und die drei am Fenster stehenden Kameraden lauschten ihnen begeistert.

≫Zeppelin hoch, Zeppelin nieder – Zeppelin hat sein Luftschiff wieder≪, wurde das derzeit sehr populäre Kinderlied von den Berliner Gören feixend fortgesetzt.

≫Und jetzt kommt meine Lieblingszeile≪, kündigte Zeitungsherausgeber von Schleiwitz vergnügt grinsend an und sang lautstark mit den Kindern im Chor: ≫Zipp, Zapp, Zeppelin – 's Luftschiff ist schon wieder hin.≪

Grölend stimmten seine Kameraden ein, während sie ihren Aussichtsplatz am Fenster verließen und zurück zu den bequemen Sesseln gingen:

»Zipp, Zapp, Zeppelin – 's Luftschiff ist schon wieder hin«.

Noch immer lachend goss von Schleiwitz den alten Brandy in die bauchigen Gläser und ließ die Zigarrenkiste kreisen.

»Zu und zu schön.«

»Das kannst du wirklich laut sagen«, gab einer der Männer zurück und rieb sich dabei seinen steifen Arm. »Damit ist der feine Graf dort, wo wir ihn schon immer haben wollten – am Boden.«

»Das mag ja sein«, bestätigte sein Kollege und wurde, obwohl ihm noch Lachtränen im Auge standen, unvermittelt ernst. »Aber dort befindet er sich nicht das erste Mal. Und bisher ist er immer wieder aufgestanden. Ich denke, wir sollten uns dringend etwas einfallen lassen, damit das nicht noch einmal geschieht.«

»Da hast du verdammt noch eins recht«, erwiderte von Schleiwitz und beobachtete nachdenklich den Rauch, der bläulich kräuselnd von seiner in Brand gesetzten Zigarre aufstieg. »Was auch immer Zeppelin für Verrücktheiten anstellte – in der Heimat hielt man ihm die Treue. Und genau das sollten wir ändern. Wir müssen ihn in der Bodenseeregion und überhaupt in ganz Württemberg unmöglich machen. Und ich glaube, ich habe da auch bereits eine ausgezeichnete Idee ...«

Gespannt beugten sich seine Kammeraden in ihren Sesseln vor.

»Nun spann uns nicht auf die Folter, sondern erzähle«, meinte der eine ungeduldig. Und der andere wollte neugierig wissen: »Was für eine Gemeinheit werden wir diesmal aushecken?«

Doch von Schleiwitz ließ sich nicht drängen. Gemächlich griff er nach seinem Glas, ließ den Brandy darin leicht kreisen, prüfte dessen Farbe und Bukett. Dann erst nahm er einen Schluck. »Ah, ein wirklich guter Tropfen«, nickte er zufrieden. Er lehnte sich bequem zurück und sah seine Kameraden grinsend an. »Sagt euch der Name Pola etwas?«

⁓ঌৄ৹

Eine neue Welle des Hohns, vielleicht die schlimmste, die Zeppelin jemals erleben musste, brach nun über ihn herein. Die Zeit nach der Katastrophe im Allgäu wurde die schwärzeste seines Lebens. Wie betäubt stand er vor den Trümmern seines Luftschiffs, die zugleich die Trümmer seiner Hoffnungen und seiner Träume waren.

Nicht nur, dass die ganze Arbeit vergebens war, sehr viel Geld verloren wurde, fast alle Sympathien für seine Pläne aufgebraucht waren und ihn die Enttäuschung seiner Geldgeber schmerzte – nein, zum ersten Mal fühlte er sich selbst völlig rat- und hilflos. Plötzlich begannen die annähernd neunundsechzig Jahre, die er zählte und die er die ganze Zeit kaum gespürt hatte, schwer auf seinen Schultern zu lasten, ihn fast zu erdrücken. Er war ein gebrochener Mann. »Nie wieder werde ich ein Luftschiff bauen«, sagte er leise und wandte sich ab, um nach Manzell zurückzukehren.

Der psychische Zusammenbruch Graf Zeppelins war die Folge des Unfalls im Allgäu. Wochenlang schlich er verstört dahin, die Augen ohne Glanz, die Stimme ohne Ton.

Auch als Pallnack erklärte, dass nicht alles verloren sei, dass man viele Teile aus LZ 2 wiederverwenden könne und das noch vorhandene Geld für den Bau eines neuen Luftschiffs ausreichen würde, wenn man nur sparsam genug wirtschaftete, änderte das nichts. »Ein Mann muss wissen, wann die Zeit gekommen ist aufzugeben«, entgegnete der Graf nur und trottete davon.

Pallnack veranlasste trotzdem, dass LZ 2 noch am Unfallort ausgeschlachtet wurde und jedes, wirklich jedes Teil, und sei es noch so klein, nach Manzell gebracht wurde. Man konnte ja nie wissen ...

Gräfin Isabella dankte ihm dafür. Natürlich war auch sie enttäuscht, sah aber auch die Möglichkeiten, die noch blieben.

»Wir müssen Geduld haben«, vertröstete sie Pallnack. »Vielleicht ist die Mutlosigkeit nur eine vorübergehende Phase. Mein Mann muss zunächst einmal zur Ruhe kommen. Dann werden wir weitersehen.«

Um Ferdinand nicht noch mehr zu demoralisieren, hielten sie und Hella alles Unangenehme von ihm fern. Vor allem die Zeitungsartikel, die vor Gehässigkeiten nur so trieften, bekam er nicht zu sehen. Eines der beleidigendsten Pamphlete stammte von dem inzwischen zum Major beförderten Hans Groth, der den Grafen Zeppelin scharf attackierte und ihn einen »schwachsinnigen Greis« nannte, der nicht mehr wusste, was er tat. Ferner behauptete Groth, dass der Unfall im Allgäu das Ende des starren Systems endgültig besiegelte. Die Zukunft würde allein den halbstarren Kielluftschiffen gehören, die er entwickelt habe. Und das wäre weit mehr, als Zeppelin jemals von sich behaupten könne, denn der eigentliche Erfinder der Starrluftschiffe sei nicht der Graf gewesen, wie immer wieder behauptet würde, sondern der Luftfahrtpionier David Schwarz. Und daher sei es endlich an der Zeit, beendete Groth seinen Artikel, dass man dem närrischen Grafen die falschen Federn ausrupfe, mit denen er sich nun lange genug geschmückt habe.

Auch Sebastian Opfermann schien nur noch ein Schatten seiner selbst zu sein. Da man die meisten Arbeiter hatte entlassen müssen, war er neben Pallnack einer der wenigen Männer, die noch auf der Werft tätig waren, aufräumten und Bestandslisten fertigten. Pflichtbewusst erledigte er alle Aufträge, aber es war deutlich, dass er ohne Begeisterung dabei war.

Der Grund dafür war sein schlechtes Gewissen. Sicher, an der Katastrophe im Allgäu traf ihn keine Schuld. Dafür war er aber für viele Unfälle, die sich zuvor ereignet hatten, verantwortlich und damit auch für den Zusammenbruch des Grafen.

Schließlich wusste Sebastian nicht mehr ein noch aus und beschloss verzweifelt, sich Daisy anzuvertrauen und um Rat zu bitten.

Ungläubig sah sie ihn nach seinem umfassenden Geständnis an.

»Sag mir, dass das alles nicht wahr ist, dass du lediglich einen Scherz gemacht hast, wenn auch einen weiß Gott schlechten.«

Traurig erwiderte Sebastian ihren Blick, schlug dann die Augen nieder und schüttelte stumm den Kopf.

Daisy war fassungslos. Der Mann, den sie über alles liebte, dem sie wie keinem zweiten vertraut, den sie bewundert hatte, gab zu, der Saboteur zu sein, der die Manzell-Werft mehr als einmal an den Rand des Ruins gebracht, ja, der für seine zweifelhafte Rache sogar Menschenleben riskiert hatte?

Langsam zog sie ihren Verlobungsring vom Finger.

»Ich will dich nie wiedersehen, niemals, hörst du«, flüsterte sie unter Tränen. Dabei entglitt der Ring ihrer Hand. Sie ließ ihn einfach fallen und war viel zu betroffen, um es überhaupt zu bemerken. Daisy wandte sich um und ging davon, ohne sich noch einmal umzusehen.

Unglücklich blickte Sebastian ihr nach.

»Sie hat ja recht«, dachte er. »Einen Betrüger wie mich kann man nicht lieben. Und alles, was nun geschieht, habe ich mir selbst zuzuschreiben.«

Bei aller Trauer spürte er jedoch auch ein wenig Erleichterung. Der erste Schritt, reinen Tisch zu machen, war getan. Nun musste er noch mit dem Grafen reden und vor ihm ein umfassendes Geständnis ablegen. Mit welchen Konsequenzen er danach zu rechnen hatte, wusste er nicht. Aber endlich die Verantwortung für seine Schuld zu übernehmen, war gewiss leichter zu ertragen, als immer weiter zu lügen und zu betrügen.

Der Hauch eines Lächelns flog über seine Lippen. Möglicherweise musste er für seine Taten in einem Zuchthaus büßen, wahrscheinlich sogar, aber seine Erpresser würde er endlich los sein.

Ohne zu zögern, machte sich Sebastian nun auf den Weg zu Zeppelin. In der Wohnung traf er jedoch nur auf die Gräfin und ihre Tochter – und beide waren in heller Aufregung.

»Mein Mann ist fort«, erklärte Isabella mit Tränen der Angst in den Augen. »Er hat lediglich eine Notiz hinterlassen, in der er uns vorwirft, dass wir kein Recht gehabt hätten, ihm den beleidigenden Artikel Groths vorzuenthalten. Und dass er nun nach Berlin müsse, um den Major zum Duell zu fordern.«

Entsetzt sah Sebastian die Gräfin an und wandte sich dann Hella zu, die ihn ungeduldig am Ärmel zupfte.

»Bitte, Herr Opfermann«, drängte die tränenüberströmte junge Frau. »Reisen Sie meinem Vater sofort nach und suchen Sie das Schlimmste zu verhindern. Sie werden ihn im Continental-Hotel finden, in der Nähe des Bahnhofs Friedrichstraße. Zumindest steigt er dort für gewöhnlich ab, wenn er in Berlin ist.«

Sebastian zögerte keinen Augenblick. Wenn er sich beeilte, würde er noch den Mittagszug erreichen …

Offiziell waren Duelle – Zweikämpfe mit tödlichen Waffen also – seit geraumer Zeit in Deutschland verboten. Allerdings wurden sie im gültigen Reichsstrafgesetzbuch von 1871 lediglich als Sondertatbestand mit geringer Strafandrohung definiert. Damit hatte sich der gesellschaftliche Ehrenkodex als stärker erwiesen als das Verbot. Und die Folge daraus: Duelle waren während der Wilhelminischen Ära keine Seltenheit.

So zeigte sich auch Major Groth nicht wirklich erstaunt, als er von Oberst a.D. Joseph von Voß, dem Sekundanten des Grafen Zeppelin, die Forderung auf Pistolen bekam – und zwar für den nächsten Vormittag um 10 Uhr im Tegeler Forst.

Voß, der alte Freund Zeppelins, war zwar inzwischen pensioniert, pflegte aber noch immer enge Kontakte zur Kaiserlichen Adjutantur. Und er hielt es für richtig, seinen Monarchen über das geplante Duell zu informieren.

Wilhelm II. wiederum hielt es für richtig, sich einzumischen und das Duell zu verbieten. Seine Entscheidung begründete er mit dem Altersunterschied der Duellanten. Immerhin wollte der fast siebzigjährige Zeppelin gegen einen achtundvierzigjährigen Widersacher antreten. Zudem war Groth als aktiver Militär im Umgang mit der Waffe wesentlich versierter als Zeppelin, der schon seit Jahren keine Pistole mehr in der Hand gehalten hatte.

»In der Hauptsache habe ich das Duell jedoch verboten«, erklärte der Kaiser den beiden Kontrahenten, »weil die Wiederherstellung verletzter Ehre mittels eines Duells höchst fragwürdig ist. Derartige Fälle gehören allenfalls vor ein Gericht.«

Der Entscheidung des Kaisers war nichts entgegenzusetzen. Graf Zeppelin musste sie wohl oder übel akzeptieren, auch wenn es für ihn eine weitere Niederlage bedeutete.

Missgelaunt kehrte er in sein Hotel zurück.

Es war bereits zu spät, um heim nach Manzell zu fahren. Also würde er zumindest noch diese Nacht in Berlin bleiben müssen. Da er jedoch keine Lust hatte, bereits auf sein Zimmer hinaufzugehen, setzte er sich in einen der bequemen Sessel in der palmendekorierten Eingangshalle und bestellte sich bei einem sofort herbeieilenden Kellner einen Cognac.

Kaum hatte er das Glas vor sich stehen und einen ersten Schluck genommen, als eine junge Frau zu ihm trat und vertraulich eine Hand auf seine Schulter legte.

»Guten Tag, mein Herr«, hauchte sie mit rauchiger Stimme. »Mein Name ist Pola. Darf ich mich zu Ihnen setzen?«

Zeppelin erhob sich, höflich, aber erstaunt, und kam nicht umhin, die auffällige Erscheinung zu mustern: Ihre Haare waren feuerrot, die grünen Wildkatzenaugen und der Mund stark geschminkt. Sie trug ein schwarzes, tief dekolletiertes Kleid, eine gleichfarbige Federboa und hatte eine schmale, stark geschnürte Taille. Insgesamt war ihre Aufmachung zu extravagant, um vornehm zu sein, sie wirkte sogar ein wenig ordinär auf den Grafen, gerade in der Art, um ihn neugierig zu machen.

Graf Zeppelin räusperte sich.

»Kann ich etwas für Sie tun, gnädiges Fräulein?«

Pola lächelte und ließ dabei ihre Wangengrübchen spielen. »Oh gewiss doch. Bestellen Sie mir auch so ein edles Gesöff. Dann leiste ich Ihnen gern ein wenig Gesellschaft.«

Als Sebastian das Continental-Hotel betrat, war es bereits spät am Abend und die Eingangshalle leer. An der Rezeption erfuhr er zu seiner großen Erleichterung, dass Graf Zeppelin tatsächlich in diesem Hause abgestiegen war und erst vor Kurzem sein Zimmer aufgesucht hatte.

»Soll ich den Herrn Grafen vor Ihrem Eintreffen verständigen?«

»Ja bitte«, nickte Sebastian. »Opfermann ist mein Name und ich würde ihn gerne noch heute Abend sprechen. Ich weiß, es ist schon spät, aber es ist auch wirklich sehr dringend.«

Das Continental hatte in jedem der Zimmer einen Fernsprecher installiert, und so musste der Empfangschef nur nach dem Telefonhörer greifen, um den Gast zu informieren. Der Stolz über diese technische Errungenschaft war dem Angestellten deutlich anzusehen.

»Der Herr Graf bittet Sie heraufzukommen«, erfuhr Sebastian gleich darauf. »Es ist die Zimmernummer dreihundertzwölf. Den Fahrstuhl finden Sie dort drüben.« Höflich wies der Empfangschef Sebastian den Weg.

»Treten Sie ein, Opfermann. Ich hätte mir ja denken können, dass meine Frau mir einen Aufpasser hinterherschickt.« Die Stimme Zeppelins klang, wie gewöhnlich in letzter Zeit, resigniert und kraftlos.

»Sie macht sich große Sorgen, Herr Graf«, erwiderte Sebastian. »Und das ist, mit Verlaub gesagt, ja auch verständlich – nach der Nachricht, die Sie hinterlassen haben.«

»Ja, ja, schon gut«, winkte Zeppelin gleichgültig ab. »Meine Reise nach Berlin und die ganze Aufregung sind ohnehin für die Katz. Unser allseits verehrter Kaiser höchstpersönlich hat das Duell verboten. Angeblich weil ich zu alt bin, um mich mit dem schneidigen Groth zu schießen«, setzte er bitter hinzu.

Erleichtert atmete Sebastian auf. »Erlauben Sie, dass ich Ihre Gemahlin telefonisch darüber informiere?«

Zeppelin zuckte ungerührt mit den Schultern. »Tun Sie, was Sie nicht lassen können. Aber ich fahre morgen ohnehin wieder nach Hause. Ich habe bereits ein Abteil in einem Schnellzug reservieren lassen. Wenn Sie wollen, können Sie mich begleiten. Oder haben Sie noch andere Dinge in Berlin zu erledigen, als auf einen schwachsinnigen Greis wie mich achtzugeben?«

»Nehmen Sie sich die Schmierereien von diesem Groth nicht so zu Herzen«, meinte Sebastian. »Er stellt diese albernen Behauptungen doch nur auf, weil er sich wichtigmachen will und Sie als Konkurrenten fürchtet.

Und ja, vielen Dank für das Angebot. Ich werde Sie morgen gerne begleiten. Doch jetzt will ich erst einmal Ihre Gemahlin und Ihre Tochter verständigen. Sonst würden wohl beide eine schlaflose Nacht verbringen.«

Nachdenklich sah Zeppelin ihn an. Dann nickte er. »Sie haben recht, Opfermann. Und darum werde ich auch selbst telefonieren. Haben Sie übrigens schon eine Unterkunft für die Nacht?«

»Nein, Herr Graf. Bisher noch nicht. Ich bin ja eben erst in Berlin eingetroffen.«

»Gut, gut«, sagte Zeppelin. »Wenn Sie mögen, bedienen Sie sich einfach des Diwans hier.« Er wies auf ein elegantes brokatbezogenes Möbelstück im Salon seiner Suite. »Die eine Nacht werden wir es schon miteinander aushalten, nicht wahr?«

Das für vier Personen gedachte Eisenbahnabteil, das Zeppelin reserviert hatte, war komfortabel und versprach eine angenehme Reise.

Nachdem der schrille Pfiff des Bahnhofsvorstehers ertönt war, ruckte der Zug an und setzte sich langsam in Bewegung. Dann gab die Lok Volldampf, und draußen war nichts mehr zu erkennen. Dichte Schwaden waberten über den Bahnsteig.

Die beiden Herren saßen einander gegenüber. Dass der Graf wieder in seine Schweigsamkeit zurückgefallen war, störte Sebastian nicht. Er war fest entschlossen, die gemeinsame Reise zu nutzen und ein umfassendes Geständnis abzulegen. Schließlich blieb ihm keine andere Wahl. Gewiss würde Daisy ihren Vater bereits über seine Untaten informiert haben, sodass diese Fahrt ohnehin seine letzte Chance war, dem Grafen selbst reinen Wein einzuschenken und seine Gründe für die Sabotageakte darzulegen. Angestrengt suchte Sebastian nach den richtigen Worten für seine Einleitung. Doch als er sie endlich gefunden hatte, war Zeppelin eingenickt.

Nun, die Reise war lang. Er würde genug Zeit haben, sein Geständnis abzulegen.

Das gleichmäßige Rattern der Zugräder und das sanfte Schaukeln des Waggons machten nun auch Sebastian schläfrig. Er hatte in der Nacht kaum geschlafen, und trotz des drückenden Gewissens forderte die Natur nun ihr Recht auf Ruhe.

Als er wieder erwachte, war es bereits Mittagszeit und – Zeppelin verschwunden. Wenige Minuten später tauchte er jedoch wieder auf.

»Ich habe mir ein wenig die Beine vertreten und den Speisewagen gesucht und gefunden. Haben Sie auch Hunger, Opfermann?«

Wegen der bevorstehenden Unterredung hielt sich Sebastians Appetit zwar in Grenzen, er wollte sich aber auch nicht ausschließen und erklärte sich bereit, den Grafen zu begleiten.

Das »Menu des Princes« war das Einzige, was man zu dieser Tageszeit bestellen konnte. Der erste von elf Gängen bestand aus eine Bouillon, es ging weiter mit Vorspeisen, Fisch-, Fleisch- und Geflügelgerichten und endete schließlich mit Käse und Früchten. Für Sebastians Geschmack schien das Essen kein Ende nehmen zu wollen.

Als sie endlich in ihr Abteil zurückkehrten, war ihm übel. Dabei vermochte er nicht zu sagen, ob sein Unwohlsein auf das zu reichliche Essen oder die wachsende Aufregung zurückzuführen war. Trotzdem wollte er die Unterredung keinen Moment länger aufschieben.

»Ich habe Ihnen eine sehr unangenehme Mitteilung zu machen, Herr Graf«, platzte er heraus. »Würden Sie mir dafür bitte für einen Augenblick Ihre Aufmerksamkeit schenken?

Erstaunt sah Zeppelin auf. »Ja, natürlich, mein Junge. Um was geht es?«

Sebastian holte noch einmal tief Luft und begann dann zu erzählen – von seiner Zusammenarbeit mit Schwarz und den gemeinsam erstellten Konstruktionsplänen für das erste Starrluftschiff.

»Wie Sie wissen, starb David noch vor der Fertigstellung des Schiffes«, setzte Sebastian seinen Bericht fort. »Seine Frau Melanie und ich vollendeten den Bau und organisierten den Jungfernflug auf dem Tempelhofer Feld, der ja letztlich misslang. Erinnern Sie sich?«

»Ja, natürlich«, nickte Zeppelin. Er hatte sich interessiert vorgebeugt und aufmerksam gelauscht. »Sie waren Technischer Leiter bei Schwarz? Ja, warum haben Sie das bisher nie erwähnt?«

»Dazu komme ich gleich«, gab Sebastian zurück. »Nach der Notlandung des Schiffes hatten Sie eine Unterredung mit Melanie Schwarz ...«

»Das ist richtig«, bestätigte Zeppelin. »Die arme Frau hatte einen Schwächeanfall.«

»Genau«, bestätigte der junge Ingenieur, »den Sie ausgenutzt haben, um sie zu überreden, Ihnen die Patente zu verkaufen.«

»Aber ganz und gar nicht«, widersprach der Graf. »Die gute Frau war finanziell am Ende und hatte große Zukunftsängste. Eigentlich wollte ich ihr damals nur einen Gefallen tun. Sie wissen doch selbst, dass LZ 1 und LZ 2 überhaupt nichts mit dem Schwarz-Luftschiff gemein haben. Das einzig Vorteilhafte, was mir der Kauf damals gebracht hat, war der Kontakt zu Berg …«

»Ja, das weiß ich heute«, sagte Sebastian. »Seinerzeit stellte sich mir die Situation aber komplett anders dar. Als Sie mit Frau Schwarz verschwanden, wurde ich nämlich von einem Herrn angesprochen, der sich als Eitel von Schleiwitz, Mitherausgeber der Tageszeitung Berliner Courier vorstellte. Er schien Sie gut zu kennen und behauptete, dass Sie für Ihren eigenen Vorteil bedenkenlos über Leichen gingen. Ich habe das damals geglaubt. Zumal die von mir mitentwickelten Patente, an denen ich zwar kein gesetzliches, aber doch zumindest ein moralisches Recht hatte, sang- und klanglos ihren Besitzer wechselten. Ich konnte es gar nicht fassen, so übergangen worden zu sein.«

»Das kann ich gut verstehen«, meinte der Graf nachdenklich. »Allerdings habe ich wirklich nichts davon gewusst. Frau Schwarz hat Ihren Anteil an der Konstruktion mit keiner Silbe erwähnt. Sonst hätte ich mich doch sofort mit Ihnen in Verbindung gesetzt und Sie um Unterstützung beim Bau meines Luftschiffes gebeten.«

Sebastian seufzte tief. »Wie gesagt, das alles weiß ich heute, Herr Graf. Damals habe ich von Schleiwitz geglaubt. Und als er mir seine Unterstützung anbot, habe ich zugegriffen.«

Zeppelin kniff die Augen zusammen. »Und das bedeutet?«

»In seinem Auftrag habe ich mich bei Ihnen als Ingenieur beworben und in seinem Auftrag habe ich LZ 1 sabotiert.« So, nun war es endlich heraus.

Ungläubig sah der Graf ihn an. »Sie waren es, der die Kurbel und die Strebe der Aufhängung angesägt hat?«

»Ja, das war ich«, bestätigte Sebastian. »Und einiges andere mehr.« Nur für die Lieferung des minderwertigen Wasserstoffs konnte ich nichts. Und an der Zerstörung von LZ 2, der Allgäu-Katastrophe, bin ich gleichfalls unschuldig.«

»Und das soll ich Ihnen glauben?«

»Ich bitte darum. Schließlich wäre mein ganzes Geständnis sinnlos, wenn es nicht vollständig wäre.«

»Gut«, erwiderte Zeppelin. »Dann erklären Sie mir, warum Sie dieses Bekenntnis überhaupt ablegen, jetzt, wo alles vorbei ist.«

»Weil ich meine Taten aufrichtig bedaure«, erwiderte Sebastian leise, »weil ich erpresst werde, sie fortzusetzen, und weil Sie unbedingt erfahren müssen, dass Sie Feinde haben. Bitte, Herr Graf, verstehen Sie mich richtig. Ich will meine Schuld keineswegs herunterspielen. Ich habe schwere Fehler gemacht und übernehme dafür die Verantwortung. Die treibende Kraft war jedoch nicht ich.«

Nachdenklich sah Zeppelin ihn an. »Sondern dieser von Schleiwitz?«

»Genau«, bestätigte Sebastian.

»Aber ich kenne den Herrn nicht einmal«, erwiderte der Graf und wusste wirklich nicht, was er davon halten sollte.

»Sie müssen ihn kennen«, behauptete Sebastian eindringlich. »Schließlich hasst er Sie aus tiefster Seele. Irgendetwas muss in der Vergangenheit zwischen ihnen vorgefallen sein.«

»Von Schleiwitz?«, grübelte Zeppelin. »Nein, wirklich, der Name sagt mir überhaupt nichts. Kann es sein, dass er und Groth vielleicht unter einer Decke stecken?«

Darauf wusste Sebastian keine Antwort. Eine Weile blieb es still zwischen Ihnen, bevor der Graf fortfuhr: »Ich weiß nicht warum, aber ich glaube Ihnen Ihre Geschichte. Für Ihre Sabotageakte werden Sie sich zu verantworten haben. So viel ist klar. Einstweilen brauche ich Sie jedoch, um das Rätsel aufzuklären, warum dieser von Schleiwitz mich mit seinem Hass verfolgt.«

»Ich werde alles tun, was Sie von mir verlangen, Herr Graf«, beeilte sich Sebastian zu versichern.

»Davon gehe ich aus«, sagte Zeppelin. »Und nun lassen Sie hören: Was wissen Sie von dem Mann? Gibt es zum Beispiel Personen aus seinem Umfeld, die Sie kennengelernt haben?«

»Nur eine«, erkläre der junge Ingenieur. »Herbert Eckhold. Er ist als Journalist beim Berliner Courier beschäftigt, hält sich aber derzeit in Friedrichshafen auf, weil er speziell auf Sie angesetzt wurde. Wenn irgendwas Besonderes auf der Werft vorfiel, sollte ich es immer ihm melden.«

»Er ist der Einzige?«

Sebastian nickte und stellte dabei zu seiner großen Verwunderung fest, wie sehr sich der Graf, der alte, gebrochene Mann, in den letzten Minuten verändert hatte. Sein Gesicht hatte wieder Farbe angenommen, seine Haltung sich gestrafft. Fast schien es, als hätte sein Geständnis den Kampfgeist Zeppelins neu geweckt.

In Manzell angekommen, rief der Graf sofort einen Krisenrat zusammen, der aus seiner Frau und seiner Tochter und Lothar Pallnack bestand.

Noch einmal musste Sebastian seine Geschichte erzählen, doch als am Ende Vorwürfe von allen Seiten auf ihn einprasselten, hob Zeppelin beruhigend die Hände.

»Herr Opfermann hat seine Fehler eingesehen und will alles dransetzen, sie wiedergutzumachen. Darum werden wir auch mit ihm zusammenarbeiten – zumindest bis dieser mysteriöse Fall geklärt ist. Dann wird man weitersehen. Einstweilen brauchen wir ihn jedoch, zumal er die einzige Verbindung zu diesem von Schleiwitz darstellt. Einverstanden?«

Die anderen zögerten kurz, nickten dann aber widerstrebend.

»Gut, somit wäre das geklärt«, stellte Zeppelin zufrieden fest. »Und es gibt noch etwas anderes, das durch Opfermanns Geständnis klar geworden ist: Es war nicht unser Unvermögen, sondern Sabotage, die zu den meisten unserer Misserfolge geführt hat. Ich weiß nicht, wie es euch geht, aber ich zumindest habe daraus neue Hoffnung geschöpft. Und das bedeutet, dass wir nicht aufgeben, sondern weitermachen werden. Einverstanden?«

Diesmal war die Zustimmung wesentlich enthusiastischer.

»Wunderbar«, lächelte der Graf, der seine Krise endgültig überwunden hatte und die Zügel wieder fest in der Hand hielt. »Die Frage, die sich nun vordringlich stellt: Was fehlt uns, um LZ 3 bauen zu können?«

»Eigentlich nichts«, lautete die prompte Antwort Pallnacks. »Mit dem Material, das wir auf Lager haben, und den ausgeschlachteten Teilen aus LZ 2 sollten wir auskommen. Und das noch vorhandene Geld dürfte, wenn wir sparsam wirtschaften, auch ausreichen.«

»Großartig«, lobte der Graf. »Es ist eine reine Freude, mit einem guten Team zu arbeiten. Und Sie«, wandte er sich an Sebastian, »werden dem Journalisten … wie heißt er noch gleich?«

»Herbert Eckhold«, antwortete der Gefragte ohne zu zögern.

»Genau«, bestätigte Zeppelin. »Gleich morgen werden Sie ihm die freudige Nachricht überbringen: Auf der Manzell-Werft wird wieder gearbeitet.«

᚜᚛

Als Pola am Hafenbahnhof aus dem Zug stieg, erregte sie einige Aufmerksamkeit. Frauen wie sie war man am Bodensee nicht gewohnt. Feuerrote Haare und Lippen, stark geschminkte, schwarz umrandete Augen und ein gleichfalls tiefrotes Kleid, das im höchsten Maße anstößig wirkte. Es war so eng geschnitten, dass es wie eine zweite Haut an ihrem wohlgerundeten Körper klebte, und so tief dekolletiert, dass ihre mittels eines Korsetts stark angehobenen Brüste bei jedem Atemzug aus dem Ausschnitt zu springen drohten.

Als sie den Bahnsteig entlangtrippelte – ausgreifende Schritte waren in dem engen Kleiderrock schlichtweg unmöglich –, verfolgten sie die Blicke der umstehenden Herren, während die Damen sich abwandten und die Nase rümpften.

Diese Frau sah aus wie die personifizierte Sünde.

»Fräulein Pola, nehme ich an.« Herbert Eckhold war die Aufmerksamkeit, die sein Gegenüber auf sich zog, etwas unangenehm. Er verneigte sich dennoch höflich. Auch wenn er die Frau in seinem ganzen Leben noch niemals gesehen hatte, zweifelte er keinen Augenblick daran, dass sie es war, die von Schleiwitz angekündigt hatte.

Pola lächelte. »Selbstredend, guter Mann. Wer sollte ich wohl sonst sein?«

»In der Tat«, bestätigte Eckhold grinsend und bot ihr seinen Arm. »Am besten führe ich Sie sogleich in Ihr Hotel, bevor es hier noch zu einem Tumult kommt.«

Sie kicherte glucksend und blickte herausfordernd zu den Neugierigen hinüber, die stehen geblieben waren und sie mehr oder weniger offen beobachteten.

»Wollen Sie mich etwa verstecken? Aber es ist doch

meine Aufgabe, Aufsehen zu erregen. Darum bin ich doch hier.«

»Das stimmt natürlich«, bestätigte Eckhold ungeduldig. »Aber Sie sollen nicht mit mir, sondern mit dem Grafen auffallen. Also lassen Sie uns jetzt verschwinden.«

Pola war im Hotel Bellevue untergebracht. Von dort aus sandte sie per Boten eine Mitteilung an Zeppelin in Manzell.

Ich muss unbedingt mit Ihnen sprechen. In Ihrem eigenen Interesse. Bitte treffen Sie mich um 18 Uhr am Hafenbahnhof.

Die Unterschrift, die unter den Zeilen stand, war nicht zu entziffern. Insgesamt machte das Billett den Eindruck, als wäre es in großer Eile geschrieben worden.

Eckhold nickte zufrieden. »Das klingt geheimnisvoll genug. Er wird schon kommen, der feine Herr Graf.«

»Auf keinen Fall sollten Sie zu diesem Treffen allein gehen«, erklärte Sebastian. Doch Zeppelin schüttelte den Kopf.

»Sollte diese mysteriöse Einladung tatsächlich mit von Schleiwitz zu tun haben, wäre es ungünstig, wenn Sie dort auftauchen«, gab er zu bedenken. »Er würde dann gleich vermuten, dass Sie das Lager gewechselt haben.«

»Gut. Dann begleite ich Sie«, ließ sich Pallnack vernehmen. »Nach allem, was wir in der letzten Zeit erlebt

221

haben, ist es immerhin nicht auszuschließen, dass es sich hierbei um eine Falle handelt.«

»Einverstanden«, nickte Zeppelin. »Obwohl ich mir kaum vorstellen kann, dass von diesem Treffen eine Gefahr ausgeht. Würde jemand etwas Übles im Schilde führen, hätte er gewiss nicht diesen Treffpunkt gewählt – und dazu noch zu einer Uhrzeit, zu der am Hafenbahnhof wegen der ankommenden Abendzüge sehr viel Betrieb herrscht. Nein, nein, ich glaube, da ist jede Sorge unbegründet.«

Pallnack wiegte unentschlossen den Kopf hin und her. »Vorsicht ist die Mutter der Porzellankiste«, meinte er.

Graf von Zeppelin traf pünktlich am Hafenbahnhof ein und sah sich suchend um. Ein bekanntes Gesicht konnte er jedoch nicht entdecken.

Lothar Pallnack hatte sich ein wenig abseits postiert und ließ seinen Chef nicht aus den Augen. Trotzdem bemerkte er Pola zuerst, weil sie direkt an ihm vorbeiging und nun einmal eine Frau war, die Männern geradezu ins Auge sprang – selbst wenn es sich um brave Familienväter wie den Diplom-Ingenieur handelte.

Zielstrebig ging sie auf Zeppelin zu.

Schließlich bemerkte auch der Graf die aufreizend gekleidete Frau mit den roten Haaren.

Und während er sich noch wunderte, was das Mädchen aus der Empfangshalle des Continental-Hotels hier in Friedrichshafen verloren hatte, war sie auch schon an ihn herangetreten und hatte die Arme zärtlich um seinen Hals geschlungen.

»Liebster, wie schön, dich endlich wiederzusehen«, sagte sie so laut, dass es die Umstehenden gar nicht überhören konnten. Dann küsste sie ihn leidenschaftlich.

Zeppelin war so verblüfft, dass er für einen Augenblick stillhielt – gerade lange genug, um Eckhold die Möglichkeit zu geben, seine Fotos zu schießen.

Als der Graf sich von der Überraschung erholt hatte, schüttelte er Pola zwar ab, doch es war zu spät. Die Fotos waren im Kasten und der Journalist hatte sich bereits abgewandt, um eilig zu verschwinden.

Weit kam er jedoch nicht. Wie aus dem Nichts tauchte plötzlich Sebastian auf, der Eckhold die teure Graflex-Crown-Camera aus den Händen riss, sie zu Boden schleuderte und den Journalisten festzuhalten suchte. Gleich darauf war auch schon Pallnack zur Unterstützung an seiner Seite.

Auch der Graf trat nun näher. Er hob die Kamera auf und sah Eckhold durchdringend an.

»Ich fürchte, mein Herr, dass Sie uns eine Erklärung schuldig sind.«

Dann wandte er sich zu Pola um, doch die Dame war bereits spurlos verschwunden.

Sebastian und Pallnack drängten den Journalisten in die Kutsche, mit der sie gekommen waren, und nahmen ihn mit nach Manzell. Dort würden sie ihn in aller Ruhe befragen können. Auf dem Platz vor dem Hafenbahnhof hatten sie weiß Gott genug Aufsehen erregt.

Die Befragung Eckholds brachte keine neuen Erkenntnisse. Erst als Zeppelin drohte, ihn wegen der fortgesetzten Erpressung Opfermanns und der Mittäterschaft an diversen Sabotageakten der Polizei zu übergeben, war er bereit zuzugeben, dass von Schleiwitz ihn beauftragt hatte, die kompromittierenden Fotos mit Pola zu machen.

»Im Continental-Hotel haben Sie die Kleine ja fortgeschickt. Also mussten wir die Aktion hier nachholen«, berichtete er, um dann fortzufahren: »Die Bilder sollten vor allem in württembergischen Zeitungen veröffentlich werden, um Sie auch in Ihrer Heimat zu diskreditieren. *Graf von Zeppelin und seine Affäre mit einer Berliner Prostituierten* – die Schlagzeile hätte Sie bei den Provinzlern hier ganz gewiss viele Sympathiepunkte gekostet.«

Nachdenklich sah Zeppelin den Journalisten an. »Sagen Sie mir eins, Eckhold. Was hat Ihr Chef eigentlich gegen mich? Wir sind nicht einmal persönlich miteinander bekannt.«

»Ich habe nicht die geringste Ahnung«, kam die prompte Antwort, und sie schien durchaus ehrlich zu sein.

»Gut«, meinte der Graf und sah sich zu den anderen um. »Und was machen wir nun mit ihm?«

»Wir können ihn nicht einfach laufen lassen«, gab Pallnack entschieden zurück. »Er würde sich sofort an den nächsten Fernsprecher hängen und seinen Chef warnen.«

»Das stimmt natürlich«, erwiderte der Graf. »Andererseits können wir ihn aber auch nicht einsperren. Damit würden wir uns der Freiheitsberaubung strafbar machen.«

»Warum behandeln Sie ihn nicht wie mich?«, schlug Sebastian vor. »Lassen Sie ihn ein umfassendes Geständnis niederschreiben. Dann haben Sie ihn in der Hand, wie mich auch, und können ihn, wenn er nicht spurt, immer noch der Polizei übergeben.«

Zeppelin benötigte genau drei Sekunden, bis er Opfermanns Kniff verstand. Natürlich lag ihm kein schriftliches Geständnis des jungen Ingenieurs vor. Aber mit der Behauptung hatte er sein Eingreifen gegen Eckhold plausibel gemacht. Der Journalist musste nun annehmen, dass er nicht freiwillig, sondern nur unter Zwang mit dem Grafen kooperierte. Damit war die Verbindung zu von Schleiwitz zumindest nicht komplett verbaut.

»Genauso machen wir es«, entschied der Graf. »Bringen Sie Herrn Eckhold Papier und Stift. Sobald er sein Geständnis niedergeschrieben hat, kann er gehen.«

»Ich denke ja gar nicht daran, irgendetwas zu gestehen«, widersprach der Journalist mit aller Entschiedenheit. »Schließlich habe ich nur Befehle ausgeführt.«

Unwillkürlich mussten die Männer lachen.

»Sie sind aber kein Soldat, der zu blindem Gehorsam verpflichtet ist«, hielt ihm Pallnack unter die Nase. »Wenn Ihr Chef etwas Ungesetzliches von Ihnen verlangt, haben Sie nicht nur die Wahl, sondern auch die Pflicht, Nein zu sagen. Aber ich nehme an, die Aufträge wurden zu gut bezahlt, um sie abzulehnen?«

Eckhold schien deutlich verunsichert. Und Zeppelin gab ihm den Rest: »Hören Sie zu, junger Mann. Von Ihnen will ich eigentlich gar nichts. Ich will Ihren Chef. Und solange Sie mir nicht in die Quere kommen, werde ich Sie auch in Ruhe lassen. Also schreiben Sie jetzt dieses Geständnis und halten Sie sich an meine Spielregeln. Und wer weiß, wenn Sie mich nicht enttäuschen und sogar den Grund herausbringen, warum von Schleiwitz mich mit seinem Hass verfolgt, ist vielleicht bei Gelegenheit sogar eine Stellung als Pressesprecher der Zeppelin-Werke drin.«

Überrascht sah Eckhold auf. »Meinen Sie das im Ernst?«

Der Graf schmunzelte. »Ich meine immer das, was ich sage. Darauf können Sie sich verlassen.«

Der Tag war still und warm, der Himmel strahlte azurblau zwischen den langen Wolkenstreifen hindurch, die wirkten, als wären sie mit einem Pinsel gezeichnet worden. Unter dem Blau des Himmels und über dem des Wassers leuchtete ein Gürtel in allen nur denkbaren Grüntönen. Wie schön es hier war.

»Sieh nur das Schwanenpaar.« Hella wies auf die schneeweißen Wasservögel, die majestätisch ihre Bahnen über den See zogen und sich dabei weder von Möwen noch Haubentauchern beirren ließen. »Wusstest du, dass Schwanenpaare ein Leben lang zusammenbleiben?«

»Meinetwegen«, murrte Daisy. »Warum auch nicht? So eine Schwänin wird wohl kaum eines Tages mit der

Tatsache konfrontiert, dass ihr Schwanenmann ein übler Verräter ist.«

Hella verzog das Gesicht. »Musst du eigentlich alles auf Sebastian und dich beziehen? Dann kannst du dich ja an gar nichts mehr erfreuen.«

»Kann ich auch nicht«, erwiderte Daisy bitter. »Stell dir vor, dein …« Sie unterbrach sich, als ihr gerade noch rechtzeitig einfiel, dass Hella und ihr Alexander das Glück auch nicht gerade gepachtet hatten. »Ach vergiss es«, murmelte sie. »Ich bin wirklich keine gute Gesellschafterin heute. Verzeih bitte.«

»Heute?«, wiederholte Hella gedehnt. »Seitdem Sebastian dir seine Verfehlungen eingestanden hat, ist mit dir überhaupt nichts mehr anzufangen.«

»Wundert dich das?«, wollte Daisy erstaunt wissen.

»Ein wenig schon«, gab Hella zurück. »Natürlich hat er schlimme Fehler begangen, und ich darf mir gar nicht ausmalen, was alles hätte passieren können. Aber er bereut alles zutiefst und ist sehr bemüht, es wiedergutzumachen. Im Grunde genommen ist er kein schlechter Kerl. Deshalb sind unsere Väter auch bereit, ihm eine zweite Chance zu geben. Wenn du das nicht willst, ist das deine Entscheidung. Aber dann musst du auch irgendwann mal wieder aufhören, schlechte Laune zu verbreiten.«

Daisy sagte nichts dazu, und eine Weile blieb es still zwischen Ihnen. Dann nahm sie die Unterhaltung wieder auf, wechselte jedoch das Thema: »Und wie steht es mit dir und Alexander?«

»Unverändert«, antwortete Hella. »Irgendwann werden wir heiraten – ob nun mit oder ohne den Segen seiner Eltern. Das ist sicher. Aber wann das sein wird, steht nach wie vor in den Sternen.« Mit einem schiefen Lächeln fügte sie hinzu: »Ich hoffe nur, dass er mich vor den Traualtar führt, bevor ich alt und grau bin.«

Eckhold war nach Berlin gereist, um bei seinem Chef persönlich vorzusprechen. Natürlich war von Schleiwitz bereits durch Pola über die Vorkommnisse informiert. Was er nicht wusste: Dass ausgerechnet Opfermann es gewesen war, der die teure Kamera zerstört hatte. Und dabei sollte es mach Möglichkeit auch bleiben.

»Da hat der alte Fuchs doch tatsächlich Lunte gerochen«, schimpfte der Herausgeber ärgerlich. »Wie sind Sie ihm überhaupt entkommen? Das letzte, was Pola gesehen hat, war wohl, dass zwei Männer Sie festgehalten haben.«

Eckhold zuckte mit den Schultern.

»Ich konnte mich losreißen und verschwinden«, antwortete er. »Nun werden wir uns wohl was Neues einfallen lassen müssen, um den alten Grafen in seiner Heimat lächerlich zu machen. Haben Sie schon eine Idee?«

»Ich überlege noch«, erwiderte von Schleiwitz. »Vielleicht lassen wir die Szene, in der Pola und Zeppelin sich vor dem Hafenbahnhof küssen, einfach von einem Zeichner malen. Ein Foto wäre natürlich besser, aber das wird sich ja wohl nicht mehr beschaffen lassen.«

»Sicher nicht«, bestätigte Eckhold. »Wussten Sie eigentlich, dass man in Manzell plant, mit dem Bau von LZ 3 zu beginnen?«

Entsetzt sah sein Chef ihn an. »Nein, natürlich nicht. Woher denn? Sie sind mein Mann vor Ort. Ich weiß nur das, was Sie mir berichten.«

»Ich habe es ja auch erst vor Kurzem von Opfermann erfahren«, beeilte sich Eckhold zu versichern.

»Was ist überhaupt mit unserem jungen Ingenieur?«, wollte von Schleiwitz wissen. »Können wir uns noch auf ihn verlassen?«

»Ich denke schon«, erwiderte sein Gegenüber.

»Das will ich hoffen«, lautete die brummige Antwort. »Bei LZ 2 hat er ja scheinbar ganze Arbeit geleistet. Und natürlich darf auch LZ 3 kein Erfolgsmodell werden.«

»Natürlich nicht«, nickte Eckhold und holte dann zu der alles entscheidenden Frage aus: »Sagen Sie mal, Chef. Was ich Sie schon lange fragen wollte: Was hat Ihnen der alte Zeppelin eigentlich angetan, dass Sie ihn so gar nicht in Ruhe lassen können?«

»Mir?«, grinste von Schleiwitz böse. »Mir hat der ruhmreiche Reiter eigentlich gar nichts getan. Meinem Cousin dafür umso mehr.«

»Der ruhmreiche Reiter?«, versuchte der Journalist nachzuhaken. »Ist das ein alter Spitzname des Grafen?«

Doch von Schleiwitz winkte nur ab. »Lassen Sie es gut sein. Je weniger Sie wissen, umso besser.«

Ursprünglich war Eckhold mit Leib und Seele Journalist gewesen, zumindest so lange, bis er sich vom Herausgeber des Berliner Couriers hatte kaufen lassen. Nun begann er wieder, sich auf seine alten Werte zu besinnen. Und das hatte er ausgerechnet dem Grafen Zeppelin zu verdanken, dem Mann also, den er seit Jahren zu bekämpfen half.

Aber damit sollte jetzt Schluss sein – und das ganz gewiss nicht nur, weil man in Manzell sein schriftliches Geständnis vorliegen hatte. Nein, ihn hatte die alte journalistische Neugier wieder gepackt, und er war fest entschlossen, herauszufinden, was zwischen Zeppelin und von Schleiwitz beziehungsweise dessen Cousin tatsächlich vorgefallen war.

Er verbrachte drei Tage in den Kellerarchiven des Berliner Couriers, um herauszufinden, was der Begriff »ruhmreicher Reiter« in Verbindung mit Zeppelin bedeutete. So hatte man den Grafen also zu Beginn des Deutsch-Französischen Krieges und nach seinem erfolgreichen Patrouillenritt durch das Elsass genannt. Auch der Berliner Courier hatte seinerzeit begeistert über den jungen Hauptmann von Zeppelin berichtet. Allerdings war von Schleiwitz damals noch nicht einer der Herausgeber der Zeitung gewesen.

Sein Instinkt sagte ihm, dass sein Chef den Begriff »ruhmreicher Reiter« nicht zufällig benutzt hatte. Und das wiederum konnte theoretisch bedeuten, dass der Hass, mit dem er Zeppelin verfolgte, aus jener Zeit stammte. Aber eben nur rein theoretisch.

Eckhold schüttelte den Kopf. Das Ganze war reine Spekulation und brachte ihn nicht weiter.

Sorgfältig faltete er die alten Zeitungen aus jener

Zeit zusammen, um sie ins Archiv zurückzulegen, als sein Blick zufällig an dem Namen »Friedrich von Schleiwitz« hängen blieb. Er betrachtete die Passage genauer und stellte fest, dass es sich um eine Todesanzeige handelte:

Unterleutnant William Herbert von Winsloe
geboren 1843 bei Inverness/Schottland
gestorben am 23. Juli 1870 für Kaiser und Vaterland
Er fiel als erster deutscher Soldat im Deutsch-
Französischen Krieg
beim Erkundigungsritt des Grafen Zeppelin
Die Beisetzung erfolgt in Karlsruhe
In tiefer Trauer
Familie Edward von Winsloe
Familie Friedrich von Schleiwitz

War das die Lösung? Ja, eigentlich konnte es gar nicht anders sein. Unterleutnant William Herbert von Winsloe musste der Cousin sein, den sein Chef erwähnt hatte. Er fiel auf dem von Zeppelin angeführten Patrouillenritt, von Schleiwitz machte den Grafen dafür verantwortlich und verfolgte ihn bis heute mit seiner Rache.

Eckhold machte sich schnell Notizen und legte dann die Zeitungen ordnungsgemäß ins Archiv zurück. Noch heute wollte er mit von Schleiwitz sprechen, um sich seine Vermutungen bestätigen zu lassen. Es war schon recht spät, und sicher würde sich der Chef um diese Zeit nicht mehr in der Redaktion aufhalten, aber

Eckhold kannte dessen Privatadresse. Und genau dort würde er nun hingehen.

Eitel von Schleiwitz öffnete selbst die Tür.
»Bitte verzeihen Sie die späte Störung«, bat der Journalist höflich um Entschuldigung. »Aber ich hatte gerade eine Idee, die Sie bestimmt interessieren wird. Und zwar geht es dabei um den ruhmreichen Reiter ...«
Die Freude über den späten Besucher hielt sich in deutlichen Grenzen, dennoch ließ von Schleiwitz ihn zumindest in die Diele treten.
»Hätte das nicht bis morgen Zeit gehabt?«
»Ja, vielleicht«, gab Eckhold zu. »Es dauert aber gewiss nicht lange, und ich bin gleich wieder weg. Beantworten Sie mir nur eine Frage: War William Herbert Winsloe Ihr Cousin, und ist Zeppelin für seinen Tod verantwortlich?«
Überrascht sah von Schleiwitz ihn an. »Woher wissen Sie das?«
Eckhold lächelte. »Ich bin Journalist. Es ist meine Aufgabe, solche Dinge herauszufinden.«
»Nun gut«, bestätigte von Schleiwitz ungeduldig. »Sie haben recht. Und wie sieht Ihre Idee aus?«
»Wenn der ›ruhmreiche Reiter‹ Zeppelin den Tod eines deutschen Offiziers verschuldet hat, kann sein Ritt ja so ruhmreich nicht gewesen sein. Sicher ist die Geschichte alt und teilweise bereits in Vergessenheit geraten, aber wenn wir dem alten Grafen damit nachweisen können, skrupellos über Leichen gegangen zu sein, wird ihn das in Württemberg gewiss ebenso in

Misskredit bringen wie die Geschichte mit Pola, wenn sie denn geklappt hätte.«

Nachdenklich musterte von Schleiwitz seinen Mitarbeiter, bevor er jedoch antworten konnte, drang aus dem Salon eine Stimme: »Lass ihn reinkommen, Eitel. Wir wollen mit ihm reden.«

Von Schleiwitz zögerte kurz, forderte seinen Besucher dann aber auf, ihm zu folgen.

Im Salon wurden sie von zwei Herren in Uniform erwartet. Der Gastgeber übernahm die Vorstellung.

»Das ist Herbert Eckhold, einer meiner fähigsten Mitarbeiter. Und bei den beiden Herren handelt es sich um Major von Hasseln und Oberstleutnant von Gennfeld. Wie mein Cousin William wurden auch sie Opfer unseres ruhmreichen Reiters.«

Die Herren nahmen kein Blatt mehr vor den Mund und erzählten Eckhold, was sich damals auf dem elsässischen Patrouillenritt zugetragen hatte – zumindest aus ihrer Sicht.

Er erfuhr, dass Winsloe sein Leben lassen musste, von Hasseln und von Gennfeld schwere Verletzungen davontrugen und in französische Kriegsgefangenschaft gerieten, weil der damalige Hauptmann Zeppelin es für nötig erachtet hatte, den übernommenen Befehl eigenmächtig zu erweitern.

»Er beschloss, den Aufmarsch des französischen Marschalls Mac-Mahon wesentlich umfangreicher aufzuklären, als eigentlich gefordert war«, berichtete Major von Hasseln, und sein Kamerad, Oberstleutnant von Gennfeld, fügte hinzu: »Hätte er sich an den eigentlichen Befehl gehalten, wäre es nicht zu dem Gefecht in Schirlenhof gekommen. Dann wäre auch Winsloe nicht gefallen, und wir hätten diese Verletzungen nicht davongetragen, die uns fürs Leben gezeichnet haben.«

»Genau«, bestätigte Major von Hasseln. »Auch die französische Kriegsgefangenschaft wäre uns erspart geblieben. Und das war weiß Gott die Hölle. Vielleicht wären mein Arm und von Gennfelds Auge ja noch zu retten gewesen, aber die verdammten Franzmänner hielten unsere medizinische Versorgung offensichtlich für überflüssig.«

»Mein Cousin, mit dem ich zusammen aufgewachsen bin und zu dem ich wie ein Bruder stand, war gefallen«, ließ sich nun auch von Schleiwitz wieder vernehmen. »Die übrigen Männer der Patrouille litten unsagbare Qualen in einem französischen Kriegsgefangenenlager. Und Zeppelin? Unversehrt war er in die Heimat zurückgekehrt und wurde dort mit Ehrungen überhäuft. Mag es da verwundern, dass wir Rache nehmen wollen?«

Eckhold hatte damit seine Erklärung bekommen. Noch einmal ging er zurück ins Archiv, um die letzte Frage zu klären: Wem hatte Zeppelins Eigenmächtigkeit etwas genutzt? Außer ihm selbst natürlich.

Die Antwort, die er darauf fand, überraschte selbst ihn: Der detaillierte Bericht über die französischen Aufmarschpläne, den Zeppelin durch seinen erweiterten Erkundungsritt vorlegen konnte, hatte maßgeblich dazu beigetragen, die siegreiche Offensive der deutschen Armee zu unterstützen. Die Bezeichnung »ruhmreicher Reiter« hatte er also mit Fug und Recht getragen. Und die drei hasserfüllten Männer, die ihn seit Jahren mit ihrer Rache verfolgten, waren nicht nur in strafrechtlicher, sondern auch in moralischer Hinsicht schuldig.

Eckhold bedauerte, dass er sich von den drei Männern hatte kaufen und zum Werkzeug machen lassen. Aber war Selbsterkenntnis nicht bekanntlich der erste Schritt zur Besserung?

Zumindest wusste er, was er nun zu tun hatte – sich nämlich auf seine eigene Waffe besinnen: die Schreibmaschine.

Ohne zu zögern, kehrte der Journalist nach Friedrichshafen zurück und schrieb die ganze Geschichte nieder. Keine einzige Intrige vergaß er, die gegen Zeppelin gesponnen worden war, nannte offen Namen, Fakten und Hintergründe und verschwieg auch seine eigenen Fehler nicht. Dann fuhr er mit seinem Bericht nach Manzell hinaus und legte ihn dem Grafen vor.

»Wenn Sie einverstanden sind, werde ich diesen Artikel an jede Zeitungsredaktion des Landes schicken«, sagte er. »Aber wenn Sie es wünschen, kann er auch einfach vernichtet werden. Es ist Ihre Entscheidung.«

Zeppelin bat sich Bedenkzeit aus.

Nun, da alle Fragen beantwortet waren, alle mysteriösen Vorkommnisse eine Erklärung gefunden hatten, ging es ihm nicht um Vergeltung, sondern einzig und allein um den Nachweis, dass er kein Fantast war, dass er den Beinamen »Narr vom Bodensee« zu Unrecht trug und dass er erfolgreicher Erfinder eines lenkbaren Luftschiffes war.

Man schrieb den 9. Oktober 1906 – ein sonniger, milder Herbsttag. Und alles war wie immer: Die Ufer des Bodensees wurden von Tausenden Menschen umsäumt, zahlreiche Schiffe ankerten im Umkreis der Halle, Ehrengäste und Presse waren geladen.

Und dann war es so weit. LZ 3 wurde von der Eichhorn auf seinem Floß aus der Montagehalle gezogen. Wenig später stieg es unter dem Jubel der Schaulustigen in den blauen Himmel auf.

Das Ruder führte Graf Zeppelin. Auf dem Kopf trug er die weiße Mütze. Neben ihm stand seine Frau. Isabella hatte es sich nicht nehmen lassen, ihren Mann auf dieser Fahrt zu begleiten.

Das Luftschiff drehte ausgiebige Runden über dem Bodensee, fuhr nach rechts oder links und reagierte präzise auf die Steuerung, genau so, wie der Graf es ihm abverlangte. Zum Abschluss wartete es, ganz in der Nähe der Manzeller Montagehalle, mit einer fehlerfreien Landung auf.

Damit war eine perfekte Jungfernfahrt erfolgreich abgeschlossen.

Überall fielen sie einander vor Freude in die Arme – Graf und Gräfin Zeppelin in der Gondel ihres Luftschiffs, Hella und Alexander Brandenstein auf der Eichhorn, Lothar und Daisy Pallnack auf dem festen Steg der

Montagehalle, Herbert Eckhold und Sebastian Opfermann am Seeufer.

Um möglichen Spöttern zuvorzukommen, die gestrige Jungfernfahrt der LZ 3 sei reine Glückssache gewesen, stieg Graf Zeppelin einen Tag später mit seinem Luftschiff erneut auf – und absolvierte eine weitere fehlerfreie Fahrt.

Schnell sprach sich der Erfolg herum. Es hagelte Glückwunschtelegramme. Selbst Kaiser Wilhelm II. gratulierte, kündigte seinen baldigen Besuch in Manzell an und die Verleihung des Roten Adlerordens I. Klasse.

Vom »Dümmsten aller Süddeutschen« war keine Rede mehr. Stattdessen telegrafierte Seine Majestät: »Denken – fliegen – lenken, das hat außer Ihnen noch niemand fertiggebracht.«

Am Abend des gleichen Tages bat Zeppelin Herbert Eckhold zu sich.

»Ich habe hier eine Liste mit Personen, die Ihren Artikel erhalten sollen. Und ich wäre Ihnen dankbar, wenn Sie die Weitergabe persönlich veranlassen.«

»Selbstverständlich, Herr Graf«, versicherte der Journalist und warf einen Blick auf die Liste. Sie enthielt nur drei Namen: Eitel von Schleiwitz, Daisy Pallnack und Alexander von Brandenstein.

Überrascht sah Eckhold auf. Doch der Graf war bereits bei einem anderen Thema und überreichte ihm ein weiteres Papier.

»Dies ist ein Arbeitsvertrag. Wenn Sie einverstanden

sind, können Sie zum nächsten Ersten als Pressesprecher einer noch zu gründenden Luftschiffbau Zeppelin GmbH anfangen.« Herzlich streckte der Graf ihm die Hand entgegen. »Ich danke Ihnen für Ihre Unterstützung und würde mich freuen, wenn Sie mein Angebot akzeptierten.«

Ohne zu zögern, ergriff Eckhold die ausgestreckte Hand. »Ich wüsste nicht, was ich lieber täte«, sagte er hocherfreut und fügte nach kurzem Zögern hinzu: »Und die drei Kameraden in Berlin wollen Sie tatsächlich straffrei davonkommen lassen?«

»Ja. Vorausgesetzt natürlich, sie lassen uns in Zukunft in Ruhe. Einer muss schließlich den Anfang machen, damit die Vergangenheit endlich Vergangenheit werden kann.«

Bereits am nächsten Tag erhielt Daisy eine Kopie des Eckhold'schen Artikels und war, nachdem sie ihn gelesen hatte, endlich bereit, Sebastian Opfermann zu verzeihen. Ein halbes Jahr später heirateten sie, blieben in Manzell und arbeiteten weiterhin für Zeppelin und seinen Luftschiffbau.

Auch für Hella und Alexander läuteten zwei Jahre später die Hochzeitsglocken. Aus großer Bewunderung und Wertschätzung für seinen Schwiegervater heraus, nannte er sich fortan von Brandenstein-Zeppelin.

Von den drei Kameraden aus Berlin hörte man am Bodensee nichts mehr. Herbert Eckhold, der den Berliner Courier auch weiterhin im Auge behielt, stellte immerhin fest, dass die Berichterstattung über Zeppelin und seine Luftschiffe von nun an absolut neutral erfolgte.

Und der alte Graf? Er hatte sein Ziel erreicht, gemeinsam mit seiner Bella den Traum von einem steuerbaren Luftschiff umgesetzt. Damit ging er, ebenso wie eines seiner Zitate, in die Geschichte ein:
Man muss nur wollen und daran glauben, dann wird es gelingen.

ZEHNTES KAPITEL – KURZBIOGRAFIE:

Graf Ferdinand von Zeppelin

Ferdinand Adolf Heinrich August von Zeppelin wurde am 8. Juli 1838 auf der Dominikanerinsel bei Konstanz in einem ehemaligen Kloster geboren. Er war der Sohn des Hofmarschalls Friedrich Graf von Zeppelin und dessen Frau Amélie, einer geborenen Macaire d'Hogguèr. Deren Vater, David Macaire d'Hogguèr, schenkte der Familie Zeppelin Schloss Girsberg in Emmishofen (Schweiz), wo Ferdinand mit seiner Schwester Eugenie und seinem Bruder Eberhard aufwuchs.

Nach zwei Jahren in der Dorfschule von Emmishofen erhielt Ferdinand von Zeppelin Privatunterricht von Hauslehrern. Im Alter von 15 Jahren zog er nach Cannstatt (damals noch kein Stadtteil Stuttgarts) und besuchte dort das Polytechnikum. 1855 entschließt er sich, der Familientradition folgend, für die Offizierslaufbahn und wechselte als Kadett zur Kriegsschule in Ludwigsburg.

1858 wurde er zum Leutnant ernannt und ließ sich bald darauf von der Württembergischen Armee beurlauben, um in Tübingen Staatswissenschaft, Chemie und Maschinenbau zu studieren.

Aufgrund der vorsorglichen Mobilmachung wegen des österreichisch-sardinischen Konflikts musste er 1859 sein Studium abbrechen und wurde zum Ingenieurkorps in Ulm einberufen.

Wiederum beurlaubt, reiste Zeppelin 1863 von Liverpool nach Nordamerika, erhielt eine Audienz bei Präsident Abraham Lincoln und die Erlaubnis, als militärischer Beobachter am Sezessionskrieg in den USA teilzunehmen. Er wurde der Potomac-Armee der Nordstaaten zugeteilt und erlebte dort zum ersten Mal den militärischen Einsatz von Ballons. Im April 1863 durfte er an seiner ersten Ballonfahrt teilnehmen – ein Erlebnis, das ihn zeitlebens nicht mehr losließ. Schon damals erkannte er die Schwächen der Freiballons: ihre Unlenkbarkeit und die Abhängigkeit von der jeweiligen Windrichtung.

Zurück in Deutschland setzte Ferdinand von Zeppelin seinen Militärdienst fort. In den folgenden Jahren wurde er zum Adjutanten König Karls II. von Württemberg ernannt, zum Hauptmann befördert und zum Großen Generalstab in Berlin versetzt.

1866 erlebte er als Generalstabsoffizier den Deutschen Krieg und wurde mit dem Ritterkreuz des Württembergischen Militärverdienstordens ausgezeichnet.

Am 7. August 1869 heiratete Ferdinand von Zeppelin Isabella (»Bella«) Freiin von Wolff aus dem Hause Alt-Schwanenburg in Livland (heute Estland und Lettland) Die Trauung erfolgte in der St.-Matthäi-Kirche in Berlin.

Zu Beginn des Deutsch-Französischen Krieg führte Graf Zeppelin einen berühmt gewordenen Ritt hinter die französischen Linien zur Erkundung von Truppenbewegungen an. Dieser sogenannte Schirlenhofritt machte seinen Namen erstmals berühmt.

Während der Belagerung von Paris fiel ihm auf, dass die Franzosen Ballons zur Aufklärung und zum Nachrichtenaustausch einsetzten. Da die Ballons jedoch häufig vom Ziel abkamen, begann er über eine lenkbare Alternative zu Gas- und Heißluftballons nachzudenken.

1874 wurde Ferdinand von Zeppelin zum Major befördert.

Am 28. November 1879 schenkte Isabella von Zeppelin ihrem Mann das erste und einzige Kind: Tochter Helene (»Hella«), die im Jahre 1909 Alexander von Brandenstein heiratete.

1882 wurde Zeppelin als Oberstleutnant Kommandeur des Ulanenregiments in Ulm.

Im September 1885 wurde er zum württembergischen Militärbevollmächtigten an der Gesandtschaft in Berlin berufen und 1887 selbst zum württembergischen Gesandten ernannt.

1890 wurde Zeppelin Brigadekommandeur in Saarburg.

Hier verfasste er eine Denkschrift an das preußische Außenministerium, in welcher er das preußische Oberkommando über württembergische Truppenteile kritisierte. Damit zog er den Unwillen des Kaisers auf sich und nahm schließlich seinen Abschied aus dem aktiven Militärdienst.

1891 wurde er vom König von Württemberg zum

Generalleutnant befördert. Von nun an befasste sich Zeppelin mit dem Bau eines Starrluftschiffs
1894 erklärte eine von Kaiser Wilhelm II. einberufene Sachverständigenkommission sein Luftschiffprojekt für undurchführbar.
1896 wurde Zeppelin Mitglied im Verein Deutscher Ingenieure (VDI). Eine Kommission beurteilte sein Projekt positiv.
1898 gründete er die Gesellschaft zur Förderung der Luftschifffahrt.
Am 2. Juli 1900 erfolgte der Start des ersten lenkbaren Luftschiffes LZ 1 in Manzell am Bodensee – gebaut von Ferdinand von Zeppelin und den Ingenieuren Theodor Kober (1865–1930) und Ludwig Dürr (1878–1956)
Trotz einiger technischer Pannen gelang das Experiment. Dennoch fanden sich keine Interessenten, die bereit waren, das Projekt weiter zu finanzieren. Zeppelin war gezwungen, die AG wegen Kapitalmangels zu liquidieren; auch der VDI entzog ihm nun seine Unterstützung.
Den Bau von LZ 2 finanzierte er 1905 weitgehend durch den Erlös einer Geldlotterie.
Am 17. Januar 1906 erfolgte der Aufstieg von LZ 2. Das Schiff wurde abgetrieben und auf dem Landeplatz in Kißlegg im Allgäu durch einen Orkan zerstört. Bereits im Oktober war LZ 3 fertiggestellt, dessen Bau durch den Einsatz des Familienvermögens Zeppelins möglich geworden war.
1908 wurde LZ 3, nach mehreren erfolgreichen Flügen von der preußischen Militärverwaltung gekauft.

Der Roman »Die Zeppelin-Verschwörung« endet in dieser Zeit. Das Leben des Grafen Ferdinand von Zeppelin – und seine Geschichte als Luftschiffpionier – setzte sich wie folgt fort:

Am 5. August des gleichen Jahres wird LZ 4 in Echterdingen durch Sturm und Gasexplosion vollkommen zerstört. Das Unglück löste eine Welle der Hilfsbereitschaft aus, die zur »Zeppelinspende des deutschen Volkes« wurde und spontane Spenden von etwa sechs Millionen Reichsmark einbrachte. Das Geld ermöglichte Zeppelin die Fortführung seines Werks.

Seit 1909 wurden Luftschiffe auch in der zivilen Luftfahrt eingesetzt: Bis 1914 beförderte Zeppelins Deutsche Luftschiffahrts AG auf mehr als 1.500 Fahrten fast 35.000 Personen unfallfrei.

Zu Beginn des Ersten Weltkriegs wurden Luftschiffe als Bomber und Aufklärer eingesetzt. Im Laufe des Krieges wurden sie jedoch von Flugzeugen abgelöst.

Zeppelin gründete während des Kriegs eine Werft und eine Zahnradfabrik in Friedrichshafen, ein Gaswerk in Staaken bei Berlin und die Ballonhüllen-Gesellschaft in Berlin-Tempelhof.

Am 29. Mai 1916 ging der Siebenundsiebzigjährige zum letzten Mal an Bord eines Luftschiffes.

Am 8. März 1917 starb Graf Ferdinand von Zeppelin an einer Lungenentzündung in Berlin und wurde auf dem Pragfriedhof in Stuttgart beigesetzt.

In Friedrichshafen gebaute Zeppeline flogen noch weitere 20 Jahre um die Welt und verzauberten Arm wie Reich, Arbeiter und Intellektuelle. Das Ende kam am 6. Mai 1937, als in Lakehurst (USA) das Luftschiff LZ 129 Hindenburg in Flammen aufging und 36 Menschen starben. Damit war das Vertrauen in die Sicherheit von Zeppelinen nachhaltig zerstört. Personenbeförderungen in wasserstoffgefüllten Himmelsgiganten waren von nun an undenkbar.

Und was ist von den Träumen des Grafen Zeppelin geblieben? Nicht wenig. Er hat Eingang in die Technikgeschichte der Menschheit gefunden; eine Phloxart wurde nach ihm benannt – eine Staude mit großen weißen Blüten und kirsch- bis rubinroten Augen.

Auch Luftschiffe aus Friedrichshafen gibt es noch. Die heißen heute »Zeppelin NT«; wobei das »NT« für »Neue Technologie« steht. Im Vergleich zu den großen Himmelsgiganten sind sie wesentlich kleiner, werden dafür aber von unbrennbarem Helium getragen.

Man kann mit ihnen einen Rundflug über den Bodensee machen – aber sie werden bis heute auch für Forschungs- und Überwachungsaufgaben genutzt.

Und dann gibt es neue Träumer, solche, die sich lange, leise Fahrten in den fliegenden Riesenzigarren wünschen, die den Namen ihres Erfinders tragen: Zeppelin – und diese sollen mit Solarstrom betrieben werden.

ANMERKUNG DER AUTORIN

Im März 2017 jährt sich der Todestag Graf Ferdinands von Zeppelin zum hundertsten Mal.

Diese Tatsache, aber auch die auffallend vielen unerklärlichen Vorfälle, die bei Entwicklung und Bau der ersten Zeppelin'schen Luftschiffe auftraten, gaben den Anstoß für meinen Roman »Die Zeppelin-Verschwörung«.

Die beschriebenen Ereignisse – angefangen bei der Kaiserlichen Kommission mit ihren zweifelhaften Ergebnissen bis hin zu der Katastrophe von Kißlegg im Allgäu, in der LZ 2 nicht ausreichend gesichert wurde und einem Unwetter zum Opfer fiel, hat es nämlich tatsächlich alle gegeben. Und es sind zweifellos zu viele, als dass man unbesehen von Zufällen oder der Verkettung ungünstiger Umstände ausgehen kann.

War also wirklich Sabotage im Spiel? Haben die Gegner des Grafen Zeppelin möglicherweise tatsächlich versucht, seine Arbeit zu hintertreiben?

Antagonisten gab es immerhin – wie zum Beispiel den preußischen Generalmajor Hans Groß (im Buch: Hans Groth), der Zeppelin als Rivalen betrachtete, weil er seine eigenen Luftschiffkonstruktionen vermarkten wollte. Wegen seiner beleidigenden Äußerungen wurde er vom Grafen übrigens wirklich zum

Duell gefordert – und der Zweikampf vom Kaiser verboten.

Aus historischer Sicht ist eine Zeppelin-Verschwörung nicht belegt.

Was damals de facto geschah, welche Umstände zu den zahlreichen Misserfolgen und Pannen geführt haben, kann heute nicht mehr geklärt werden.

Daher ist natürlich auch Sabotage nicht zweifelsfrei auszuschließen.

Weitere Krimis finden Sie auf den folgenden Seiten und im Internet:

WWW.GMEINER-SPANNUNG.DE

ANTJE WINDGASSEN
Die Hexe von Hamburg
. . . .
978-3-8392-1734-4 (Paperback)
978-3-8392-4731-0 (pdf)
978-3-8392-4730-3 (epub)

TEUFLISCHE ZAUBEREY Hamburg 1622. Anneke Claen, Tochter einer wohlhabenden Hamburger Kaufmannsfamilie, wird der Hexerei bezichtigt. Mithilfe eines teuflischen Amuletts soll sie ein Unwetter herbeigerufen und Menschen krank gezaubert haben. Einige mysteriöse Todesfälle in ihrem Umfeld erhärten den Verdacht. Sie wird eingekerkert und soll unter Folter alle Missetaten gestehen. Wird ihr die Flucht ins Holländische gelingen? Dort könnte sie ihre Unschuld mittels der kaiserlichen Hexenwaage beweisen.

GMEINER SPANNUNG

WWW.GMEINER-VERLAG.DE
Wir machen's spannend

GÜNTHER THÖMMES
Das Duell der Bierzauberer –
Aufstieg der Bierbarone
. . . .
978-3-8392-2017-7 (Paperback)
978-3-8392-5281-9 (pdf)
978-3-8392-5280-2 (epub)

BIERKRIEG Im Jahre 1800. Im rasch wachsenden München boomt das Biergeschäft. Brauherr Gabriel Sedlmayr schaut bewundernd nach England, wo die Industrialisierung auch beim Bier Einzug gehalten hat. Über eine Freundschaft mit dem Besitzer der größten Brauerei Londons versucht er den Fortschritt nach München zu bringen. Doch durch ein tragisches Unglück werden aus den Freunden Feinde. Nun geht es nur noch darum, sich gegenseitig zu schaden. Mit Industriespionage und politischen Intrigen wollen die Bayern die Engländer mit ihren eigenen Mitteln schlagen. Aber der wahre Bierkrieg beginnt erst noch …

GITTA EDELMANN
Badisches Wiegenlied
. . . .
978-3-8392-2012-2 (Paperback)
978-3-8392-5271-0 (pdf)
978-3-8392-5270-3 (epub)

FREIHEIT Baden 1847. Als sich in Offenburg Demokraten aus ganz Baden treffen, ahnt Anna nichts von der bevorstehenden Revolution. Doch bald müssen sie, ihr Bruder Franz und ihre Freundin Luise zwischen Aufständen, Barrikadenkämpfen und Besatzungstruppen ihren Weg finden. Gleichzeitig sucht ein »Radikalenmörder« die Stadt heim und hinterlässt junge Männer mit durchschnittener Kehle, bevor er spurlos verschwindet. Und dann ist da noch ein preußischer Spitzel, dessen Lächeln Annas Herz schneller schlagen lässt …

GMEINER SPANNUNG

WWW.GMEINER-VERLAG.DE
Wir machen's spannend

Das Neueste aus der Gmeiner-Bibliothek

Unser Lesermagazin

Bestellen Sie das
kostenlose Krimi-
Journal in Ihrer
Buchhandlung
oder unter
www.gmeiner-verlag.de

Informieren Sie sich ...

www ... auf unserer Homepage:
www.gmeiner-verlag.de

@ ... über unseren Newsletter:
Melden Sie sich für unseren Newsletter an
unter www.gmeiner-verlag.de/newsletter

f ... werden Sie Fan auf Facebook:
www.facebook.com/gmeiner.verlag

Mitmachen und gewinnen!

Schicken Sie uns Ihre Meinung zu unseren Büchern
per Mail an gewinnspiel@gmeiner-verlag.de
und nehmen Sie automatisch an unserem
Jahresgewinnspiel mit »mörderisch guten« Preisen teil!

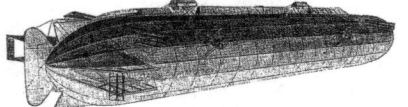